DAVID PETIT-QUÉNIVET

d'après

JULES VERNE

L'ONCLE ROBINSON

© 2024 David PETIT-QUÉNIVET

Édition : BoD · Books on Demand GmbH, In de Tarpen 42,
22848 Norderstedt (Allemagne)
Impression : Libri Plureos GmbH, Friedensallee 273, 22763
Hamburg (Allemagne)

Illustrations : David PETIT-QUÉNIVET
Couverture : Composition adaptée par David PETIT-QUÉNIVET de l'affiche publicitaire HETZEL pour les Étrennes de 1889

ISBN : 978-2-3225-5869-8
Dépôt légal : Octobre 2024

DAVID PETIT-QUÉNIVET
d'après
JULES VERNE

L'Oncle Robinson

TROISIÈME PARTIE

LES EXILÉS

L'ONCLE ROBINSON – Par Jules Verne

Nous sommes heureux de pouvoir annoncer à nos abonnés qu'en outre de la *Découverte de la terre, histoire des grands voyages et des grands voyageurs*, M. Verne nous préparait une surprise.

Sous le titre, *L'Oncle Robinson*, l'auteur des *Enfants du capitaine Grant* nous remettra en temps utile, pour succéder à *Vingt mille lieues sous les mers*, une œuvre destinée à faire pendant aux *Enfants du capitaine Grant*. Il n'y a pas de donnée épuisée pour un écrivain véritablement original. Le talent, aidé du progrès naturel des choses, peut renouveler les sujets en apparence les plus rebattus. Il est évident qu'un Robinson moderne, au courant des progrès de la science, résoudrait les problèmes de la vie solitaire d'une tout autre façon que le *Robinson Crusoé*, type de tous ceux qui l'ont suivi.

Nous n'en voulons pas dire plus long sur le livre de M. Verne. Nos lecteurs comprendront à demi-mot ce que cet esprit inventif a pu trouver et créer de nouveautés de tout genre en un pareil sujet.

Magasin d'éducation et de récréation, Tome XIII, 1870 – 1871, 1er semestre, 1er volume, page 31.

AVIS – Très-prochainement : La Roche-aux-Mouettes, par M. Jules Sandeau, membre de l'Académie française, – et successivement : L'Oncle Robinson, de Jules Verne (en trois parties). – Le Chemin glissant, de P.-J. Stahl. – Les Métamorphoses de Pierre le Cruel, etc.

Magasin d'éducation et de récréation, Tome XIII, 1870 – 1871, 1er semestre, 1er volume, page 199.

Chantre respectueux, par un art étendu,
dispense ton talent, à l'audace dirigée.
Par ta soumission, ta valeur négligée ;
ce conte inachevé, en serait défendu.

Tel labeur abouti dans le terme attendu,
brisé mais satisfait, sa chimère érigée ;
chapitres complétés, préface rédigée,
voilà que l'humble auteur, voudrait être entendu !

Rigoureux zélateur les doigts tout tachés d'encre,
arase les ressauts, la barbe qui s'échancre,
des défauts corrigés, voit les textes conclus.

Honorable lecteur, accordez l'indulgence
pour cette humble façon. N'ayez l'esprit occlus ;
cet hommage loyal n'est point impertinence.

À Gesnes, le 25 Août 2024.

MMXXIV

DAVID PETIT-QUÉNIVET

d'après

JULES VERNE

L'ONCLE ROBINSON

III
LES EXILÉS

73 illustrations, 6 vignettes et 3 cartes
Transcription du manuscrit corrigé et complété

– 2024 –

TROISIÈME PARTIE

LES EXILÉS

CHAPITRE I

La famille Clifton – Une éclipse solaire
Aménagement sur le lac Ontario
Les chacals – Jup blessé

Durant les jours qui suivirent le départ des deux amis, un certain désespoir s'empara de chacun. Il n'était de mots ou d'attentions capables de redonner cette gaieté ou cet enthousiasme naturel qui avait toujours conduit les colons, même pendant les heures les plus difficiles. En réalité, avec la partance des marins, c'était une part importante de l'âme de la colonie qui était absente. La famille Clifton se trouvait séparée de plus que deux de ses membres.

« Je dois bien l'avouer, dit Marc, je ne parviens pas à me convaincre de la pertinence de l'expédition de Tom et Flip.
— Mais ils reviendront ! J'en suis persuadée ! répondit Belle.

— Oui, ma chère enfant ! lança sa mère. Flip et Tom sont de bons marins.

— Et l'*Odyssey* est un bon navire ayant déjà bravé de vrais coups de vent, ajouta le père.

— Peut-être ne rencontreront-ils aucune intempérie ? reprit Robert.

— La saison des plus fortes tempêtes commence vers la fin du mois de mai et s'achève au début de novembre, précisa l'ingénieur. En quittant notre île il y a quelques jours, nos amis s'assuraient de ne pas essuyer de coups de vent trop importants sur le trajet.

— Mais lorsqu'ils seront arrivés aux îles Sandwich, ils seront de retour à la mauvaise période ! fit remarquer Jack.

— Si notre bateau supporterait avec difficultés de fortes houles, il n'en est pas de même pour des navires de plus fort tonnage, rassura Harry Clifton.

— Surtout s'il s'agit de baleinier ! s'exclama Robert. Tom pense qu'il s'agit de ces navires qui sont le plus à même de croiser dans cette partie de l'océan Pacifique.

— Ceci est bien vrai, mon fils !

— Or, Tom disait également que, dans nos contrées, la saison de la pêche à la baleine bat son plein au début de septembre, rajouta Robert.

— C'est pour cette raison que nos deux amis ont l'espoir de nous retrouver à la fin de l'été, rappela Élisa Clifton à ses enfants.

— L'océan est si grand et le sloop si petit, murmura Belle. »

Ces paroles rassurantes ne parvinrent à dissimuler la légitime crainte que la moindre avarie pouvait avoir raison des meilleures volontés. Cependant, chacun, ou reprit espoir, ou en fit montre, de telle façon que l'entrain à la reprise des travaux quotidiens reparut. Ceux-ci ne manquaient pas. Les quatre vigoureux bras qui faisaient défaut à la colonie rendaient terriblement éprouvantes les tâches les plus physiques. Le travail de la terre s'en trouvait bien ralenti malgré la vitalité de Marc et Robert âgés de vingt et dix-huit ans. Si Belle, du haut de ses dix ans, avait développé un solide caractère qui lui assurerait de devenir une femme accomplie et déterminée, Jack, quant à lui, âgé de onze ans, par son éducation et sa curiosité alliée à une intelligence supérieure, en serait, pour le moins, l'égal de ses frères. En réalité, l'adversité devant laquelle la famille Clifton avait à répondre, enrichissait profondément ces êtres frêles qui, usant de leur savoir pour en acquérir d'autres encore, savaient les employer au profit de leur établissement. Le partage de cette connaissance avait contribué, par l'émulation, à les libérer des contingences de leur dénuement.

Presque un mois après que l'*Odyssey* eut appareillé, il se produisit un évènement mémorable qui charma les colons, rompit heureusement la monotonie de leur quotidien et n'aurait aucune autre conséquence que d'entraîner la famille Clifton dans une contemplation béate d'un phénomène naturel. Cela se passa exactement le 6 mai ; il s'agissait d'une éclipse solaire.

Les brumes matinales s'étaient rapidement dissipées et la douce température de l'atmosphère s'était, peu à peu, réchauffée. Un ciel absolument clair engageait les colons à achever, avant le repas du midi, leurs tâches les plus pénibles. De fait, la chaleur s'installa résolument avant que le soleil ne fût à son zénith. Le dîner serait partagé sous la tonnelle installée contre la chaumière. Cette simple toile de voile, quelque peu trouée, suffisait bien assez à protéger les dîneurs des ardeurs de l'astre diurne.

Ce fut Belle qui remarqua les premières manifestations de la singularité astronomique.

« Mère, regardez la tache de lumière sur la table ! Elle est bien étrange aujourd'hui. »

La jeune fille, de la place qu'elle occupait habituellement, avait pris pour jeu de placer son gobelet dans le rai lumineux provenant de ces petits trous dans la bâche de tissu. Parfaitement circulaire d'habitude, aujourd'hui cette auréole se trouvait échancrée. Certes, les plus larges ouvertures dessinaient rigoureusement leur propre silhouette, mais des plus petits pertuis, il en était tout autrement.

« Ce voile fait office de sténopé, expliqua Harry Clifton. Il nous offre une image du soleil à la manière d'une *camera obscura*, d'un appareil photographique !

— Une éclipse ! C'est une éclipse ! exulta soudainement Jack.

— Une éclipse de soleil ! Courons la regarder de suite ! s'écria Robert »

Les tabourets se renversèrent sous la vigueur de l'impatience des enfants et peu s'en fallut que la planche servant de table ne glissât des tréteaux.

« Holà ! Tout doux ! N'y allez surtout pas ! Il y a un grand danger à vouloir observer le soleil ! hurla presque l'ingénieur. »

Les enfants restèrent interdits. Nul d'entre eux ne se rappelait avoir jamais entendu parler ainsi leur père ; leur stupéfaction était à son comble. Belle, tout aussi blême que sa mère, s'employa à retenir des sanglots de surprise.

« Nous la regarderons tous d'une manière très-sûre, reprit Harry Clifton d'une voix adoucie. Sans y perdre la vue ! »

À l'aide d'un miroir, recouvert d'une feuille de papier percée d'un petit trou, il fut facile de projeter l'image du soleil sur une toile servant d'écran. Déjà, le disque lumineux était bien entaillé et continuait à s'échancrer, entamé par le disque sombre de la lune qui, imperceptiblement, s'avançait sur lui. Dès le début du phénomène astronomique, rien ne laissait présager de ce qu'il allait advenir, – serait-ce une éclipse partielle ou totale ? Nonobstant, l'ingénieur prenait un grand plaisir à indiquer à ses enfants tout autant qu'à son épouse, une multitude d'anecdotes des plus instructives. Il savait combien est rare et fugace un tel moment ; il s'emploierait à le rendre mémorable.

Sans doute, une bonne demi-heure s'était écoulée et le soleil se trouvait occulté de plus de sa moitié. La luminosité qui, jusqu'alors, n'avait que faiblement décru, se réduisait bien plus sensiblement.

« Voyez, autour de vous, combien le paysage est plus terne !
— Cela est bien vrai, père, répliqua Jack. Je trouve même que l'herbe est plus sombre.
— De même que le rouge de ton mouchoir de cou, répondit Marc à son frère Robert. »

Indispensables pour se protéger la gorge des poussières ou pour s'éponger le front, ces mouchoirs bandanas qu'arboraient les garçons avaient soudainement perdu de leur teinte de rouge d'Andrinople pourtant réputé pour sa coloration franche ; en ce moment, ils prenaient véritablement une couleur lie-de-vin.

Restait-il moins d'un quart de la surface solaire non encore éclipsée qu'une pénombre s'installa sur Flip-Island. Les pigeons et les volailles s'activaient à rentrer au nid pendant que la température chuta résolument. Certainement, la nuit nouvelle ne tarderait pas. Combien de temps durerait-elle ? Guère plus que quelques minutes !

L'éclipse solaire devait être quasiment totale. Ce n'était qu'un anneau de lumière, légèrement décentré, qui confirma à l'ingénieur que l'île ne se trouvait pas exactement sur la ligne de centralité.

Il ne servait plus à rien de refléter, à l'aide du miroir, l'image des deux astres unis. C'est pourquoi Harry Clifton permit de regarder, sans insister, le disque noir de la lune semblant irradier d'une fantomatique couronne de lumière d'un bleu argenté dont l'effet semblait tout autant irréel qu'inquiétant. Un silence certain avait fait suite aux cris plaintifs des animaux sauvages et domestiques.

Après plusieurs minutes, un rayon de lumière plus vif éclaira de nouveau les lieux et la pénombre succéda à la nuit diurne. Alors, la vie reprit ses droits ; les animaux poussèrent encore des cris de désarroi, puis, enfin, se calmèrent.

Au terme de plus d'une heure, l'éclipse s'était totalement déroulée ; par son bord oriental, la Lune avait rattrapé le Soleil, l'avait occulté et l'avait quitté par son bord occidental. Le phénomène laissa un curieux sentiment à Marc qui peinait à expliquer son trouble.

« Lorsque je tentais de me remémorer les circonstances de la survenue des éclipses, j'en suis venu à nous trouver absolument insignifiants au regard de notre univers.
— C'est que nous le sommes en réalité, lui répondit sa mère. Cependant, chacun d'entre nous est important en ce sens que nous sommes un élément de l'humanité.

— La juste connaissance des causes secrètes des choses nous permet, parfois, de nous en rendre maître, mais, le plus souvent, éronée, elle ne contribue qu'à nous rassurer, car rien n'est plus insupportable que l'ignorance. Aussi, l'homme est-il enclin à imaginer une raison inventée, voire fausse, plutôt que de rester dans l'inscience, compléta le père.

— C'est pour cela que la recherche du savoir doit s'appuyer sur l'expérience, répondit Marc.

— Exactement ! Rien n'est plus dangereux que de rester dans l'erreur, confirma Harry Clifton.

— Je voudrais tant mieux comprendre ce qu'il s'est passé ! s'exclama Belle. »

Le brave père ne pouvait refuser de répondre à une telle requête, mais la différa à la satisfaction générale :

« Mangeons d'abord ! Ensuite la journée sera dédiée au repos. »

La théorie des éclipses étant des plus simples, Belle saisit pleinement la distinction entre les éclipses solaires totales ou partielles ; la dernière leçon d'astronomie, même si elle avait été écourtée, restait encore bien présente à son esprit. La charmante enfant regretta fort de n'avoir pas pu observer une éclipse de lune qui lui semblait presque plus poétique.

« En relevant le tracé des orbites de la Terre, du Soleil et de la Lune, il s'avère qu'il se produit des éclipses semblables de manière régulière et aisément prédictibles. C'est ainsi que les Anciens avaient élaboré des tables de relevés des éclipses. Ils nommèrent *saros*, la période de deux cent vingt-trois lunaisons, soit environ dix-huit années, pour retrouver une éclipse presque identique.

— Dix-huit ans entre chaque éclipse ! se désappointa Belle.

— Non ! dix-huit ans pour en retrouver une similaire ! Il se produit entre quatre et six éclipses de soleil ou de lune par an. Cependant, elles ne s'observent qu'en certains endroits sur Terre, lui répondit son père. En réalité, pour retrouver exactement la même éclipse au même endroit, il faut compter, alors, trois *saros* ! Mais rassure-toi, ma fille, si les éclipses de soleil ne sont visibles que sur une faible surface de notre planète, celles de lune le sont de toute la moitié de la Terre. Tu as assisté à l'évènement le plus rare. Quand nous rentrerons dans notre pays, nous consulterons les tables astronomiques et nous trouverons rapidement de quoi te contenter ! »

Marc et Robert se rappelaient très-précisément avoir observé, à Nikolaïevsk, une éclipse lunaire partielle. Cela faisait un peu plus de six ans que les deux frères avaient bravé le froid sibérien lors des derniers jours de février, mais, depuis, pour eux, l'année 1858 avait une signification particulière. Il en serait de même pour celle de 1864, pour la famille Clifton.

On a raison de le dire ; ce qui ne se fait pas avec le temps, se fait contre lui ! Malgré les innombrables entraves qui se présentaient, les besognes furent habilement distribuées. Ainsi, à la chasse, Jack secondait-il ou son père ou, le plus souvent, l'un de ses frères. Il restait, dès lors, toujours, au moins, quatre paires de bras vaillants au domaine. Belle et sa mère, loin de n'être affectées qu'aux seules tâches domestiques, s'employaient ingénieusement à la direction d'Élise-House, permettant, par l'entretien de la basse-cour ou du potager, d'assurer la subsistance de la famille. Combien de fois, Mrs. Clifton résolut-elle de présenter un souhait imposant, à son corps défendant, d'organiser une nouvelle intervention déterminant une besogne plus urgente que celle déjà en cours, requérant alors que toutes les forces vives s'y employassent ? Ce fut dans cet esprit qu'un aménagement fut réalisé sur le lac Ontario.

En effet, sur les abords de ce lac poissonneux fut construit un embarcadère permettant à Jack et à Belle d'emprunter la yole du *Swift* sans risquer de glisser dans l'eau.

« Je crains toujours qu'ils ne glissent, se blessent ou pis encore, avait-elle dit à son époux.
— Oui, ma chère amie, un ponton serait des plus utiles, lui avait-il répondu. En le construisant d'une taille suffisante, il servira tout autant à la yole qu'aux deux chaloupes que nous pourrons remonter au lac pour en assurer un entretien impératif. »

Si la chaloupe provenant du brick était d'une solidité remarquable, celle du trois-mâts canadien avait quelque peu souffert de son service. L'on devait songer à réparer au plus tôt les petites avaries pouvant avoir de fâcheuses conséquences si elles étaient laissées en l'état.

« Maintenant que la terre labourée est ensemencée, engageons, sans délai, les travaux au lac, ajouta l'ingénieur. »

Néanmoins, les tempêtes de l'hiver avaient ébranlé, de-ci de-là, quelques bâtiments et les réparations de fortune qui avaient été faites à la hâte, pour solides qu'elles fussent, devaient être reprises afin de garantir la pérennité des ouvrages.

Enfin, quelques arbres furent abattus dans la grande forêt de l'est. Leur transport pénible devait être suivi par l'enfoncement, non moins rude, des pieux dans la vase du lac selon la même méthode employée lors de la construction du pont enjambant la Serpentine-River.

Toutefois, l'ingénieur se désolait, sans n'en rien dire, du temps que prirent ces travaux. À plusieurs reprises, ils durent être interrompus par de menus contretemps arrêtant, malgré tout, d'une bienheureuse façon, la monotonie de cette corvée harassante. Achevée en juin ; l'époque des moissons était arrivée.

Le rythme du quotidien était régulièrement ponctué par des réflexions et des questionnements concernant le voyage des deux marins. Robert avait tracé à l'arrière d'une carte les différents repères jalonnant la route à suivre pour rallier Oahu, la deuxième principale île de l'archipel havaïen. Il considéra une vitesse constante de cinq nœuds et c'était alors cent vingt milles qui seraient parcourus en une journée de navigation. Ainsi, en moins de deux semaines, la distance devait être franchie. Or, cela faisait deux mois que les marins étaient partis. Étaient-ils sur le chemin du retour ? Quel navire les aurait transportés ? Autant de questions qui ne pouvaient trouver de réponse, mais qui animaient si puissamment Robert que nul ne trouvait à y redire. Sa mère eût bien préféré qu'il se montrât moins impatient, mais le caractère fougueux de son fils était bien pardonnable.

« Flip et Tom auront à convaincre un capitaine de se dévoyer de sa route pour venir jusqu'ici. Cela peut prendre un temps certain, rappelait son père. Je ne serais pas étonné de devoir attendre la fin de l'été pour les revoir. »

Les moissons commencèrent, occasionnant de grandes fatigues. Si robustes qu'étaient les colons, leur corps subissait de véritables meurtrissures. Pour autant, les récoltes étant bonnes, la prospérité de la colonie était assurée. Le troupeau s'était également agrandi. Il n'avait pas semblé nécessaire de reprendre une chasse aux mouflons. L'ingénieur s'était refusé à demander à l'Oncle et à l'Ami Tom de réaliser de nouvelles captures. Aussi, les nouveaux pensionnaires de l'enclos furent-ils accueillis avec satisfaction.

Au cours de l'été eut lieu un incident grave qui eût pu avoir des conséquences dramatiques, voire funestes. Durant la nuit du 11 août, le domaine d'Élise-House fut menacé d'une dévastation totale. Vers quatre heures du matin, Fido se mit à aboyer furieusement à la porte de la maison et, dehors, sorti de sa cabane de branche, Jup poussait de grands cris auxquels répondaient aboiements et hurlements.

« Ce sont des chacals ! s'écria Marc.

— Ont-ils traversé le ruisseau et la haie ? demanda la mère.

— Je le crois et ils risquent d'envahir la basse-cour et de saccager les plantations, répondit l'ingénieur.

— Comment ont-ils franchi notre défense ? lança Robert qui s'emparait d'un fusil.

— Père, j'ai oublié de refermer le ponceau ! déclara Jack s'effondrant en larmes.

— Ce qui est fait est fait, maintenant, avisons à ce qu'il faut faire, répondit son père

— Courage ! cria Marc. Il est encore temps d'agir ! »

Les chacals n'avaient pas encore investi le domaine et le passage rétréci entre la berge du lac et la maison permettait de former une ligne infranchissable à ces canidés, dangereux animaux qu'ils pouvaient être lorsque la horde est importante. La lune, dans son premier quartier, parfois masquée par les nuages, n'éclairait qu'à peine la scène. Plusieurs dizaines de chacals, que la faim commandait, entreprirent de vouloir forcer l'unique voie qui les séparait de la basse-cour. À la faveur de quelques rares clairs de lune, plusieurs coups de fusil furent tirés et touchèrent mortellement certains fauves, mais ceux-ci, d'abord effrayés, continuèrent l'assaut.

Les hommes, quand ils ne pouvaient faire usage de leur fusil, hurlaient et gesticulaient, courant de droite et de gauche. Fido put attraper certains chacals au cou les étranglant net tandis que Jup, armé d'un gourdin, frappait avec une précision stupéfiante, aidé qu'il était par sa nyctalopie lui permettant de distinguer la moindre forme dans les ténèbres. Déjà, de nombreux fauves étaient tombés, mais ils semblaient toujours aussi innumérables ; le combat continuerait.

L'aube, qui ne devait pas tarder, se leva sur un champ de bataille au moment où un dernier chacal reçut un coup de pistolet tiré par Robert. Soudain, toutes les attentions se portèrent au sujet de maître Jup. L'orang n'était plus là. Les trois colons reprirent leurs esprits et saisirent le tragique de la situation en apercevant Fido gémissant au pied d'une masse de fourrure.

« C'est Jup ! s'écria Marc. »

Tous accoururent à l'endroit où gisait le pauvre singe. Ayant perdu son gourdin, deux ou trois chacals s'étaient acharnés sur lui. Harry Clifton s'accroupit et se pencha sur lui.

« Il est vivant ! dit simplement l'ingénieur. »

De profondes blessures lui avaient déchiré les bras et la poitrine. Le singe avait perdu beaucoup de sang. Se pouvait-il qu'il se remît de telles lésions ? Une civière improvisée permit de le transporter sans heurt à la maison. C'était heureux, car, épuisé, le moindre mouvement lui arrachait des plaintes à peine audibles. Tout juste arrivé, sa couche était déjà prête et Élisa Clifton, secondée par Belle et Jack, commença à le soigner.

Durant les jours suivant, la fièvre fit craindre le pire. Toujours quelqu'un veillait le malheureux. Encore une fois, Jup avait à lutter contre la maladie et ses nouvelles blessures lui avaient été causées par des représentants du monde sauvage comme si l'orang n'en faisait plus partie et, qu'en somme, il s'était humanisé un peu plus encore. Fido visitait son ami, lui tenant compagnie de longs moments.

La solide constitution de l'animal eut raison de la fièvre et, une semaine plus tard, l'on pouvait affirmer que ses blessures cicatrisées ne seraient qu'un mauvais souvenir. Une faim irrépressible s'empara du convalescent. On le laissa faire à son aise, car son instinct le préserverait indubitablement de tout excès.

À l'aide d'un miroir.

CHAPITRE II

Des traces de pas
Expédition au nord-ouest
Investigations au sud-ouest

Lorsque maître Jup fut entièrement rétabli, le mois d'août s'achevait. Un trouble gagna insidieusement chacun des colons mais ce fut Robert qui fut le plus sensiblement touché. Par la suite, plusieurs fois par jour, d'abord à propos de mille raisons, puis sans qu'il fût nécessaire d'en trouver, les uns ou les autres se rendaient sur quelques points de l'île, à l'horizon dégagé afin de le scruter. Personne n'aurait voulu blâmer quiconque et la raison n'aurait trouvé aucun écho à cette situation. Élisa Clifton s'en ouvrit à son époux.

« Mon ami, dit-elle. Cela fait de nombreux jours que je vous vois, tous, errer comme des âmes en peine. Je comprends que toute votre attention est réservée à guetter l'arrivée d'un navire.

— Vous avez raison, ma chère, répondit simplement l'ingénieur.

— Croyez que j'ai tout autant hâte que vous tous de revoir nos deux amis et j'ai bien de la peine à attendre.

— Une entreprise si risquée, presque insensée…

— Je veux croire qu'elle sera couronnée de succès et je saisis bien que votre impatience n'a d'égal que votre crainte du pire, conclut Mrs. Clifton. »

La raison ne commanda pas de cesser ces tours de garde qu'une certaine désespérance réduisit, cependant, en nombre. Ce fut plus sûrement un évènement improbable qui devait accaparer les dernières attentions des colons.

Au début du mois de septembre, il advint, qu'en pleine nuit, Fido et Jup, tous deux dans la chaumière, furent pris d'une vive agitation et réveillèrent toute la maisonnée. Grande était la crainte qu'il se fût agi d'un retour de quelques fauves. Fido, soutenu par Jup, grognait dans ces grondements entrecoupés de gémissements plaintifs, signe manifeste qu'un danger des plus sérieux se présentait. Cette attitude inhabituelle et alarmante invitait les colons à prendre toutes précautions avant de sortir, armés, torches à la main. Dans cette nuit sans lune, les flambeaux n'éclairaient qu'à peine les ténèbres. Robert, en avant, suivit le chien jusqu'au ponceau. Fido s'impatientait de vouloir le franchir, mais il ne lui fut pas permis de quitter le domaine. Tout le long du retour à la chaumière, le chien poussa ses grognements. Et la maisonnée de retrouver le sommeil.

Le lendemain, Robert, toujours le premier levé, se rendit au pied de la falaise, face à la baie de Première Vue. Il en revint en courant.

« Père ! Mère ! hurla-t-il en entrant dans la grande salle. Venez à la grève, il y a des traces de pas ! »

La famille se précipita à la suite de Robert. Dès le ponceau franchi, certaines empreintes de pas apparaissaient dans le sol moins ferme et pourtant sec. Ce n'était pas un pied nu qui les avait produites, mais bien une semelle de chaussure. Assurément, un seul homme les avait produites. Les marques prenaient la direction de la grève. Plus loin, l'on distinguait celles, plus légères, prenant le chemin du domaine et celles plus marquées allant vers la plage ; il semblait que l'individu avait dû courir à son retour. Elles se suivaient jusqu'au bord de la mer ; le ressac en avait effacé les dernières. L'homme, indubitablement, était monté dans un canot. À l'horizon, nulle voile ni mât n'apparaissaient.

« Pour quelle raison un homme se serait-il rendu jusqu'à Élise-House sans se faire connaître ? se questionna l'ingénieur.
— Il ne semble pas avoir hésité pour s'y rendre, remarqua Élisa Clifton.
— En pleine nuit, sans lune pour l'éclairer ? dit, troublé, Marc.
— Je n'ai vu aucune lumière de flambeau ni de fanal, assura Robert.
— Cet homme ne semble pas avoir d'intention malveillante, reprit Harry Clifton. Mais il ne souhaite pas avoir de contact avec nous, cela est certain !
— Pour ma part, il ne m'étonnerait pas qu'il s'agisse de l'insaisissable être que je pensais avoir vu l'année dernière, près du pont, reprit Marc.

— Alors, nous n'attendrons pas d'aide de sa part ! se résigna Mrs. Clifton. »

De ces quelques éléments, aucune autre déduction ne pouvait être tirée. Il en est de ces faits dont les réponses ne sont apportées qu'à force de temps ou sont vouées à ne jamais être sues.

Il n'était guère possible d'en rester à de telles constatations. De nouveau, les colons étaient en proie, comme l'année dernière, à de terribles interrogations ! Récemment ou non, se pouvait-il qu'un navire eût accosté l'île ? Y avait-il eu un naufrage dont au moins un survivant en eût réchappé ?

« Nous devons retrouver cet homme ! s'exclama Marc. Nous ne pouvons laisser s'échapper une chance de quitter l'île.
— Ce que tu dis n'est que trop juste, mon fils, répondit le père.
— Mais Tom ! Mais Flip ! interrompit Robert.
— Nous ne les oublierons pas ! rassura l'ingénieur. »

Mrs. Clifton avait remarqué que son cadet avait les yeux humides. Lui posant la main sur l'épaule, elle lui dit alors :

« Nous ne quitterons pas Flip-Island sans eux, pas plus que nous craindrons d'accueillir quelques nouveaux compagnons d'infortune au sein de notre colonie. Je ne crois pas que nous ayons affaire à des pirates cette fois-ci ! »

Élisa Clifton ne se laissait pas de trouver étrange la situation d'un naufragé fuyant ses semblables. Quant à la possibilité qu'il se fût agi du même être qui serait resté une année entière à l'écart des colons sans que sa présence eût été remarquée, il lui paraissait inconcevable qu'il eût pu en être de la sorte.

« Peut-être est-il possible qu'il n'y ait rien d'autre à retrouver qu'un canot ou qu'une frêle barcasse aisée à dissimuler le long de la côte, ou même plus, à l'intérieur des terres. Aussi, je propose de parcourir le rivage à pied. Il sera impossible qu'une présence humaine nous échappe.

— Mais par où commencer, père ? Vers le cap du Cadet ? demanda Marc.

— Je pencherais plutôt pour prendre vers le nord. Au-delà du cap de l'Aîné ; la côte du marais du Salut est plus propice à cacher une barque.

— Pourquoi nous faut-il absolument rechercher un être dont on ne sait s'il se cache ou s'il n'y a pas quelque péril à le traquer comme un fauve ? questionna Jack. Un animal aux abois est si imprévisible !

— Nous tâcherons de ne pas l'alerter inutilement et d'ailleurs, nous saurons nous défendre le cas échéant. »

Harry Clifton ne pouvait agir autrement qu'en dirigeant une expédition longeant la côte de la baie de Première Vue jusqu'au cap de l'Aîné, puis de poursuivre le rivage du marais du Salut. Depuis le fond de la baie de l'Espoir, il s'agirait de couper par le bois des Singes. Enfin, le retour par la berge du lac Ontario achèverait le périple.

Ce serait Robert qui accompagnerait son père dans l'exploration ; Marc serait de taille à défendre la famille. Fido resterait à Élise-House, car il était toujours à craindre que les instincts du chien n'eussent à l'emporter devant un inconnu.

Quoiqu'il se fût agi d'un dimanche, ce 11 septembre, père et fils quittèrent leur foyer en remontant le rivage de l'île depuis les installations du chantier naval. Outre que des pigeons voyageurs avaient été emmenés, les besaces, alourdies de provisions pour trois jours, entravaient plus sûrement la marche. Mais, peut-être plus encore, était-ce les deux fusils, portés à l'épaule, qui constituaient le principal *impedimentum* pour les marcheurs.

Jack et Belle avaient emprunté la yole pour rejoindre, à l'embouchure de la Serpentine-River, les deux excursionnistes d'un genre particulier.

Parvenus sur la rive gauche, Marc et sa mère, accompagnés de Fido et Jup, avaient longé la rivière, scrutant la moindre trace. Rien ne leur avait paru suspect.

Robert et son père transportés sur la rive droite, l'expédition de la partie au nord-ouest de l'île commençait véritablement.

La longue ligne de falaise sombre ne permettait certes pas d'accoster facilement avec un frêle esquif. Au surplus, la faible marée eût tôt fait d'effacer les traces de pas ou de fond de barcasse. Plus haut sur la grève, le cordon de débris ne montrait guère de rupture dans sa continuité. Nulle part, il ne semblait avoir été chamboulé.

Une halte, à midi, devait conduire les deux excursionnistes au promontoire du cap de l'Aîné. C'est à partir de ce point qu'il était le plus probable de découvrir si des indices instruiraient les explorateurs. Jusqu'à ce cap, la progression, si elle se faisait aisément, se faisait lentement, car il y avait toujours quelques détriments alertant l'attention. Cependant, rien, jusqu'alors, n'avait pu indiquer que des hommes eussent été jetés sur les côtes de ce rocher ancré au cœur de l'océan Pacifique.

Il s'y trouvait une plate-forme arasée, surplombant le promontoire, qui constituait un point de vue absolument parfait, s'ouvrant sur la baie de Première Vue au sud, dominé par le Clifton-Mount pourtant distant d'au moins cinq à six lieues, et bordé par le marais du Salut reflétant, dans les reliefs les plus proches, la lumière d'un soleil déjà au zénith tandis que l'horizon le plus oriental laissait apparaître les plus hauts monticules de la falaise aux Mouettes. Du sud-ouest au nord-est, une immensité liquide, toute rectiligne, aurait bien fait croire à la platitude de la Terre. Le vent du large balayait vivement le cap. C'est à la base de la pointe rocheuse que les deux marcheurs trouvèrent à pouvoir se restaurer suffisamment confortablement.

« À partir de ce lieu, il ne sera pas impossible de trouver des traces de passage ou des épaves, dit Harry Clifton.
— Il est certain que les effets de la marée ont pour résultat de déposer, assez loin sur la plage, les débris que l'océan rend toujours à un terme plus ou moins long, reconnut Robert. Cependant, ne convient-il pas de poursuivre notre chemin en nous écartant sensiblement l'un de l'autre ?
— Très-juste ! Pendant que deux yeux fouilleront la grève, les deux autres inspecteront le moindre fourré ! »

Il semblait opportun que la marge du marais fût autant observée que le cordon d'algues et de débris végétaux délaissés par la mer. Dans sa largeur, le plus souvent, la zone considérée ne dépassait pas un quart de mille. Ce ne serait que sur un petit tiers du chemin que celle-ci s'enflerait sur un demi-mille. Deux sifflets de gabier avaient été emportés qui permettaient de pouvoir émettre de nombreux signaux à une distance respectable. Par ailleurs, Robert était rompu à cet exercice dans lequel il excellait ; auprès de l'Oncle Tom il avait largement appris de l'art d'utiliser le sifflet de manœuvre. Dans la cargaison du *Swift*, ce n'était pas moins de deux douzaines de sifflets de bosco qui en avaient été rapportés. Il en restait une vingtaine sur l'île.

Durant la poursuite de l'exploration, tous les sens aux aguets, Robert s'en allait à ses pensées. Régulièrement, tous les quarts d'heure environ, il saisissait le petit tube de laiton dont l'extrémité soudée débouchait dans la cavité d'une sphère évidée. De l'autre extrémité, portée à la bouche, le siffleur formait une série de sons stridents qui fendaient l'air avec puissance. Ces notes répondaient, le plus souvent, à celles émises, les mêmes, par son père. Ainsi, l'un et l'autre des explorateurs avaient-ils l'assurance que nul péril ne se présentait, ni à l'un, ni à l'autre. Bien que rien ne les empêchât de se voir, ils avaient ainsi convenu de converser.

À près de quatre heures après midi, depuis la plage, trois longues notes aiguës retentirent et sortirent Robert de son attention assidue des touffes de joncs dont certaines recelaient des nids. Depuis leur départ du cap de l'Aîné, il n'y avait guère que des représentants de la gent ailée qui peuplaient la côte.

Le cadet Clifton accouru en quelques instants auprès de son père.

« Vois donc cette poutre arrachée, lui montra-t-il. Nous n'en voyons que l'extrémité. Tentons de la dégager un peu plus pour nous faire une idée depuis combien de temps elle peut bien se trouver fichée-là ? »

Par chance, le sable meuble se dégageait facilement à la main. La pièce de bois présentait une inclinaison tout-à-fait prononcée signifiant qu'elle avait été enfouie de longue date. Au surplus, des clous largement corrodés ne laissaient plus aucun doute sur la question.

« Nous avons perdu assez de temps, déclara Harry Clifton. Tâchons de rejoindre l'extrémité de la langue de sable avant la nuit ! »

Aucune autre découverte ne devait interrompre la marche. Bientôt, la baie de l'Espoir se découvrit entièrement. Nul navire n'y avait mouillé son ancre ni ne s'y était abîmé.

Une heure avant la tombée du jour, la grève de sable prenait fin laissant le marécage se confondre dans l'océan. Un pigeon fut relâché qui transporta un message rassurant à Élise-House. La nuit serait sereine !

Le lendemain, comme l'ingénieur l'avait prévu, la marée basse permit de progresser avec grande facilité vers l'embouchure du Creek-Jup. De là, la petite plage fut également inspectée longuement avant que de déjeuner peu après le midi.

Encore, aucune trace susceptible d'indiquer un quelconque passage d'être humain ne put être observée. Ce ne fut que sur les berges du *creek* qu'un doute persista. Il était trop mal-aisé de distinguer nettement, parmi les marques laissées par les colons lors du chargement des chaloupes en minerai de fer, certaines qui pouvaient sembler plus fraîches.

« Peut-être sont-ce des traces laissées depuis plusieurs mois mais non encore délavées, se navra l'ingénieur.

— Effectivement ! Qui pourrait seulement nous dire s'il ne s'agit pas de nos propres bottes qui ont marqué la boue ? demanda Robert.

— Il n'y a rien à voir sur cette partie de l'île, déclara son père. Rentrons de ce pas. J'aimerais pouvoir atteindre le lac Ontario avant la nuit !

— Si nous envoyions un message demandant à ce que l'on vienne nous chercher à l'embouchure du cours supérieur de la Serpentine-River, nous gagnerions un temps considérable ; nous nous épargnerons bien des peines en plus d'accroître notre sûreté.

— Je n'avais pas pris le temps d'imaginer une solution aussi utile ! Ne tardons pas ! »

Robert se sentit gonflé d'aise. Son père n'avait-il véritablement pas envisagé cette possibilité ? Le fils cadet ne se posa guère la question ! Il avait retrouvé de sa vitalité émoussée par l'absence de ses oncles ; là était la plus grande satisfaction de l'ingénieur.

À peine plus d'une lieue séparait les deux hommes du lieu de rendez-vous. Le messager ne devait pas faillir à sa mission ; en deux heures, le bois des Singes traversé, les excursionnistes retrouvèrent Jack attendant ses passagers qu'il déposa fièrement, moins d'une demi-heure plus tard, devant la chaumière.

Aucun des colons ne parvenait à se résoudre à abandonner les recherches. C'est pourquoi, dès le lendemain, le 13 septembre, Jack suivait son père le long de la côte du sud-ouest. Selon Harry Clifton, nul danger ne devait se présenter. Aussi, lorsqu'il se rendit compte que Belle, dans sa réserve naturelle, n'osait réclamer sa part d'aventure, il la devança :

« Pensez-vous, ma chère amie, que notre fille puisse nous accompagner dans ces investigations ? »

Belle s'ouvrit en un large sourire. *Mistress* Clifton ne fut pas moins enchantée d'accorder à la jeune fille une récompense amplement gagnée. Il ne fut pas question de souligner l'absence de menace pour ce qui relevait certes plus d'une promenade que d'un périple. Ne convenait-il pas de soutenir un certain sens de l'insécurité et d'incertitude à l'aventure ? Le souci du détail poussa Harry Clifton à envisager de passer une nuit sur la plage, au niveau de la naissance du cap aux Brisants. Ainsi, le trait de côte étant long de six lieues, depuis le domaine jusqu'à ce point, le parcours, très-facilité par le paysage de dunes et de landes, n'occasionnerait qu'une fatigue modérée.

Dans les mêmes conditions que l'avant-veille, les trois explorateurs quittèrent leurs proches. Le temps clair garantirait que, dans deux jours, les enfants auraient eu leur content d'aventure sous les meilleurs auspices.

Ce fut sans surprise que le groupe dépassa l'huîtrière, puis le cap du Cadet, continua le petit renflement de la côte avant de longer l'interminable plage quasiment rectiligne dont le sable foncé ne montrait presque aucun relief jusqu'à perte de vue. Les enfants se montrèrent particulièrement solides, taisant leurs fatigues avec la plus grande fierté.

Parvenus, à leur train, jusqu'aux premiers blocs rocheux du cap aux Brisants, le campement fut promptement dressé et, le temps de prendre le repas du soir, le sommeil gagna aussi vite les jeunes âmes ; un repos salutaire ne leur serait pas superflu pour rejoindre Élise-House.

Le jour du 14 se leva sous quelques nuages inquiétants. Cette menace climatérique fournit aux jeunes corps fourbus la force de parcourir les cinq lieues en si peu de temps que le déjeuner fut pris en présence de la famille entièrement réunie.

Encore, nul indice en faveur d'une présence humaine n'avait été observé.

L'incompréhension restait totale. Il n'était plus temps d'en perdre. Résolument, Harry Clifton partirait de nouveau le lendemain avec son fils Marc jusqu'à la crique de l'Ami Tom. N'était-ce le meilleur endroit pour assurer le mouillage d'un navire ? Fido serait de l'exploration, car, cette fois-ci, l'aventure pouvait se révéler périlleuse.

Certaines empreintes de pas.

CHAPITRE III

Exploration au sud-est – Gisement de pyrite
Comment l'on obtient de l'acide sulfurique
Au sujet de la nitro-glycérine et du pyroxyle
Depuis la crique de l'Ami Tom

L'exploration de la partie au sud-est de l'île ne pouvait s'envisager sans accorder la plus grande attention à la sûreté de chacun des colons. Élisa Clifton s'était largement ouverte à ce sujet auprès de son époux.

« À quoi bon rechercher un homme qui ne souhaite pas se rapprocher de ses semblables ? Laissons-lui le choix de mener son existence comme il l'entend. Je ne me laisse pas d'être inquiète depuis plusieurs jours que vous arpentez ce fragment de roche esseulé dans le plus vaste océan du monde !

— Je comprends vos craintes ma douce amie et je n'oublie pas nos mésaventures passées. Cependant, reconnaissez que les circonstances présentes sont tout autres. En outre, pouvons-nous seulement nous permettre le luxe de nous montrer par trop timorés ? Si danger il y a, il convient de l'affronter avant qu'il ne nous frappe, car rien ne l'empêchera de nous trouver si tel est le destin. Ne cédons pas à la peur !

— Père a raison ! reprit Marc. Nous redoublerons de vigilance. Nous serons accompagnés par Fido et nous vous enverrons des pigeons deux fois pas jour ! De plus, nous serons autrement armés qu'il y a deux ans et demi. »

Le jeune homme avait déployé toute sa verve pour rassurer sa mère. Bien sûr, les alarmes de Mrs. Clifton étaient légitimes. Néanmoins, la raison commandait de se rendre à l'extrémité orientale de Flip-Island. Le souvenir du *steamer* s'éloignant inexorablement des parages de l'île Crespo restait toujours aussi cuisant.

« Certes, depuis plusieurs jours, je n'ai pu que me rendre à l'évidence que l'installation de notre colonie souffre de son isolement, dit-elle. Nous sommes à la merci du premier coup du sort. Déjà, le départ de nos deux amis a eu un retentissement considérable sur notre quotidien. Un moindre incident pourrait devenir un drame ! Il me tarde tant de les revoir, finit-elle par murmurer.

— Ils reviendront ! s'exclama Robert en s'emparant des mains de sa mère.

— Oui ! bien sûr ! ... lui répondit-elle. »

L'émotion passée, les besaces furent reconstituées. Jack s'employa à réaliser une cage légère, facilement transportable sur les épaules, en capacité d'emporter huit pigeons. Cette débauche de messagers eut pour conséquence de réduire la place des provisions, car il fallait bien emmener du grain pour les animaux. Mrs. Clifton s'acharna, en vain, à convaincre son fils aîné de réduire le nombre de volatiles. Rien n'y fit ; Marc ne faillirait à sa parole.

Les éléments ne favorisèrent guère les explorateurs. En effet, dès la nuit, une pluie soutenue s'était abattue sur cette partie de l'océan. Au matin, sa force avait à peine décru. Encapuchonnés de vêtements rendus étanches par de la gomme, les deux hommes louèrent la réserve du *Swift* qui les avait si proprement habillés comme il se devait. À la hâte, une toile de voile servant de bâche et de rudimentaire capote protégea les besaces et la cage aux oiseaux.

C'est avec une coupable acceptation que la petite famille resta à l'abri dans la chaumière tandis que Marc et son père disparurent dans les ondées.

Les terrains détrempés ne rendirent pas la progression des plus aisées, mais nul péril n'était à redouter. Par chance, en quelques heures, le temps se rasséréna. Ainsi fait, un déjeuner put être pris à la sortie de la forêt des Érables. Cette halte était la bienvenue. Sitôt les impédiments déposés, Marc s'empressa de rédiger une petite missive rassurante. Un premier pigeon fut alors libéré, s'en retournant à son colombier à tire-d'aile.

« Va donc ! dit Marc. Que n'avons-nous-même des ailes ! Dans quelques minutes, tu seras de retour chez toi alors que nous avons marché des heures durant pour nous rendre jusqu'ici. »

Le père sourit à entendre ainsi son fils parler, mais c'était plutôt le mont qui se trouvait être l'objet de toutes ses attentions.

« Je remonterais bien volontiers un peu plus sur les contreforts plutôt que de poursuivre à la base du volcan. Peut-être y a-t-il, dans cette partie inexplorée du Clifton-Mount, quelques richesses insoupçonnées.

— Ne risquons-nous pas de réduire nos chances de repérer les traces de notre mystérieux naufragé ?

— Nous les retrouverions à notre retour. En réalité, je ne sais que penser de la situation. Je veux croire que ce sera à la crique de l'Ami Tom que nous aurons la plus grande probabilité de trouver ce que nous cherchons. Aussi, sans dévier de notre direction, il ne serait pas inopportun d'examiner les flancs du volcan. En prenant notre temps, nous rallierons la source de la Belle-River avant la nuit. Ce cours d'eau constitue une route toute tracée jusqu'à la rade. »

En procédant de la sorte, l'ingénieur pensait se garantir de toute mauvaise surprise ; il serait facile d'avancer à couvert, sans jamais se faire repérer si des marins de condamnable fréquentation étaient venus mouiller ici-même.

Les brumes s'étant entièrement dissipées, le volcan se dévoilait dans ses imposantes formations géologiques. Certaines zones de couleur trahissaient une nature différente des roches plutoniques issues du plus profond de la terre. Il en était une qui interpela depuis très-loin l'ingénieur se faisant géologue pour l'occasion. Des zébrures d'une couleur brune, incertaine, tirant vers le jaune, serpentaient le long d'anciennes fissures de la roche primordiale. Sur plusieurs pieds de largeur, une dizaine de veines lançaient de faibles éclats métalliques. La longueur de cette inclusion d'origine hydrothermale atteignait une trentaine de yards avant de disparaître dans les éboulis. L'ingénieur se pencha sur cette partie de la roche et la frappa de son marteau, enlevant un fragment à l'éclat métallique, jaune et brillant en son cœur et largement corrodé en surface.

« Serait-ce de l'or ? questionna Marc.

— Prends donc cet échantillon et dis-moi ce que tu en penses, lui répondit son père.

— Il me semble trop léger pour être de ce noble métal et il se révèle par trop cassant. Notre encyclopédie mentionne que la pyrite peut être confondue avec l'or par les prospecteurs ignorants.

— Il s'agit, effectivement, du sulfure de fer qui a été quelque peu corrodé en surface par les agents atmosphériques. Il est regrettable que nous n'ayons pas rencontré de ces cristallisations en cube qui sont du plus bel effet.

— N'est-il pas dommage que cette veine-là ne soit un gisement aurifère ?

— Ce métal-là ne nous aurait été d'aucune utilité et je ne suis pas loin de penser que ce dernier est la cause de bien des malheurs dans ce monde qui n'en manque pourtant pas. Vois-tu, mon fils, la pyrite que tu tiens entre tes mains nous est infiniment plus précieuse. »

Connu depuis les temps les plus anciens, ce minéral est cette pierre à feu qui, entrechoquée avec une roche dure, un autre bloc de pyrite ou une pièce d'acier, produit de fugaces étincelles propres à enflammer des matières sèches. Cependant, la principale utilité de la pyrite et des minéraux similaires comme la marcassite, – forme cristalline particulière du sulfure de fer –, s'apprécie dans la fabrication de l'acide sulfurique dont l'industrie chimique use en abondance.

« L'acide sulfurique est un des agents les plus employés, et l'importance industrielle d'une nation peut se mesurer à la consommation qui en est faite, expliqua Harry Clifton.

D'une manière simpliste, l'on pourrait dire que cet acide résulte de l'hydratation de l'anhydride sulfurique et s'il est facile d'obtenir l'anhydride sulfureux, en laissant brûler du soufre dans l'air, oxyder une nouvelle fois ce gaz irritant et toxique s'avère bien plus ardu. Au surplus, cette réaction se révèle par trop incertaine et l'on n'obtient bientôt que de la vapeur d'eau au détriment de l'acide.

La méthode moderne de production d'acide sulfurique suit, néanmoins, cette voie par le concours d'installations particulièrement complexes et coûteuses, à grand renfort d'appareillages employant du plomb ou du platine. La méthode est ainsi connue sous le nom du procédé des chambres de plomb, développée et améliorée depuis plus d'un siècle.

Jadis, l'on fabriquait cette huile de vitriol d'une tout autre manière ; on obtenait l'acide sulfurique par la distillation du sulfate de fer. Avant que nous n'ayons récupéré l'huile de baleine dans l'épave du *Swift*, je pensais purifier le suif de nos premières chandelle avec cet acide.

— Comment l'aurions-nous préparé ? demanda Marc, piqué au vif dans sa curiosité.

— Tout d'abord, nous aurions fabriqué du sulfure de fer en faisant brûler un mélange intime de quatre à cinq parties en poids de soufre et de sept parties en poids de limaille de fer. Ensuite, ce sulfure de fer aurait été mis à griller. C'est alors que nous aurions lavé les cendres et recueilli les eaux de lavage chargées de diverses substances dont le sulfate de fer que nous aurions laissé cristalliser sur les bords d'un bassin d'évaporation. Par la suite, les cristaux récupérés, leur distillation dans des cornues chauffées doucement, dont le col communiquerait dans un flacon refroidi, aurait produit de l'acide sulfurique anhydre qui se serait dégagé sous la forme d'abondantes vapeurs blanches se condensant à l'extrémité de la cornue, dans le vase que l'on aurait fermé hermétiquement afin de soustraire la liqueur de l'humidité de l'air, jusqu'au moment de l'utiliser. C'est ce que l'on appellait l'acide sulfurique de Nordhausen, du nom de la ville où on l'a préparé industriellement pour la première fois. L'adjonction d'une faible proportion d'eau nous aurait fourni l'acide sulfurique ordinaire.

— Quels sont les usages de l'acide sulfurique ?

— Ils sont si nombreux que j'en oublierais. Il sert à l'élaboration de la soude artificielle, de l'alun, du chlore, de l'éther, de la plupart des acides, on l'emploie dans la fabrication du sucre d'amidon, des bougies stéariques ou pour dissoudre certains composés comme l'indigo. Dans une application médicale, il est un caustique puissant. Je penserais, aujourd'hui, pour notre usage immédiat, au tannage des peaux, mais si nous en avions besoin, nous pourrions également disposer de la nitro-glycérine ; ce terrible produit, dont la puissance explosive est peut-être décuple de celle de la poudre ordinaire et qui a déjà causé tant d'accidents.

Mis en présence de salpêtre, l'acide sulfurique, par distillation, nous donnerait de l'acide azotique lequel, mélangé avec d'infinies précautions à de la glycérine purifiée et déshydratée, nous fournirait cet explosif très-puissant quoique très-instable et, conséquemment, très-dangereux dans son emploi. Il est certain que s'il était possible de stabiliser cette nitro-glycérine en l'intégrant intimement dans une substance idoine, l'on y gagnerait dans la sûreté de son utilisation. Sûrement, à l'intérieur de ce dispositif, devrions-nous prévoir, alors, le moyen de produire un choc d'une puissance suffisante pour faire réagir la matière explosive. »

L'ingénieur resta pensif durant un moment.

« Comme une cartouche de poudre noire qui exploserait dans le récipient en question ? se permit Marc.

— Oui, c'est cela. C'est une question à creuser ! De la poudre noire ou du fulmicoton...

— Du fulmicoton ? Qu'est-ce-à-dire ?

— Il s'agit de nitro-cellulose, un explosif dérivé de la cellulose, comme la moelle de sureau, par exemple. En plongeant des fragments de cellulose dans un mélange de trois à cinq parties d'acide sulfurique pour une partie d'acide azotique, on obtient ce pyroxyle que l'on prendra grand soin de laver consciencieusement pour éviter tout risque d'ignition spontanée. »

Marc réclama quelques éclaircissements sur cette nouvelle substance comparativement à la poudre noire. Harry Clifton ne put se soustraire de les lui accorder. Il résolut donc d'expliciter la manière de fabriquer et d'employer le pyroxyle, tout en lui reconnaissant d'assez graves inconvénients, c'est-à-dire une grande inégalité d'effet, une excessive inflammabilité, puisqu'il s'enflamme à cent soixante-dix degrés centigrades au lieu de deux cent quarante, et enfin une déflagration trop instantanée qui peut dégrader les armes à feu. En revanche, les avantages du pyroxyle consistaient en ceci qu'il ne s'altérait pas par l'humidité, qu'il n'encrassait pas le canon des fusils, et que sa force propulsive était quadruple de celle de la poudre ordinaire.

« Avons-nous besoin de tout cela ?
— Nullement, ce que nous possédons nous suffit amplement ! »

Marc se montra très-satisfait de cette leçon de chimie. Combien lui sembla-t-il que ces acquêts de l'homme sur la connaissance intime du monde avaient de bénéfiques ou de délétères selon l'usage que ce dernier en faisait.

Les marcheurs pouvaient reprendre la direction de la vallée des Laves. En suivant tangentiellement la déclivité du mont, les excursionnistes profiteraient d'une faible descente continue jusqu'à la lisière de la forêt du Bois-Robert où la Belle-River pénétrait. Ils y seraient rendus avant la tombée du jour. Pour l'heure, les formations minérales ne recelaient plus guère de trésors naturels. Le temps ne faisait pas défaut aux prospecteurs, c'était donc avec une extrême attention que les roches compactes de la montagne, laissées à nu par l'érosion, dégagées des dépôts d'origines diverses et des éboulis, étaient inspectées ; ce ne serait pas en chemin que seraient rencontrées de ces anciennes fractures comblées de précieux minéraux déposés par les eaux en provenance des profondeurs de la terre.

Restait-il encore une lieue, en ligne droite, jusqu'à l'embouchure de la rivière que le campement fut établi. L'emplacement était idéal ; les buissons, amplement fournis, assureraient une protection efficace contre la fraîcheur de la nuit tout en dissimulant les deux hommes.

Encore, Marc s'attacha à rédiger, d'une fine écriture, une missive rassurante contant la découverte de la pyrite. Il n'était pas certain que, depuis Élise-House, ses explications fussent comprises, mais, assurément, la recherche du mystère occuperait l'esprit de sa famille.

Cette fois-ci, il serait possible d'allumer un foyer pour la nuit. Le lieu choisi pour la halte était suffisamment éloigné de la crique pour qu'il n'y eût à craindre que ni la lueur des flammes, ni l'odeur des fumées ne fussent remarquées depuis la rade. Irrégulièrement, le sommeil des explorateurs fut interrompu par des hurlements de chacals qui indiquaient, par ailleurs, que ces derniers n'étaient pas dérangés sur leur territoire des petites vallées des contreforts au sud du Clifton-Mount.

Descendre le cours de la petite rivière se révéla quelque peu plus ardu que prévu. Son tracé était particulièrement sinueux. Au surplus, la végétation avait formé d'inextricables remparts le long des berges. Au moins, sur la partie la plus en amont était-il possible de marcher sur un lit pierreux, mais, à ce point, l'avancée n'était que par trop entravée à patauger de la sorte. Il fut alors convenu de s'écarter sensiblement de la Belle-River afin de pouvoir circuler plus aisément entre les arbres ; il n'y avait guère que Fido qui se trouvait à son aise dans l'eau fraîche en bon terre-neuve qu'il était.

Deux heures furent ainsi requises pour suivre la voie naturelle qui s'était frayé un chemin dans l'exubérante flore du Bois-Robert. Avec une prudence infinie, l'éclaireur Harry Clifton émergea des ultimes broussailles qui jalonnaient la limite de la plage et l'orée de la forêt.

La crique apparut vide de présence humaine et l'envol des oiseaux de mer venant de repérer, de très-loin, le mouvement de l'ingénieur suffit à lui indiquer que nulle autre créature ne s'était rendu ici-même depuis des mois. Marc fut enfin autorisé à rejoindre son père sur un signe de ce dernier.

« Ce n'est pas dans cette crique que nous trouverons notre visiteur mystérieux, déclara Harry Clifton. J'en suis tout autant satisfait que chagriné.

— Il ne reste rien de l'épave du *Swift*. C'est à peine si, à marée basse, nous verrions quelques membrures émerger.

— Peut-être qu'avec les fortes tempêtes, la quille a glissé sur le fond sableux et, disloquée, l'épave s'est dispersée dans l'océan.

— Ce qui expliquerait la découverte de la poutre de chêne enfichée dans le sable du marais du Salut ! Mais, sans navire, d'où nous vient notre insaisissable marin ? raisonna Marc.

— Je me perds en conjectures, avoua son père. Grimpons sur la falaise, nous y verrons plus loin. »

Depuis les hauteurs du promontoire de la Dent, les environs ne dévoilèrent rien d'autre qu'un grandiose panorama parfaitement dégagé d'où l'existence de l'homme était exclue.

« Envoyons un messager, nous rentrons sur-le-champ en longeant la plage bordant le Bois-Robert jusqu'au cap aux Brisants. Nous serons chez nous ce soir ! dit l'ingénieur. »

Encore une fois, la dernière plage de l'île qu'il restait à reconnaître ne montra aucune trace d'un quelconque atterrissage quel qu'il fût. Aussi, le mystère du visiteur nocturne restait entier quand, au soir, la famille Clifton était de nouveau réunie.

« Il n'y a plus que la partie la plus inhospitalière de l'île que nous n'avons pas fouillée, mais elle n'est guère propice à héberger qui que ce soit, remarqua Harry Clifton.

— Elle est plus sûrement la partie la plus susceptible à provoquer un naufrage, répondit Élisa Clifton. Mon ami, vous n'aurez de quiétude qu'après avoir contrôlé le nord-est de Flip-Island. Faites votre devoir ! Explorez-la ! Nous serons, alors, définitivement fixés ! Ne reportez pas pour nous cette expédition ; nous vous attendrons avec patience ! »

L'ingénieur montra pourtant une réserve inattendue. Sans doute, les fatigues des jours précédents avaient eu raison de sa vigueur. Pour l'heure, un repos nécessaire restaurerait ses forces et lui porterait conseil.

Serait-ce de l'or ?

CHAPITRE IV

Reconnaissance au nord-est – Une muraille végétale
La grotte aux Ours – Une île mystérieuse

Au matin du 17 septembre, la maisonnée se réveilla presque comme à l'accoutumée à ceci près que le père avait à faire part de sa décision d'engager une dernière reconnaissance de la contrée du nord-est.

« Durant la nuit, je me suis rangé à l'avis de votre mère, déclara-t-il. Ne devons, sans délai, nous rendre compte de l'état des côtes les plus orientales de notre domaine. Cependant, il s'agit de parcourir les terrains les plus escarpés et les moins praticables de notre île. C'est pour cette raison que je me suis montré très-réticent à décider cette nouvelle exploration.

— Nous vous aiderons tous dans cette épreuve, assura Marc. »

Le frère aîné reçut l'assentiment de toute sa fratrie. Chacun proposa, l'un après l'autre, quelques idées destinées à réduire la charge qui pesait sur leurs parents.

« La marche réclamera une grande force physique et la nature escarpée des terrains ne sera pas exempte de dangers. Il semble plus judicieux de remonter, derechef, le cours supérieur de la Serpentine-River, puis de quitter la lisière du bois des Singes pour contourner les formations rocheuses des contreforts du volcan ce qui nous conduira à suivre, à distance, le tracé du Creek-Jup jusqu'à pénétrer dans le bosquet enclavé entre la naissance de la falaise aux Mouettes et la vallée des Laves. Depuis le fond de la baie de l'Espoir, Robert et moi avons constaté qu'aucun vestige de naufrage ne s'y trouvait. Depuis la crique de l'Ami Tom jusqu'au Cap-Jack, il en est de même. Ainsi, en nous hissant sur les hauteurs de la falaise, nous aurons, avec une moindre peine, un aperçu complet des derniers éléments de la côte orientale ayant encore échappé à notre inspection. »

Le plan de route, ainsi exposé, reçut une approbation générale ; il avait l'avantage indéniable d'être économe en efforts tout autant que de pouvoir être rapidement mis en œuvre.

« Je pense devoir partir avec Marc et Robert cette fois-ci, rajouta l'ingénieur. Nous ne nous absenterons que peu de jours, deux tout au plus. Si nous partons demain, Marc devrait avoir recouvré ses forces. »

Un certain trouble anima les trois frères qui partagèrent de multiples regards tout-à-fait éloquents. Quelques secondes suffirent à Marc pour prendre la parole :

« Père, ne vous inquiétez pas pour ma constitution ; je suis de taille à reprendre la route aussitôt. Néanmoins, mes frères et moi, pensons qu'il est plus opportun que je reste à Élise-House avec mère et Belle. Je connais déjà ces contrées. Sans doute, Robert et Jack auront plus à découvrir. Emmenez donc Fido ou mieux, maître Jup qui vous défendrait comme un beau diable si un danger devait se présenter. »

Il se passa un long moment avant que le silence qui s'était imposé ne fût rompu par Élisa Clifton :

« Voici qui est parlé comme un homme sage ! Nous sommes très-fiers de toi, Marc !

— Ta proposition est plus avisée que la mienne, reconnut le père. J'ai encore trop tendance à tous vous considérer comme des enfants que vous n'êtes plus. Promptement équipés de longes, cordes et grappins, nous serions presque déjà prêts à partir.

— Pour réduire encore vos fatigues, père, je propose de vous conduire avec la yole jusqu'à la chute d'eau, reprit Marc. Au surplus, en prenant en remorque la pirogue, nous pourrions envisager de laisser sur place l'embarcation du *Swift* que vous retrouveriez à votre retour, sans crainte que nous ayons laissé passer un pigeon voyageur nous prévenant de votre départ depuis la falaise. »

Si les yeux de Robert et de Jack brillaient d'une légitime excitation, ceux des deux parents laissaient transparaître une réelle admiration pour leurs enfants.

« Avec une telle organisation, en partant au plus vite, nous pourrions atteindre la falaise avant ce soir ! s'exclama Harry Clifton. »

Une jubilation certaine s'empara de tous. Il ne fallut pas plus d'une heure pour que la yole quittât le petit quai de rondins où elle était amarrée à proximité de la chaumière. Le temps était de la partie. Assurément, rien ne devait entraver le périple consistant à parcourir une lieue en barque, puis quatre à pied dont la dernière ne serait pas des moindres ; le pari pouvait se tenir !

La yole sembla glisser sur l'eau sans aucun effort. À une vitesse prodigieuse, animée par la fougue des rameurs, la légère barque emmena ses quatre passagers jusqu'à l'embouchure supérieure de la rivière, jusqu'à cet arceau de verdure, bas et touffu, qui dissimulait quelque peu ce point rompant la ligne continue des végétaux aquatiques soulignant la berge du lac.

Il ne fallut pas moins de deux heures aux explorateurs acharnés pour mener les deux barcasses jusqu'à la cascade marquant la limite de navigabilité du cours d'eau. Très-rapide, ce trajet passa devant les divers endroits où avaient été récoltés les premiers végétaux si utiles au potager d'Élise-House et, depuis, proprement civilisés par la voie de la transplantation, ou encore ces gallinacés qui devaient peupler la première basse-cour, et ne raviva pas moins le charmant souvenir de la mise en valeur de l'argile figuline, découverte fortuitement par le jeune Jack. De souvenirs, il en était de même concernant les convois rapportant, en dignes trophées de chasse, les pensionnaires ovins et caprins des étables du domaine.

Toutes ces ressouvenances, loin de verser dans une nostalgie liée au départ des deux oncles, renforçaient une ardeur qui eût bien trouvé son origine dans le désir de se montrer digne des compagnons partis quérir de l'aide.

Après l'accostage, Marc laissa aussitôt partir ses deux frères et son père, accompagnés de maître Jup ; il n'était pas encore l'heure de déjeuner. Le fils aîné se chargerait donc de préparer la chaloupe pour leur retour ; il avait le temps pour lui. D'une légèreté sans égale, la yole emporterait son unique passager certainement deux fois plus vite au retour qu'à l'aller.

« Soyez prudents ! leur lança Marc. Comme un ultime encouragement.
— Nous enverrons un messager dès ce soir, lui répondit Jack, fier de ses pigeons voyageurs dont il s'était octroyé une garde particulière.
— Nous serons de retour demain soir, sans faute, rassura Harry Clifton. »

Les paysages à parcourir, s'ils étaient montueux, recelaient peu de végétation. En conséquence, la progression serait rapide ; il n'y avait que deux mamelons à gravir. Les vastes éboulis, stabilisés par les différentes tailles des rochers, roches, graviers, gravillons et sable, cimentés par le travail des décennies de pluies avait assuré, en maçon consciencieux colmatant chaque interstice par des granulats de plus en plus fins, que le sol ne céderait pas sous les pas des explorateurs. Une fine herbe renforçait cette cohésion par un couvert certes moins frêle qu'il n'eût pu y paraître.

Le champ des sources sulfureuses était, depuis longtemps, doublé quand les filons de quartz devaient être laissés sur la droite et que le faible ru était enjambé en quelques sauts sur les blocs d'un chaos de roches à l'origine incertaine.

« On les croirait expulsés depuis la bouche du volcan jusqu'ici par l'effet du souffle de l'explosion ! raisonna le jeune Jack.

— Même si les plus gros pèsent plusieurs tonnes, il ne faut pas mésestimer la puissance des phénomènes naturels qui sont à l'œuvre sur terre, souligna l'ingénieur. Cette petite accumulation, ici visible, d'une vingtaine de blocs rocheux, étrangers à ces terrains plus anciens provient, à n'en pas douter, d'un pan de la cheminée, arraché depuis l'intérieur du conduit, qui s'est fracturé dans sa chute et dont certains des fragments se sont amassés dans la déclivité formée par la vallée qu'emprunte, aujourd'hui, le ruisseau.

— Je trouve que le pittoresque de ces paysages n'a rien à envier aux plus belles constructions de nos architectes ! L'eau semble disparaître dans les pierres pour réapparaître, à quelque distance, avec plus de force encore, constata Robert. »

La contemplation d'un tel ouvrage naturel offrit l'opportunité d'une halte permettant d'enlever un frugal repas. Non content de reconstituer les forces, ce déjeuner fut l'occasion d'alléger les besaces et de remplir, de nouveau, les gourdes pourtant presque pleines. Harry Clifton tenait à cette précaution paraissant assez superflue, mais il convenait de franchir encore une lieue à travers un terrain caillouteux avant que de retrouver les sources du Creek-Jup.

Ce flanc septentrional du volcan n'avait encore jamais été reconnu. Cependant, il ne s'agissait pas d'entamer une prospection comme cela fut le cas il y avait de cela deux jours ; le temps manquait. Nonobstant, rien n'aurait empêché d'observer, de loin, ces formations géologiques se démarquant par leur couleur qui aurait signé un changement de la nature de la roche, le plus souvent due à une veine minérale enrichie en éléments métallifères. Rien de tel n'apparaissait depuis les contreforts du Clifton-Mount dont les petites vallées s'étaient remplies des granulats issus de l'érosion de la montagne. L'épaisse couche de pierres poreuses dissimulait, peut-être, de menus rus ou des cours d'eau plus conséquents sans que ceux-ci pussent être décelés. Une végétation des plus ténues tapissait, comme elle le pouvait, cette désolation minérale. Ce ne fut qu'aux abords du gisement d'hématite que les contrastes réapparaissaient. Il s'agissait de l'avant-garde d'un bosquet qui eût bien été la relique d'une antique forêt dévorée par les coulées de lave et les éboulis constituant le flanc orienté au nord-ouest et, plus récemment, par une autre rivière de roche en fusion, sur le côté oriental.

Après plus d'une lieue de marche dont la seule difficulté fut de ne pas glisser sur les terrains incertainement fermes, il convenait, maintenant, de circuler dans une végétation touffue cachant le relief au dénivelé important. En outre, il était une gageure n'ayant échappé ni à l'ingénieur ni à ses fils ; gravir le bulbe rocheux et atteindre le faîte de la falaise imposait de découvrir une voie suffisamment praticable.

« Nous aviserons sur place ! avait dit Harry Clifton. Tentons de prendre vers le nord-est. Je me rappelle qu'entre la vallée des Laves et la falaise aux Mouettes se trouvait une sorte de ride qui pourrait bien nous servir de rampe pour accéder au sommet.

— Nous avons moins d'une lieue à enlever, mais les obstacles ne manqueront pas, fit remarquer Robert. Les buissons entremêlés nous obligeront à contourner de vastes zones.

— Souhaitons que cette mer végétale s'ouvre devant nos efforts redoublés, encouragea le père. »

Les espérances devaient rester vaines. Peu s'en fallut que la marée de broussailles n'engloutisse les *marins de terre*. Cependant, toujours une petite trouée leur permettait de gagner du terrain. Le fer, taillant de toutes parts, ouvrait, ici une brèche, là une faille, ici une échancrure, là encore un orifice. Finalement, un infime chemin serpenta au travers du dédale. Et enfin, une ultime percée eut raison de la muraille. Au terme d'une pénétration de près d'un mille, ce qui s'apparentait à un véritable travail de minage, récompensa une pertinacité absolue. Plus d'une fois, les forçats songèrent à rebrousser chemin. Ni Robert, ni Jack ne cédèrent malgré les incitations bienveillantes de leur père qui jugeait la tâche par trop conséquente pour ses deux jeunes fils.

« Non, père ! Nous réussirons ! disait Robert.
— Rebrousser chemin nous coûtera un temps trop précieux ! enchérissait Jack.
— Avant peu, nous trouerons la forteresse ! rajoutait le cadet.
— Je crois voir une clarté un peu plus loin ! complétait le benjamin comme pour convaincre son père de trancher plus encore les bois coriaces des ronces qui blessaient les bras malgré les vêtements et les gants. »

Maintenant, il leur était donné de pénétrer dans un jardin même si de hautes parois, d'autres défenses, leur interdisaient un accès commode ; prendre en direction de la ride semblait la seule alternative.

Au pied de gros arbres, de sinistres marques de griffes inquiétèrent les explorateurs. Heureusement, maître Jup les reniflait sans présenter la moindre appréhension.

« Ce sont des griffes d'ours qui ont entaillé ces arbres, remarqua Harry Clifton. Elles sont anciennes.
— Dans le cas contraire, notre orang s'en apeurerait ! N'est-ce pas Jup ? dit Jack en caressant le sommet du crâne poilu de son ami. »

Un grognement lui répondit, – affirmativement à n'en pas douter.

« Soyons vigilants ! recommanda le père. »

Les fusils furent armés ; la rencontre avec un ursidé ne pouvait que s'achever défavorablement sans cette précaution.

D'abord peu présentes, les marques territoriales devenaient plus fréquentes à mesure de la progression vers le nord-est. Toujours, elles paraissaient avoir été faites depuis longtemps.

Bientôt, le trachyte nu de la falaise apparut, permettant aux marcheurs de progresser plus aisément. Il ne restait plus qu'à trouver une saignée dans la muraille qui eût pu permettre d'atteindre les hauteurs. C'est alors qu'une cavité fut aperçue. De petite taille, elle constituait un abri certain. Avec toute la prudence requise, Harry Clifton s'en approcha, laissant ses deux fils légèrement en retrait. Robert assurait, de son arme, une protection supplémentaire pendant que son père pénétrait dans la petite caverne pour en sortir en criant :

« Vous pouvez venir ! Il n'y a pas de danger ! »

De cette anfractuosité de la muraille, la nature avait produit un asile bienvenu. De faible importance, les replis sinueux de la paroi s'enfonçaient suffisamment pour avoir été l'habitat des ours de l'île.

Le sol de l'antre gardait dans ses parties les plus meubles, les traces d'un combat où les empreintes de bottes ou de simples galoches figuraient en grand nombre.

« C'est visiblement ici que l'un des deux ours a été surpris dans sa tanière, dit l'ingénieur. Voyez ces traces ! Les pirates l'ont traqué jusque dans ses derniers retranchements. C'était une femelle…

— Une femelle ? répéta faiblement le benjamin.

— Dans le fond de la grotte, se trouve un entassement de fins branchages qui servait de litière à l'animal, lui expliqua son père. J'y ai également vu les restes d'un ourson qui a péri d'avoir attendu en vain le retour de sa mère. »

Jack s'approcha de l'amas confus de débris végétaux. Une masse de poils collés recouvrait mal le squelette d'un animal sensiblement aussi gros qu'un chien comme Fido. Le crâne montrait, sans équivoque, qu'il était celui d'un ourson. Immobile, le benjamin Clifton resta pensif durant un long moment avant que son père interrompît sa réflexion.

« Ce jeune ours brun devait avoir un an. La reproduction de ces animaux est assez remarquable. Figure-toi que le développement de l'embryon est incroyablement long. Après la période de rut, – en mai –, l'ourse ne donnera naissance, à deux ou trois petits, qu'au cours du repos hivernal suivant, qu'elle passe dans une léthargie profonde. Imagine trois frêles créatures de moins d'une livre qui resteront dans la tanière jusqu'au mois de mars ou d'avril. La première année de vie de l'ourson est particulièrement rude ; les survivants entreront, alors, en hibernation avec leur mère. Si les chasseurs n'avaient pas tué l'ourse, cet ourson-ci, de près de soixante livres, aurait commencé sa vie indépendante au printemps. »

Le pauvre Jack avait écouté attentivement ce récit, puis, comme pour lui-même, murmura :

« Passe encore de tuer pour un recours impérieux, mais pour une simple peau dont on n'a pas l'usage… J'élève mes oies que je sacrifie avec respect ; jamais au-delà de nos besoins.
— Les ours sont des animaux dangereux, mon fils ! Au surplus, cette île n'est certes pas leur lieu de naissance.
— Père a raison, Jack, reprit Robert. Crois-tu seulement qu'ils ne t'auraient pas attaqué ?
— Je n'en disconviens pas, même si je pense qu'ils défendent leur vie comme nous défendons la nôtre. Cependant, craignons de procéder comme avec les rats, sinon, que restera-t-il de vivant sur Flip-Island ? »

La conversation aurait pu trouver, là, sa conclusion si, avant que de s'installer pour la nuit, en vue de repérer un passage qui pouvait être emprunté le lendemain, en plein jour, n'avait été retrouvée la carcasse de l'ourse, disloquée, fragmentée, dispersée, abandonnée à pourrir, une fois que les chasseurs eurent récupéré la peau. Le pauvre Jack maugréa et garda, un temps, le regard noir. Ni son père ni son frère ne trouvèrent à le réconforter et durent se résoudre à le laisser désarmer lui-même. Il était l'heure de retourner à la grotte aux Ours, – ainsi désignée par le benjamin –, pour y passer la nuit à l'abri. Le cadet s'appliqua à rédiger une longue missive rassurante à destination d'Élise-House.

Le lendemain, derechef, le petit groupe s'engagea résolument à découvrir une passe, un goulet, une galerie, un corridor ou une gorge, offrant de traverser la muraille. Celle-ci semblait impénétrable. Souvent, un éboulis promettait un accès possible, mais l'espérance se révélait aussitôt vaine. Ce ne fut qu'à un mille de distance qu'une sorte de rampe naturelle apparut. Pour autant, l'ascension n'en resterait pas moins ardue.

Harry Clifton avait imaginé que l'orang pût grimper le premier, emmenant avec lui, solidement ceinturée à la taille, une corde suffisamment longue qui, une fois attachée à un ancrage, aurait aidé les hommes à l'escalade de la falaise. Hélas, si l'animal n'avait eu aucune peine à rejoindre le sommet, il se révéla incapable de comprendre ce qu'attendaient de lui ses compagnons. Alors, ce fut Jack, le plus léger et le plus alerte qui entreprit, sous les regards inquiets de son père et de son frère, de retrouver le singe prompt à vouloir redescendre.

Au terme d'une laborieuse grimpée, le jeune garçon trouva une racine forte pour arrimer la corde. L'accès à un vaste plateau recouvert d'une végétation rase récompensa ses efforts. Une demi-heure plus tard, les explorateurs avaient atteint le bord de la falaise.

Toute la côte rocheuse formée par la coulée de la vallée des Laves se développait devant les observateurs qui y voyaient jusqu'aux ultimes récifs du Cap-Jack. Nulle trace de naufrage ne s'y présentait.

« Nous avons accompli notre devoir ! dit alors Harry Clifton. Rentrons à la maison !

— Si nous nous hâtons, nous y serons avant ce soir, s'empressa de reprendre Robert. »

Le chemin du retour parut presque plus court et surtout moins pénible. Marc, au rendez-vous, eut la primeur d'un compte-rendu complet de l'excursion.

Depuis le 11 septembre, durant sept jours, l'île avait été explorée de fond en comble sans que le moindre indice de présence humaine eût pu être retrouvé. Aucune explication rationnelle ne pouvait éclairer cette situation tenant presque du surnaturel.

Élisa Clifton eut à ce propos le mot juste :

« Résignons-nous ! Force est d'admettre que nous résidons sur une île mystérieuse ! »

Une cavité fut aperçue.

CHAPITRE V

Un été sans Flip ni Tom − Un cauchemar
Dans la crainte d'une nouvelle attaque
Les aménagements de la colonie

Des évènements du mois de septembre, les colons en étaient arrivés à la conclusion qu'un homme était donc venu jusqu'à la chaumière, mais, qu'ayant pris peur, pour une raison insaisissable, s'en était retourné sur son embarcation pour reprendre la mer et continuer son périple. Très-probablement, aucun lien ne rapprochait l'incident du pont de la Serpentine-River à cette visite nocturne. Pour insatisfaisante qu'elle fût, cette hypothèse restait la plus plausible ; il n'y avait d'autre alternative que de l'accepter comme telle. Sans doute, le plus désespérant était que cet homme, chaussé, à la différence des indigènes des îles du Pacifique ou des marins malais de sinistre réputation, un Européen ou un Américain plus sûrement, du moins originaire d'une nation civilisée, emportait avec lui la connaissance que sur l'île Crespo demeuraient des naufragés, colons malgré eux, bien disposés à vouloir recouvrer leur patrie. Nonobstant, la famille Clifton avait foi dans le retour de leurs deux amis.

L'été s'acheva sans que le moindre navire s'annonçât à l'horizon. Une profonde affliction succéda à l'impatience. Chacun se montra taciturne.

Sans un mot, sans que personne voulût aborder ce grave sujet, il devint évident que chaque jour passé éloignait un peu plus les chances de réussite de l'audacieuse aventure de Flip et Tom. Mrs. Clifton consolait souvent Belle et Jack qui avaient tout-à-fait conscience de la probable disparition de leur Oncle Robinson et de leur Ami Tom. Mr. Clifton entourait plus volontiers ses fils Marc et Robert, même si ce dernier s'isolait souvent, entraîné par sa fougue, usant sa rage dans des travaux physiques jusqu'à l'épuisement.

« Cela lui passera, dit l'ingénieur à son épouse s'alarmant de voir son fils ainsi s'échiner. »

Il arriva qu'un soir Robert revint dans un complet état d'épuisement au point que ses deux frères l'eurent transporté, depuis l'observatoire des micocouliers, sur un brancard improvisé. Le vent du large, un peu vif, lui avait fait prendre un mauvais coup de froid.

« Une bonne nuit de sommeil lui sera le meilleur réconfort, assura Harry Clifton lorsque son épouse entreprit de vouloir le forcer à absorber un bouillon.
— Je crains pour sa santé, répondit-elle.
— Il est d'excellente constitution ! Je parie que demain matin, sur pied, il dévorera comme trois d'entre nous.

— Père ! interrompit Marc, Robert est si affecté du retard de nos deux oncles. Nous le sommes tous !

— Leur retard ne m'inquiète que trop, en effet ! avoua l'ingénieur. La mauvaise saison revient à grands pas. Je ne cesse de redouter un drame ! »

Des larmes coulèrent en abondance sur les joues de *mistress* Clifton.

« Que vous arrive-t-il, mère ? s'alarma Jack.

— Nous avons tous perdu deux êtres chers ! répondit-elle. Pourtant, je me refuse à y croire malgré tout ! »

Un profond silence s'installa durablement dans la chaumière, rompu par la voix chuchotée de Robert :

« Gardons espoir ! »

L'adolescent, le jeune homme, exténué, esquissa un sourire. Bientôt un doux sommeil le rattrapa. Installé dans son lit confortable, il ne vit ni ses parents, ni ses frères, ni sa sœur emmener Fido et Jup de la chambre. La pénombre l'invitait à un repos salutaire. Une aura de béatitude l'enveloppa.

On s'en souvient, Robert avait investi l'observatoire installé dans le bosquet de micocouliers afin de mieux guetter le retour des compagnons. Depuis les premiers temps de son édification, l'ouvrage dressé par l'Oncle Robinson et l'Ami Tom avait gagné en confort. Sans conteste, il était possible d'y résider sans souffrir des aléas des éléments.

De ce belvédère, par un matin clair, Robert fut étonné de voir accoster, de ce coté-ci de l'île, pas moins de cinq pirogues. Des sauvages avaient déjà envahi la grève et la troupe se dirigeait vers Élise-House. Combien étaient-ils ? Une vingtaine ou peut-être trente hommes de la plus solide constitution. Prestement, Robert s'employa à enlever l'échelle qui menait à son château aérien, mais celle-ci était trop bien fixée par de solides nœuds qu'il lui fut tout-à-fait impossible, ni de les défaire, ni de les trancher sans se faire remarquer. Il ne savait que faire, mais il lui semblait bien que la sagesse lui recommandait d'attendre. Pour l'heure, ces hommes, s'ils avaient remarqué la présence de la palissade doublée de son fossé, ne montraient aucune intention de la franchir. Plus, ils la considéraient avec circonspection, la désignant par de grands gestes accompagnés de cris et de discours tenant de l'invective. Il était mal-aisé d'entendre distinctement ce qu'ils disaient. Cela n'avait guère d'importance, assurément, leur idiome n'aurait pas été connu de Robert. Les inflexions de leur dialecte présentaient des airs indéniablement exotiques.

Le cadet Clifton ne doutait pas que Fido donnerait l'alerte. Ce serait le moment d'user du fusil qu'il avait emporté et de provoquer une diversion propre à donner l'impression aux sauvages qu'ils étaient encerclés par une multitude de colons prêts à en découdre.

Étrangement, ces hommes ne possédaient aucune arme à feu. Pour l'instant, ils tâtaient de leurs longues lances, la palissade robuste. Pendant ce temps, à quelques distances de la plage, un feu avait été allumé.

De petits tambours firent résonner de lugubres sons monotones alors qu'étaient entonnés de curieux chants aux accents guerriers. Au grand complet, l'assemblée était réunie auprès du brasier. Rien ne daignait bouger depuis le domaine. Était-il arrivé un malheur pour qu'aucun membre de la famille ne se manifestât ? Avaient-ils fui à l'arrivée des sauvages ? Un désespoir absolu étreignit Robert, une vision d'horreur l'arracha à ses pensées.

Depuis les pirogues, deux misérables en furent extirpés. L'un d'eux n'avait-il pas fait quelques pas, les bras solidement garrottés, qu'il s'écroula au sol. L'un des sauvages l'avait frappé au moyen de ces casse-têtes dont les peuples polynésiens font encore usage. Du groupe des danseurs, quelques acolytes s'en extrayèrent et se mirent, incontinent, à un ouvrage horrible de dépeçage ; la victime, démembrée, éviscérée, découpée, en somme, fut préparée pour figurer aux agapes fraternelles des anthropophages.

L'autre malheureux attendait le moment de son sacrifice. Ses liens s'étaient-ils distendus durant le voyage ? Une pierre plus acérée lui avait-elle permis de couper les ultimes fibres qui l'entravaient ? Ceci étant, cet homme trouva en lui-même cette énergie vitale pour recouvrer sa liberté. Il se mit à courir de toutes ses forces en direction des micocouliers.

Robert fut effrayé. Voici qu'à la suite de l'infortuné, la plupart des sauvages avaient cessé leur besogne ; les tambours s'étaient tus, les danseurs se firent coureurs, même les bourreaux, abatteurs, bouchers et cuisiniers s'employèrent à ne point perdre leur gibier. Avant peu, le bosquet serait totalement investi sans espoir d'échapper aux assaillants ; une fuite en règle s'imposait.

Par quel miracle Robert se retrouva-t-il au pied de l'échelle, puis devant le ponceau du domaine ? Rien ne pouvait le dire ! Hélas, l'obstacle demeurait infranchissable. Il tira un coup de feu, héla autant qu'il le put, rien n'y fit ; l'endroit était désespérément vide de ses occupants. Que s'était-il passé à Élise-House ?

Encore quelques instants et les sauvages auraient gagné une nouvelle victime. Avec l'énergie du désespoir, Robert parvint à escalader l'obstacle de bois. Passerait-il ses bras par-dessus la palissade ; il laisserait l'infortuné à ses bourreaux, se sauvant lui-même.

Il retomba de l'autre côté du portail. Deux yeux blancs, énormes, le fixaient depuis une tête noire comme l'encre tandis qu'une bouche armée de toutes ses dents, semblables à des crocs, s'ouvrait exagérément. Un ultime cri lui échappa.

Robert se retrouva au sol. Au pied de son lit, sa mère vint le cajoler. Autour d'elle, le reste de la famille se montrait des plus inquiets. Un effroyable cauchemar s'était emparé du jeune homme qui en fut pour le narrer sous les plaintes et les consolations de ses frères et de sa sœur.

Force était de constater que les évènements les plus récents avaient profondément affecté le pauvre enfant quelque peu honteux d'avoir alarmé sa famille par son rêve.

« Nous sommes tous éprouvés par la venue de notre homme mystérieux, reconnut son père. Il a disparu comme il est apparu ! De cette aventure, saurons-nous, un jour, ce qu'il en est ?
— Je recommande à chacun de se libérer de ses affres, interrompit Élisa Clifton. Sinon, avant peu, nous deviendrons tous fous !
— C'est de ma faute, mère, dit Robert. J'ai trop repensé à mes anciennes lectures du *Robinson Crusoé*.

— Cependant, ton cauchemar nous éclaire sur un point que nous avons négligé, reprit son père. Nous allons et venons à notre guise dans notre île sans nous soucier, outre mesure, de notre sûreté, mais il n'est de pire fauve pour l'homme que l'homme lui-même. Nous tâcherons, par de menues besognes, à pouvoir fuir une quelconque menace si besoin était. Cela nous occupera sagement jusqu'à l'arrivée de nos amis.

— Très-cher, j'aime à vous savoir, à nouveau, convaincu que Flip et Tom sont de nature à relever le défi de rallier les îles Sandwich. »

Harry Clifton avait cédé à un désespoir par trop compréhensible. Qui ne l'eût été ? Cependant, désormais, dans la maisonnée, ne se trouvait que de braves colons animés des pensées les plus optimistes et des meilleures volontés. Pour sûr, ensemble, ils surmonteraient toutes les épreuves quelles qu'elles fussent.

Bien que les réserves du domaine se trouvassent tout-à-fait complétées, il fut décidé de préparer deux tonneaux qui seraient remplis de victuailles consistant en biscuits absolument secs auxquels seraient adjoints fruits et viande tout aussi desséchés.

L'ingénieur n'était pas loin de trouver cette débauche de labeur presque inutile, mais il semblait que de ces précautions émanait un apaisement des craintes de sa famille. Aussi garda-t-il pour lui cette réflexion. Tout aussi bien, cet excès de zèle pouvait, à propos de quelque adversité malheureuse, se révéler salvateur. Pour sûr, si un navire devait accoster, – il n'en démordait pas –, ce serait un secours providentiel que son équipage apporterait aux colons. Pour l'heure, chacun s'employa à quelque tâche qu'il réalisait avec plaisir. Or, c'était dans ce bonheur regagné et partagé que se trouvait la réelle finalité de l'entreprise.

Moudre suffisamment de grain en farine et la transformer en une pâte comprenant moitié moins d'eau que pour le pain ordinaire ne se fit pas sans peine. D'ailleurs, lors de cette difficile opération de pétrissage, il fallut recourir à une méthode plus énergique. Ce fut à l'aide de leurs pieds que Marc et son père, les plus lourds, achevèrent de malaxer le pain en formation. Enfermée dans une toile, la pâte résistait fermement au travail. Plusieurs mois auparavant, c'étaient les deux oncles qui s'étaient chargés de cette besogne. Les deux compères, aidés d'une corde suspendue à une poutre de la charpente de la chaumière, semblaient pourtant avoir réalisé cette tâche avec plus d'aisance. Enfin, les pétrisseurs laissèrent lever ce pain sans sel durant plusieurs heures.

Il ne s'agissait pas de cuire cette préparation deux fois bien que le terme de biscuit pût y faire penser ; il convenait de maintenir la cuisson deux fois plus longtemps que celle du pain. Les galettes d'un demi-pied de diamètre pour une épaisseur d'un pouce, après cuisson, seraient mises à ressuer deux à trois semaines dans l'âtre de la cheminée. La dessication serait alors parfaite, contribuant à la conservation des biscuits de mer.

Si des fruits subirent, d'une manière, somme toute différente, un traitement aboutissant au même résultat, la question de la viande séchée réclama plus de temps. Il s'agissait de disposer de la chair la plus maigre. Trempées dans de la saumure, les lanières d'un demi-pouce d'épaisseur étaient, ensuite, égouttées, puis exposées au grand air par temps venteux. En trois à quatre jours, l'opération de séchage était, dès lors, achevée.

Le fond d'un tonneau avait été garni de charbon de bois et recevait, progressivement, un chargement de viande, en alternance avec de petites pommes devenues, par leur traitement, aussi dures que du bois.

Cette couche était isolée par de la toile et, de nouveau, recouverte par du charbon de bois.

C'était sans précipitation que se préparaient ces réserves particulières qui seraient placées, d'une part, dans une excavation bien abritée située à peu de distance du corral et, d'autre part, dans un délai plus lointain, dans la grotte aux Ours. Préférentiellement, par sa proximité, il était largement souhaitable de déposer le premier tonneau dans cette cavité du Clifton-Mount repérée lors de la dernière chasse aux mouflons ; quelques pierres bien disposées le mettraient à l'abri de tout prédateur animal et le dissimuleraient des regards d'éventuels pillards humains.

« Ni les orangs ni les chacals ne savent traverser un mur de gros moellons, quant aux hommes, que viendraient-ils faire là-bas ? déclarait Harry Clifton. »

Il fut possible, en outre, en peu de peines, de faciliter un accès jusqu'au sommet de la falaise fermant le domaine. Par une succession de courtes échelles et de plate-formes, en quelques instants, la dénivellation pouvait être gravie. Au surplus, de l'arrière de la muraille, ce n'était plus trois cents pieds, mais seulement deux cents pieds qu'il suffisait de grimper. Ainsi, ce faisant, en cas de besoin, en guise de phare, le bûcher placé au faîte de l'éminence serait allumé sans délai.

Quotidiennement, de longues flâneries avaient lieu. Il ne s'agissait pas uniquement de composer quelques bouquets de fleurs ; exercices qui n'avaient jamais cessé depuis le printemps et qui perdureraient jusqu'à la mauvaise saison, mais bien de promenades et d'occupations auxquelles s'ajoutait une condition *sine qua non*, celle de ne rechercher aucune utilité. Ce n'était pas un désœuvrement, mais plutôt une musardise propre à emporter l'esprit dans quelques réflexions fixant la pensée dans une certaine contemplation des circonstances actuelles et une considération sur les évènements à venir.

En fin de compte, les colons se trouvaient satisfaits de leur condition d'insulaires dans un lieu où rien ne leur manquait grâce à leur opiniâtreté. Que l'on en juge ! L'opulence régnait dans le domaine agricole et ce que l'élevage ne pouvait apporter, la nature, généreuse, le distribuait sans compter. Cela n'était pas l'unique fierté de ces anciens naufragés. L'érection du moulin à vent qui se dressait dignement au milieu de la garenne ne portait pas ombrage à ce four ayant contribué à de réelles prouesses techniques. Bien sûr, Harry Clifton se présentait en contributeur incontournable quoique ce dernier ne cessait de dire :

« Seul, je n'aurais rien pu faire d'autre que ce qu'un ignare n'eût été capable ! C'est votre propre œuvre collective que vous contemplez. Soyez-en fiers sans mesure ; les mérites en sont à vous ! »

Il était encore cet ultime ouvrage dont le groupe s'enorgueillissait d'avoir mené à son terme. Il s'agissait de l'*Odyssey*.

« Souhaitons qu'il ait atteint son but et que nos oncles voguent vers nous, vent arrière, s'exclama Robert. Mais que nos compagnons tardent à revenir ! ajouta-t-il, la voix empreinte d'émotion. »

Un triple hurrah, lancé par Marc, repris par tous, eut, aussitôt, raison du chagrin de son frère dont la douleur se serait vite muée en désespoir.

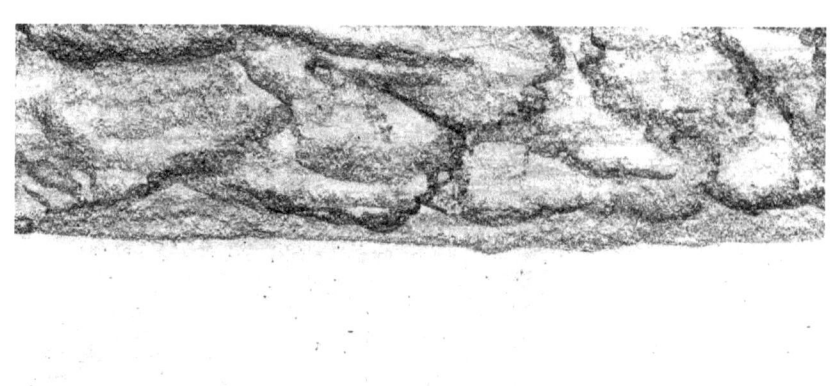

Deux misérables en furent extirpés.

CHAPITRE VI

Le réveil du Clifton-Mount – Nouvelle expédition sur le volcan
Situation inquiétante – Préparation des chaloupes

Les semaines s'égrainèrent et la vie quotidienne des colons reprit ses droits. Les transports d'impatience pessimiste cédèrent peu à peu sous l'effet du palliatif imaginé par *mistress* Clifton. La plaisance s'était révélée absolument profitable pour tous. Le mois d'octobre était là et, avec lui, l'automne débuta réellement. La famille Clifton ne manquait de rien, si ce n'est d'être sans nouvelle des deux marins et dans l'incapacité de retourner dans sa patrie. Robert ayant pris l'habitude de se réveiller dès l'aube afin de se rendre un long moment sur la grève et de pouvoir goûter aux délices de la solitude avant de partager le premier repas en famille, – ce que sa mère, craignant une certaine morosité de son fils, finit par accepter à contrecœur –, il fut le premier à s'apercevoir d'un curieux phénomène.

Ce jour-là, les brumes couronnant le Clifton-Mount prenaient des colorations inhabituelles. La manifestation était grandiose. Le soleil matinal produisait, par sa lumière traversant les volutes de vapeur d'eau, des changements de teintes passant par tout le spectre lumineux. Mais les couleurs étaient étranges. Il profita longuement de ce prodige de la nature et se résolut à prévenir les siens afin que tous puissent jouir de l'exceptionnel spectacle.

« Cela est stupéfiant, déclara Marc dont l'esprit scientifique le rendait moins poète à mesure qu'il décryptait le monde par le développement de ses connaissances et de ses apprentissages.

— Que c'est beau ! s'extasia Jack.

— Cela me fait un peu peur, se permit Belle.

— Qu'est-ce donc que cela ? demanda Mrs. Clifton.

— L'on pourrait croire à un incendie qui renverrait ses lueurs dans les brumes et les colorerait par ses fumées qu'il dégagerait, mais il n'y a pas d'arbres à cette altitude, fit remarquer Harry Clifton. Attendons un peu de voir ce qu'il adviendra lorsque ces brouillards se seront dissipés. »

Le premier repas du 15 octobre fut donc pris avec une fébrilité compréhensible. Lorsque la famille sortit de la chaumière, une demi-heure plus tard, le sommet du mont était entièrement visible. Cette fois-ci, il n'y avait plus le moindre doute. Des fumerolles s'échappaient par le volcan lui-même. Un filet de fumée s'élevait, d'abord bien à la verticale, du fait de la chaleur des gaz d'origine plutonienne, puis, refroidi, et atteignant les couches de l'atmosphère soumises à des vents plus turbulents, s'en trouvait emporté par eux.

« Il est probable que cela fait plusieurs jours ou même des semaines que le mont expulse ses gaz, confirma l'ingénieur. Mais leurs faible importance explique sans doute qu'ils n'aient pas été aperçus plus tôt.
— Cela est-il grave ? questionna discrètement Marc. »

Le père remarqua immédiatement le regard perçant de son fils. Se remémorant l'importante discussion qu'il avait eue avec Marc et Jack au sujet des bouillonnements dans les eaux du lac, l'ingénieur résolut de ne rien dissimuler de la situation.

« Si ce n'est peut-être pas grave, du moins est-ce certainement sérieux, reprit le père. Flip-Island a déjà connu, par le passé, les humeurs de son volcan comme en attestent les coulées de lave au nord-est de l'île. Néanmoins, la forme du cratère laisse à penser que, dans le cas où une éruption aurait lieu, – ce qui est une éventualité imprévisible –, les matières incandescentes seraient conduites vers la partie de l'île opposée à la nôtre. »

Cette explication rassura son monde, mais l'ingénieur s'était gardé de préciser que les épanchements laviques peuvent se frayer un chemin à leur guise et, qu'en l'état, les évènements passés ne prédisaient en rien de ce qu'il adviendrait de l'avenir. Malgré tout, les animaux n'avaient pas manifesté de comportement de crainte et aucun tremblement de terre n'avait été ressenti. Sans alerter sa famille, il engagea chacun à lui rapporter tout fait, même le plus insignifiant, qui paraîtrait ni ordinaire ni naturel.

Bien sûr, le Clifton-Mount figurait au rang de ces nombreux volcans en activité que compte la terre et s'ils semblent, le plus souvent, en repos, par périodes irrégulières, ils entrent en état de crise violente.

« Le réveil des monts ignivomes se présentent par une effusion généralisée de vapeurs discrètes précédant celle de fumées remplissant la cavité de leur cratère, moins soumise à l'influence des turbulences atmosphériques, avant que d'être dispersées par les vents, précisa Marc qui s'était emparé du livre laissé par Thomas Walsh : *The Book of Nature.* »

Telle était la situation actuelle sur Flip-Island ; il était possible que l'activité du volcan perdurât un temps pouvant se compter en mois ou en années avant de cesser complètement, mais il se pouvait que l'éruption poursuivît son cours, gagnant en force.

« Les humeurs des volcans diffèrent grandement et ils présentent même ce qui pourrait se qualifier comme une sorte de personnalité. »

Quel serait le tempérament du Clifton-Mount ? L'ingénieur n'aurait pu le dire précisément, mais la conformation de l'île ainsi que la silhouette de son mont central lui apportaient quelques indications précieuses.

« La vallée des Laves montrent une inclinaison faible ce qui laisse supposer que la fluidité des matières incandescentes est assez grande. Pour autant, il est probable que le volcan présente un caractère explosif particulièrement dangereux pour tous les résidents de l'île. Le cône présente des similitudes troublantes avec les volcans italiens du Vésuve et du Stromboli, mais semble apparenté avec celui du Kilauea de l'île de Havaï. Certainement, ne sera-t-il pas un cousin du Timboro des îles de la Sonde, décapité d'un tiers de son imposante altitude en 1815 dans une éruption qui a eu des retentissements absolument considérables.

— Quels seraient les signes de la poursuite du travail plutonien ? demanda Mrs. Clifton à son époux.

— Évidemment, un renforcement de la production des vapeurs et des fumées, mais également de ces tremblements de terre reconnaissables à leurs sourdes détonations dans le sous-sol. À ce point, l'éruption serait imminente et bientôt la lave se frayerait un passage jusqu'à la surface. »

Chaque jour, la cime du volcan fut scrutée. Parfois les fumerolles disparaissaient mais les vents d'ouest les rabattant, elles s'évanouissaient dans l'horizon sans qu'il fût possible de les voir depuis Élise-House. Lors des journées de pluie, il en était de même. Hélas, toujours, elles réapparaissaient quelques jours plus tard. Elles ne s'épaississaient pas, ce qui était une grande satisfaction pour l'ingénieur.

Avant le début de la mauvaise saison, Harry Clifton voulut organiser une nouvelle expédition sur le volcan. Les terrains secs étaient propices pour envisager un tel projet. Une journée devait suffire selon l'estimation de l'ingénieur. Il s'agissait, en fait, d'observer l'avancée du travail plutonien. L'expédition ne présentait que peu de difficultés. Il n'était pas indispensable d'en gravir le sommet.

L'ingénieur proposa que ce fût Robert qui l'accompagnerait. Le 30 octobre, les deux excursionnistes quittèrent le domaine dès l'aube. Il fut décidé de parcourir le chemin en suivant le lac jusqu'à sa pointe méridionale, puis de traverser le Bois-Robert. Les trois ou quatre premières lieues seraient faciles à enlever et la dernière permettrait de contourner le cône du volcan afin de s'approcher au plus près de la gueule de l'ancien cratère éventré, constituant la côte du nord-est de l'île.

Le temps était clair mais un air déjà vif se faisait sentir. Les chemins forestiers tracés au cours de l'abattage des arbres employés pour la construction de l'*Odyssey* permettaient d'avancer rapidement.

Robert et son père restaient graves et n'échangeaient que peu de paroles. L'heure n'était pas à la contemplation des panoramas ni aux leçons. Il était évident que le fils cadet était plus soucieux que jamais.

« Flip et Tom me manquent cruellement, lança Robert.

— Ta mère et moi-même avons bien perçu combien leur absence t'affecte, reconnut le père.

— Je crains tant qu'ils ne se soient perdus en mer, reprit Robert. N'aurions-nous pas dû les empêcher de quitter l'île et de nous abandonner ? L'expédition était trop ambitieuse.

— Non, mon fils, nul n'eût pu retenir nos deux amis. De plus, ne perdons jamais espoir. Crois-tu que deux marins aussi aguerris puissent se naufrager ainsi ? Le navire est solidement construit et capable de résister à de fortes tempêtes. Il ne faut pas perdre foi dans nos actions même s'il importe d'accepter le jeu du destin. »

Robert accueillit cette démonstration avec une forme de résignation. Il y avait, dans cette apathie, tout le désespoir d'un être qui avait perdu plus qu'il ne pouvait le dire. C'était de deux parents qu'il aurait, peut-être, à porter le deuil. Il s'ouvrit à son père de sa volonté, si les circonstances permettaient à la famille de retourner dans leur patrie, de devenir marin lui aussi. Fallait-il voir dans un tel discours, une volonté d'honorer un sacrifice inestimable ou encore la mémoire de deux êtres aimés ? Harry Clifton s'engagea, avec empressement, à soutenir une entreprise aussi respectable ; il s'épancha, en toute sincérité, sur les qualités de marin que présentait indéniablement son fils.

« Tu ne seras pas seulement marin, Robert ! Mais, surtout, officier ; tu en as la valeur ! »

Ragaillardis par ces propos réconfortants, père et fils atteignirent les premiers contreforts du mont. Les vents de l'ouest chassaient les fumerolles qui s'élevaient doucement dans l'atmosphère.

« Nous nous rendrons à la source de la Belle-River qui se trouve à deux ou trois milles d'ici, déclara Harry Clifton. »

Parvenus sur place, l'ingénieur trempa ses mains dans l'eau, la sentit, puis la goûta.

« L'eau de cette source n'a pas changé depuis la dernière fois que nous sommes passés. Ceci est rassurant, dit le père à Robert. Il est temps de se restaurer. Mangeons ! »

Le repas fut bref, puis l'ordre du départ donné. Il restait quelque distance avant d'atteindre les berges de l'ancien cratère. Cependant, au loin, apparaissaient d'autres sources de fumerolles s'échappant des pentes latérales du volcan. Robert remarqua l'attitude soucieuse de son père qui, hâtant sa marche, fut le premier à arriver sur le bord de la vallée des Laves. Harry Clifton resta interdit durant de longues minutes. En effet, c'était toute la combe qui transpirait de vapeur et de gaz. Certes, la colonne principale, visible depuis Élise-House, émanait du cône central, mais la majeure partie des émanations provenaient du flanc du Clifton-Mount. Certaines effluves soufrées, nauséabondes et presque suffocantes, parvenaient aux observateurs.

« Est-ce grave, père ? demanda Robert.

— Très-inquiétant, répondit laconiquement son père. Il est temps de rentrer ! »

L'ingénieur se trouvait face aux plus perplexes conjectures. Que deviendraient ces fissures qui avaient dû lacérer l'antique vaste coulée ? De ces soupiraux, sortirait-il des monticules de concrétions ou de matériaux rejetés par des cratères adventifs donnant passage à la roche en fusion dont l'un pouvait bien former un volcan nouveau ? Les îles volcaniques ont une histoire très-tourmentée à laquelle il est préférable de ne pas être témoin !

Avant la tombée du jour, la famille fut enfin réunie au domaine. Il n'était pas question d'atténuer l'importance d'une menace qui préjudiciait l'établissement de la communauté. Le rapport fut reçu gravement. Chacun avait à cœur de trouver une parole optimiste pour commenter ces évènements ; ce en quoi l'ingénieur ne les démentait en rien.

Les explorateurs étaient par trop exténués, sans délai, Mrs. Clifton et ses enfants dressèrent la table. Le reste de la soirée fut animée de discussions concernant l'avenir de la colonie. Le repas pris prestement ; les corps fourbus réclamèrent un repos impératif. Bien évidemment, la nuit fut agitée pour tous ; ne pouvait-il en être autrement ?

Le lendemain, Harry Clifton exposa plus clairement ses craintes mais aussi ce qui pouvait se faire.

« Le volcan peut entrer en éruption à tout moment, dit-il. Nous devons être prêts à faire face aux dégâts qui ne manqueraient pas d'arriver, le cas échéant.

— Nos réserves sont pleines et nos animaux se portent bien, fit remarquer Mrs. Clifton.

— Cela est très-juste, cependant, nous tiendrons toujours prête une provision de farine suffisante pour tenir si le moulin devenait inaccessible ce qui ne manquera pas d'advenir, de toute façon, avec l'approche de la saison des tempêtes. Je pense surtout à préparer les chaloupes pour qu'elles puissent nous emmener hors de l'île.

— Voulez-vous dire, père, que chaque chaloupe soit prête à partir avec les vivres et le matériel nécessaires pour plusieurs jours ? demanda Marc.

— C'est exactement cela, répondit l'ingénieur. Mais j'ajouterais que nous maintiendrons toute notre provende en sécurité dans la grotte qui ne risque pas d'être atteinte par le feu si un incendie devait se déclarer dans le domaine.

— Notre situation est-elle si critique que cela ? demanda Élisa Clifton qui, ne cédant pas à la panique, n'en restait pas moins lucide sur la précarité de l'établissement de la colonie.

— Il n'est pas envisageable de prédire l'évolution de l'activité plutonique du mont. C'est pour cela qu'il est impératif de se préparer au pire afin d'être le moins surpris possible, conclut l'ingénieur. »

Il était indispensable de surseoir au projet de déposer les réserves de biscuits de mer, de viande et de fruits séchés dans les contreforts du mont. La tâche serait, tout de même, menée à son terme de manière à remplir les tonneaux presque déjà pleins. Ainsi, leur contenu ne risquait-il pas de se corrompre prématurément, mais les barriques resteraient à Élise-House où elles seraient d'un plus grand usage.

Les deux plus jeunes enfants n'étaient pas les moins courageux et malgré leur jeune âge, aidaient autant que leur autorisaient leurs forces.

L'ingénieur allait être confronté à un dilemme. En effet, pour se maintenir en mer, surtout par gros temps, ces chaloupes auraient à être pontées. Cela supposait de relever les membrures ce qui réclamait un surcroît de travail considérable pour un résultat, somme toute, assez incertain. Raisonnablement, les colons n'en restaient, malgré eux, que des naufragés inféodés à leur île. Or, il advenait qu'il se pût qu'ils fussent, à ce jour, obligés de quitter le seul foyer qu'ils possédassent.

Ne pouvant compter sur ces deux esquifs pour s'échapper de Flip-Island, Harry Clifton prit le parti de n'aménager qu'un léger abri à l'arrière de chaque chaloupe, lesquelles furent chargées de fûts hermétiquement clos contenant les denrées et matériels essentiels à leur survie. Amarrées à l'embarcadère du lac Ontario, elles pouvaient être rejointes en un instant tout en les préservant de la fureur des tempêtes qui s'installeraient durablement sur cette portion de l'océan.

Ces occupations imprévues accaparèrent l'énergie des colons pendant près de deux semaines. En outre, tout ce que l'île comptait de planches et de clous fut engagé dans l'opération. Le résultat ne satisfaisait guère les charpentiers, mais l'heure n'était certes pas à l'exécution d'un ouvrage plus accompli ; l'urgence commandait d'agir avec diligence.

« Ne devrions-nous pas construire un bateau comme l'*Odyssey* ? demanda Robert à son père, partis tous les deux à la grève.
— Je ne pense pas que l'on puisse se permettre une telle entreprise, répondit le père quelque peu navré de sa réponse.

— J'ai beaucoup appris auprès de l'Oncle et de l'Ami Tom, insista le fils.

— Je n'en doute pas, dit son père. Je connais tes aptitudes et ton courage, hélas, il y a tant à faire que je crains que nous n'ayons pas assez de bras valides. Évidemment, si... »

Harry Clifton qui regardait en direction du chantier naval où fut construit le sloop, n'acheva pas sa phrase. Comme son fils, il était profondément affecté par l'absence des deux marins.

« Vous dites bien, père ! interrompit Robert. Il nous faut garder raison, la mauvaise saison ne permet pas d'envisager un tel chantier. Il est fondamental de donner la juste priorité à toute chose. »

Par ces quelques mots, Robert montra à quel point il était devenu un homme accompli.

Un léger abri à l'arrière de chaque chaloupe.

CHAPITRE VII

La saison des tempêtes – Un hiver rude
À la merci des fauves – L'année 1865
Un insaisissable visiteur – La terre tremble

Les colons s'estimèrent très-avisés et très-chanceux d'avoir pu apprêter les deux chaloupes en si peu de temps à l'aide de si peu de moyens. Mais, bientôt, il leur devint difficile de remplir les besognes les plus essentielles.

Le début du mois de novembre fut marqué par la survenue de puissantes tempêtes. Les unes après les autres, elles soumettaient les forêts de l'île à une puissance chaque fois accrue. Rien ne semblait pouvoir, ni vouloir, tarir l'abondance des météores. Ces ouragans se ralentirent, ménageant, entre chaque passage, des périodes d'accalmie trop courtes employées à la réparation des avaries qu'eurent à subir les structures et bâtiments du domaine.

Les charpentiers improvisés déplorèrent une pénurie de matériaux que leurs réserves ne possédaient plus qu'en quantité insuffisante. Bien malin celui qui aurait pu imaginer un tel acharnement des éléments sans possibilité de réparation des dégâts entre chaque assaut. Plus, cette répétition inlassable des désordres des couches atmosphériques minait, le plus sûrement, les meilleures volontés et les plus excellents tempéraments.

Le poulailler eut sa toiture décoiffée à plusieurs reprises. Certes, la légère construction avait vu sa charpente tenir vaille que vaille, mais les chaumes, frêles et altérés par le passage du temps, s'étaient détachés sans peine. En toute hâte, des bottes de roseaux frais, cueillis dans les pires conditions, les avaient remplacés à temps, mais il fallait se résoudre, enfin, à y adjoindre des verges de saule. Le résultat ne semblait pas le plus heureux, cependant, il eut le bon goût de vouloir résister. Jack, qui n'avait pas ménagé ses forces pour préserver *ses oiseaux* des intempéries, se montra fort satisfait du travail de son père et de ses frères ainsi que de celui de sa mère et de sa sœur ; les premiers s'attachant à couvrir la bâtisse pendant que les seconds récoltaient les précieux végétaux. Quant à lui-même et maître Jup, ils ne faiblissaient pas à assurer le transport des fagots sous la menace d'un nouveau déchaînement météorologique.

De même, malgré sa situation protégée, l'enclos des mouflons souffrit des coups de vent. Fort heureusement, les dégradations, de moindre importance, surent être promptement réduites d'une manière tout-à-fait durable. Pour autant, des efforts sans nombre devaient être requis pour dégager l'exutoire du lac Ontario d'embâcles qui auraient tôt fait d'encombrer l'émissaire.

« Si le cours inférieur de la Serpentine-River se trouvait totalement obstrué, nul doute que notre domaine courrait le risque d'être ruiné de fond en comble, s'alarmait Harry Clifton. »

Quelques trains de bois flottés furent dirigés par Robert et Marc, draveurs rompus à l'exercice, jusqu'à la berge la plus proche d'Élise-House. Proprement amarrés, ils attendraient la clémence des cieux pour être transformés en fagots de menus branchages et fascine de rondins.

Pareillement, la toiture de la chaumière, ayant quelques faiblesses, fut touchée. Un désarroi certain s'empara de l'ingénieur qui se ressaisit grâce aux attentions de son épouse, au réconfort de ses deux plus jeunes enfants et à l'assistance appuyée de ses garçons les plus âgés. L'incertitude liée à l'aggravation possible de la nouvelle tempête et à la résistance compromise de la couverture de la maison était cause de ce moment d'égarement du père. Pourtant, le travail des couvreurs avait été correctement réalisé ; c'était d'ailleurs ce qui avait permis à la maison de n'avoir perdu qu'une infime partie de ses chaumes. En dépit des principes les plus élémentaires de sécurité, les détériorations durent être réparées alors même que l'ouragan s'abattait sur l'île. Certes, sa force avait décru, mais l'opération imposait de monter sur le toit. L'ingénieur, convenablement équipé, harnaché comme l'est un cheval de trait, put atteindre les percées qu'avait faites le travail conjoint du vent et de la pluie. En quelques endroits, c'étaient même des enfonçures qui pouvaient attendre une période plus propice pour être réduites. Enfin, les dangers n'avaient pas été bravés en vain ; les réparations permirent de garantir la solidité de l'édifice. L'incident avait été éprouvant pour les plus jeunes. Cependant, ils n'avaient guère rechigné à apporter leur concours à la besogne. Maître Jup, dont la cabane de branchages avait été emportée, se trouva, lui aussi, cantonné dans la maison où il se sentait en sécurité quoiqu'en plusieurs occasions, il fut pris de crises d'effroi tout-à-fait incontrôlables.

« Voyez notre pauvre maître Jup qui tremble de peur, lui qui est né dans les forêts, se désola Marc prenant pitié pour l'animal. Je le crois bien incapable de retrouver les siens !

— C'est que les siens ne sont plus ses compagnons simiens ! rétorqua Mrs. Clifton. Nous l'avons introduit dans notre famille et l'avons adopté tout comme lui en a fait de même. De ce fait, il est des nôtres et c'est notre devoir le plus élémentaire de le considérer comme tel. Il nous a offert sa confiance, le plus cher présent qu'il pouvait nous accorder. Montrons-nous en dignes ! »

Le singe, plus que jamais, était l'objet de toutes les attentions. L'insupportable confinement auquel était soumise la famille Clifton leur imposait de trouver quelque dérivatif à leur désœuvrement. Ainsi, Jup se sentit comblé d'aise de voir sa paillasse nouvellement dressée telle un lit véritablement digne d'offrir le repos à un humain, – N'était-il pas quelque peu cousin ? –, et peu s'en fallut qu'il n'eût eu sa propre chambre. Cependant, les colons savaient ne point être déraisonnables.

Tandis que Jack, tel un Prométhée, s'appliquait à la confection de figurines de terre dont il avait le don et la patience de faire sortir de la glaise, – des êtres de quelques pouces de hauteur qui semblaient presque prendre vie à la lueur des flammes vacillantes des lampes à huile –, Robert s'évertua, avec un certain succès, à tirer quelques heureux accords de la guitare de son oncle Tom. Marc employait, préférentiellement, une part de son temps libre dans la lecture de l'encyclopédie mais secondait souvent son père dans l'élaboration de pièces de bois sculptées qui servirent à compléter les menus jeux que comptait déjà la colonie.

Bien sûr, l'on trouvait le jeu de l'oie ou celui du *Nine Men's Morris* que les Français appellent encore le jeu du moulin. Aussi, au jeu du renard et des oies, avait été ajouté celui des gardes royaux, se jouant sur un plateau hexagonal. Si l'Oncle Robinson avait, artistiquement, confectionné un jeu de dominos très en faveur de Belle, adepte, également, du jeu de dames, la découverte des règles du *backgammon* fit bien des émules. Plus, Harry Clifton, lors de son séjour dans la colonie russe de la Sibérie orientale, avait largement apprécié un antique jeu chinois nommé *go*, – nouvellement connu des Européens –, et fut surpris par la simplicité de ses règles ne cédant en rien à la stratégie.

C'était sur un tablier présentant un quadrillage de neuf lignes par neuf que s'alignaient des jetons lenticulaires formés dans une argile sombre pour les uns et claire pour les autres. Quoique bon joueur d'échecs, l'ingénieur n'avait jamais pris réellement le temps de tailler dans le bois, ni modeler dans l'argile, les pièces qui auraient pu lui permettre d'enseigner à ses enfants ce jeu séculaire. Il y avait bien assez de ces divertissements qui, pour un peu, auraient convié les colons à une honteuse oisiveté si les caprices du temps ne leur imposaient pas un légitime chômage, mais surtout une excessive inaction. Aussi la moindre éclaircie était-elle une véritable libération pour toute la famille.

Les tempêtes cessèrent vers la fin du mois de décembre. Les insulaires furent soulagés de ce répit qui promettait de durer. Les humains, tous comme les animaux de la basse-cour, avaient bien souffert d'avoir été dans l'incapacité de sortir, à leur guise, de leur logis. Sous le prétexte d'une chasse proposée par Marc dans le but de fournir à la cuisine du domaine un peu de viande fraîche et d'épargner les réserves, Mrs. Clifton suggéra que tous se joignissent à cette sortie.

Il fut prévu de se rendre au moulin afin de s'assurer qu'il n'y eût pas de dégradation consécutive aux intempéries dont il eût eu à souffrir. Celui-ci avait bien résisté aux assauts du vent ce qui combla d'aise l'ingénieur. À quelques milles de là, la lisière de la forêt des Érables montrait de nombreuses trouées, mais tous ces arbres à terre économiseraient bien des forces pour reconstituer les réserves de bois. Ce travail pourrait attendre. Ivres de cet air vivifiant, frères et sœur ne savaient qu'inventer pour avoir à faire hors de la chaumière. Il en allait de même avec Fido et Jup qui s'ébrouaient autant qu'ils le pouvaient.

Au loin, le mont laissait s'échapper sa colonne de fumée qui semblait bien ne pas avoir pris plus d'importance.

« J'aurais tant voulu constater que le volcan eût cessé de relâcher ses vapeurs, dit Harry Clifton. Cependant, tant qu'il les expulse de cette manière, on peut penser que l'on puisse échapper à l'éruption. Les tremblements de terre se sont calmés ; j'aimerais croire qu'il s'agît d'un signe favorable. »

La voix de l'ingénieur trahissait un doute perceptible que chacun feignit d'ignorer. Il convenait de préserver l'espoir de jours meilleurs.

Un vent soutenu, presque glacial, balayait la garenne. Cet air du nord refroidissait fortement l'atmosphère.

« Il se pourrait bien que nous entrions dans une période de grands froids, déclara Harry Clifton.

— Nous avons un bûcher bien garni ! dit Marc.
— J'irai soigner les mouflons de manière à pouvoir n'y aller qu'une ou deux fois par semaine, répondit Robert.
— De même, nous garderons des vivres dans la chaumière, ajouta la mère.
— Allons-nous encore être enfermés ? demanda Belle.
— Ne t'inquiète pas, Belle, nous serons ensemble, rassura Jack. »

La chasse ne fut guère prolifique, d'un point de vue cynégétique s'entend. Il n'importait ; les colons avaient gagné bien plus que les prises qu'ils eussent espérées. Ce n'était plus une brise marine qui battait les visages, mais, une bise cinglante qui les giflait proprement. Il n'était pas raisonnable de poursuivre la promenade et le retour à Élise-House s'en trouva anticipé.

Les prévisions de l'ingénieur ne se révélèrent que par trop exactes. Les températures baissèrent drastiquement durant les jours suivants. La prévoyance d'Élisa Clifton l'avait, certes, amenée à rapatrier d'importantes provisions, mais elle s'assura également qu'une quantité conséquente d'eau, placée dans la maison, eût été soustraite aux aléas climatériques et ne gelât pas. Ceci fut salutaire, car les berges du lac et tous les ruisseaux congelèrent. Puis, encore, ce fut la Serpentine-River et le centre du lac qui furent pris par les glaces.

Le domaine ne possédait plus aucune protection, ce qui inquiétait au plus haut point les colons, se retrouvant, ainsi, à la merci de fauves affamés que les privations pouvaient rendre particulièrement déterminés. Cette situation renvoyait à de sombres heures, au souvenir encore trop vivace. Se pouvait-il que les chacals ou les orangs pussent emprunter les rives glacées et envahir la closerie ? Nul n'aurait pu aisément répondre à cette question, mais l'éventualité d'une telle chose n'était guère engageante. Toute vigilance était apportée à la protection de la basse-cour. Le jour, dans le silence de l'air glacial, à la moindre alerte des palmipèdes, gardiens toujours aux aguets, les éleveurs allaient braver la froidure extrême pour effaroucher d'éventuels intrus. La nuit, les portes bien closes empêchaient toute effraction possible. Des traces de pattes de chacal furent observées dans la neige fraîchement déposée ; des fauves rodaient autour des bâtiments d'élevage. Le fait ne pouvait être mis en doute. Parfois, d'ailleurs, le silence nocturne était déchiré par leurs cris si désagréables.

Ce fut dans ces conditions que l'année 1864 s'acheva. Cette dernière avait été particulièrement riche en évènements. Le plus récent, s'il n'en était ni le moindre, ni le plus important, apportait son lot de contrariétés. De toutes ces adversités, l'absence des deux oncles en était la plus déplorée. Indiscutablement, l'affliction générale ôtait aux colons toute propension à la réjouissance ; il n'était plus guère question de se satisfaire du prodigieux résultat de leur labeur, fût-il arraché avec d'insignifiants moyens !

Durant ces cruels jours de cantonnement, la douleur de la séparation se faisait plus durement ressentir. Aussi, chacun avait à devoir détromper son chagrin dans une occupation de leur esprit. La grande salle d'Élise-House était devenue un véritable atelier où chacun vaquait à son ouvrage. L'on y travaillait le bois dans de menus façonnages ou le roseau dans l'art de la vannerie pendant que Mrs. Clifton s'activait autour de préparations culinaires élaborées, secondée tant par Belle, Jack ou Robert qui s'affirmait, lui particulièrement, aussi gourmet qu'inventif. Maître Jup, dont la gourmandise n'avait jamais été réprimée se révéla être un commis de cuisine très-assidu.

Ces doux moments rendaient plus supportable cet emprisonnement dans la maison et réduisaient les affres liées à la présence des dangers à l'extérieur de la chaumière. Cette situation perdura durant quelques semaines, marquées par un incident qui eut des conséquences importantes. Peut-être, certains signes auraient pu porter l'alerte plus précocement aux insulaires, mais les recherches avaient été dirigées ailleurs que là où se trouvait le péril.

Depuis le début du mois de janvier, Fido et Jup présentaient, concomitamment, des comportements troublants. Le chien se mettait à grogner et le singe entrait, de nouveau, dans des crises de panique incoercibles. Mais il n'y avait aucun évènement qui eût pu expliquer la peur des deux animaux. À de multiples reprises, de jour ou de nuit, ces curieux faits se reproduisirent et chacun des colons restait perplexe sur les causes de ce qu'il observait.

« Serait-ce encore cet homme ? Est-il revenu sur l'île ? se demanda Robert.

— Ce n'est pas possible. Nous aurions dû trouver des traces de pas comme la dernière fois, répondit son père.

— Il doit y avoir un animal au-dehors ! affirma Marc.

— Tu es sorti si souvent pour le chercher et tu n'as jamais rien vu, rappela Robert à son frère qu'il avait également suivi dans sa quête restée vaine.

— Les animaux ont un flair redoutable ! Si Fido et Jup sentent et entendent les chacals au loin, cela explique sûrement leur curieux comportement, proposa Jack. »

L'hypothèse, pour ce qu'elle était, fut admise comme telle, mais ne convainquait personne. Le père avait tout retourné dans les réserves et avait tendu des pièges. Depuis plusieurs jours, les deux animaux, sensiblement agités, semblaient presque égarés, si perturbés qu'ils se présentaient dans le plus absolu apeurement. Les colons s'efforçaient de comprendre leurs agissements et tentaient de les calmer. Rien n'y faisait.

« S'ils étaient doués de paroles, que ne nous diraient-ils pas ? murmurait inlassablement Mrs. Clifton. »

Les suppositions les plus incongrues étaient battues en brèche et l'incertitude, à son comble, transportait les colons dans de sombres pressentiments. Mais la réponse fut apportée durant la journée du 12 janvier.

La famille Clifton s'employait à ses occupations quotidiennes mais, en milieu de matinée, la terre se mit à gronder, d'une manière soutenue, provoquant, résolument, l'affolement des deux animaux. Chacun restait coi, incapable d'estimer la longueur de ce moment sans durée. Dans la chaumière, les meubles avaient vacillé, heureusement la charpente et la maçonnerie avaient tenu bon.

Soudain, Jack s'alarma.

« Le volcan ! s'écria-t-il. »

Il se précipita à la vitre d'une des fenêtres de la grande salle, mais le verre mal façonné ne lui permit pas de voir distinctement à l'extérieur. Précipitamment, chacun s'habilla chaudement, puis la famille sortit observer la cime du Clifton-Mount.

Ce n'était plus des fumerolles qu'exhalait le mont. La colonne de fumée, très-épaissie, formait un panache impressionnant, tout-à-fait inquiétant.

« S'agit-il de l'éruption ? demanda Belle.
— Je crains que nous n'en soyons qu'au début, répondit l'ingénieur.
— Père, la terre tremble encore sous nos pieds, remarqua Robert.
— Cela peut continuer encore quelque temps et il est même possible, en mettant l'oreille contre le sol de percevoir des tremblements plus ténus comme le seraient les chocs des sabots de chevaux, précisa le père.
— Croyez-vous, mon ami, que le péril soit proche, car nos chaloupes sont enclavées dans leur gangue de glace, demanda la mère. Nous ne serons en capacité de les emprunter qu'au retour du redoux.
— Il ne devrait pas tarder, je l'espère, répondit le chef de famille. »

Les colons étaient donc dans l'expectative d'une débâcle proche. Non pas que leur salut fût assuré, mais que, pour l'instant, la glace leur interdisait toute possibilité de retraite.

Les fondations de l'île tremblèrent encore les jours suivants.

Ce n'était plus des fumerolles.

CHAPITRE VIII

La colère du volcan – De l'autre côté de l'île
Nouvelles décisions au sujet de l'établissement de la colonie

Peu à peu, l'île sembla retrouver son calme ; ses fondements avaient été durement ébranlés. Possiblement, la pression des matières incandescentes qui avaient produit l'imposant nuage de fumée et de poussière des derniers jours dut s'être très-suffisamment abaissée pour éloigner le spectre d'un cataclysme d'envergure. Harry Clifton tenait à s'accrocher à cet infime espoir, ce d'autant plus que, l'oreille collée au sol, il n'entendait plus, aussi distinctement, les incessants grondements et craquements des roches les plus profondes.

Assurément, il dissimulait assez mal son inquiétude extrême, car *mistress* Clifton engageait ses enfants à ne pas montrer que les efforts de leur père à ne pas avouer ses incertitudes étaient discernés. L'avenir devait mettre fin aux tourments du père.

Le deuxième jour de février, après que le soleil eut quitté son zénith, les couches de l'atmosphère furent ébranlées par une violente explosion plus puissante qu'aucune autre. Au sommet du volcan, un nuage de poussière d'une taille colossale, probablement issu de l'effondrement de la face orientale du mont, transporté par des vents du nord, dévalait les reliefs, recouvrant les arbres du Bois-Robert d'une impalpable poudre grise. L'ingénieur craignait qu'il ne se fût agi de cette poussière brûlante capable d'enflammer les troncs des arbres encore nus. Mais, ce ne fut pas le cas et le nuage alla se perdre en mer sans atteindre le domaine.

« Qu'allons-nous devenir ? lança Marc désespéré.

— Ne cédons pas à la panique ! reprit sa mère faisant montre d'une bravoure admirable. N'avons-nous pas toujours bénéficié d'un parti favorable dans nos épreuves ?

— Excusez-moi, mère, je n'ai pas votre courage, répondit Marc.

— N'est courageux que celui qui reste alors qu'il peut partir. Ce n'est notre cas, expliqua Élisa Clifton.

— Votre mère parle avec raison ! Avant peu, la débâcle libérera nos chaloupes des glaces. Nous en prendrons une pour nous rendre, par voie de mer, juger de l'avancée du phénomène volcanique, ajouta le père. Cependant, une difficulté se présentera à nous ; celle de réaliser le voyage en une seule journée. Je ne souhaiterais pas faire escale pour la nuit.

— Irai-je avec vous, père ? demanda Marc.

— Je désirerais être du voyage, réclama Robert. Flip et Tom m'ont beaucoup appris sur la navigation.

— Me voici bien embarrassé, dit l'ingénieur. Il serait plus raisonnable que je ne sois assisté que par un seul d'entre vous deux et je ne me résous à choisir.

— Ne choisissez pas, père, dit Marc aussitôt. C'est à mon frère Robert de vous conduire, il est bien meilleur marin que moi. »

Robert prit Marc dans ses bras, reconnaissant du sacrifice que son frère faisait pour lui.

Pour Robert, il y avait à ronger son frein ce qui ne se produisit pas sans peine. Probablement, ces journées d'attente devaient être les plus interminables qu'il ait pu avoir vécues. L'ingénieur s'était, dans un premier temps, employé à tenter de fracasser les embâcles glacés, mais le redoux s'étant amorcé, il devint plus sage de ménager les forces et de laisser la nature à son ouvrage. Cette dernière le fit avec diligence.

Au matin du 10 février, avant même que l'astre diurne ne se fût levé, à la clarté de la pleine lune éclairant les flots comme en plein jour, la chaloupe du *Vankouver*, la plus légère et conséquemment la plus rapide, quitta la grève. Dès le 6 du mois, les eaux étaient presque libres de glace et l'embarcation, avitaillée depuis le 8, attendait les conditions propices pour l'expédition. L'équipage, composé du père et du fils cadet, s'impatientait qu'un temps clair leur permît de prendre le chemin du volcan. Les quelques heures gagnées en naviguant nuitamment ne feraient pas défaut s'il advenait quelque imprévu.

Les deux hommes partirent sous les encouragements de la famille. La misaine hissée, Harry Clifton borda l'écoute. Robert, à la barre, alla au plus près de façon à remonter le vent contraire. Doubler le cap du Cadet prendrait un temps certain mais, si le vent conservait sa direction, parcourir la côte de l'est sur toute sa longueur, serait plus aisé. Pour l'heure, la question importante était d'éviter les écueils qui auraient réduit en pièces l'embarcation. L'ingénieur se félicitait d'avoir demandé à Robert de piloter la barque. Les nombreuses sorties en mer avec Flip et Tom sur le sloop lui avaient permis de connaître admirablement la côte.

« Père, je vous remercie de me laisser piloter la chaloupe, déclara Robert. Je saurai m'en montrer digne. J'ai tant de regrets que Flip et Tom ne sachent à quel point leurs leçons ont été bien apprises.

— Marc a raison, tu es le plus capable de naviguer, qui plus est, de nuit, lui répondit son père. J'ajouterais que tu ne dois perdre l'espoir qu'un jour Flip et Tom nous rejoindront. Ni l'un ni l'autre ne sont hommes à se défausser de leurs promesses.

— Mère me le dit souvent, répondit simplement Robert. »

L'adolescent, déjà devenu jeune homme, était quelque peu désabusé par les épreuves qui malmenaient les membres de sa famille. Rien ne pouvait prédire si le sort les accablerait à nouveau ou si la bonne fortune leur serait soudainement favorable. Robert en concevait d'amers ressentiments et se faisait les plus grandes violences pour ne point se montrer taciturne envers les siens.

La navigation, pour difficile et hasardeuse qu'elle fût, mena les deux marins au-delà de la pointe terminant le sud-est de l'île. Le soleil montait lentement à l'horizon parfaitement libre. Enfin, avec un vent de travers, l'embarcation profitait pleinement de cette allure portante.

En quelques heures, la crique de l'Ami Tom fut dépassée et il ne s'agissait plus que de doubler le Cap-Jack. Éloigné de la côte, le Clifton-Mount commençait à montrer l'énorme blessure qui balafrait le massif et le cône. Les fumerolles avaient gagné en épaisseur, démontrant l'incommensurable puissance des feux souterrains.

Harry Clifton, armé de sa longue-vue, observa longuement le volcan et la mer. Robert conduisait toujours la chaloupe vers le nord mais, gardant ce cap, cela les éloignait peu à peu de l'île.

Un repas fut pris pendant que l'ingénieur expliquait à son fils ce que l'observation lui apprenait de l'avancée du travail plutonien. Il n'y avait pas d'épanchement lavique repéré. Pour l'instant, seul le cône était éventré, ouvrant cependant, pour les laves, un passage vers le nord-est, à l'opposé de la partie fertile de Flip-Island. Si les effusions de matières incandescentes se trouvaient circonscrites dans cette zone et si l'océan, – ce qui semblait probable –, ne s'engouffrait pas dans le volcan lui-même, l'île tiendrait bon.

« Que se passerait-il si l'océan entrait en contact avec les laves ? demanda Robert.
— Vois-tu, Robert, répondit le père. Si les laves se jetaient dans le milieu liquide, elles vaporiseraient d'énormes quantités d'eau, mais la vapeur produite pourrait se dilater sans contrainte. À l'inverse, si de l'eau se trouvait piégée dans les roches et soit échauffée à une température aussi importante, sa vaporisation libérerait une si soudaine énergie que l'enveloppe de roche ne pourrait résister et exploserait avec une puissance destructrice inimaginable.
— L'île pourrait alors exploser ! s'écria Robert.
— Si une quantité d'eau suffisamment importante s'engouffrait dans une faille s'ouvrant sous le niveau de la mer, par exemple, acquiesça le père. »

Robert resta pensif. L'explication montrait combien le danger était grand. Harry Clifton voulait rester confiant en faisant remarquer à son fils que les laves avaient, autrefois, emprunté un chemin ayant pu préserver l'intégrité de l'île. Le fils s'en montra convaincu et rassuré. Du moins, le faisait-il voir. En effet, les leçons de géologie n'avaient été que trop bien apprises et le fils cadet se souvenait parfaitement du discours de son père à propos du volcan Timboro dont l'éruption lui avait fait perdre le tiers de sa hauteur au cours d'un cataclysme dont la mémoire humaine se rappelait encore très-bien dans les lointaines contrées du lieu où la nature avait fait montre de sa puissance au cours d'un combat épique entre les éléments. Robert suivait scrupuleusement les recommandations de sa mère de laisser à chacun le soin de croire à une issue favorable des évènements. Nonobstant, il balançait entre l'envie de s'ouvrir absolument et celle de se réserver ; il rompit le silence :

« Il est peut-être temps de retourner à Élise-House, père, car le vent se fait un peu fort.

— Tu as raison, j'en ai vu assez.

— Nous aurons la tâche de présenter la situation à la famille.

— Je ne souhaite pas les alarmer inutilement, expliqua Harry Clifton.

— N'est-il pas vain de camoufler ce qui n'est que trop évident ? Nous devons nous aider mutuellement. Comment le ferions-nous dans l'ignorance des faits ?

— Les circonstances réclament tant de chacun d'entre vous qu'il m'est pénible de ne pouvoir vous soustraire à une telle charge, se désola l'ingénieur.

— C'est la fatalité qui impose sa loi ! Nous devons nous y soumettre quoi que nous en pensions. Faites-nous confiance ! conclut Robert se révélant bien philosophe. »

Impuissants, le père et le fils pressentaient-ils pareillement le drame qui se jouait contre leur gré ? L'ingénieur prit, alors, pleinement conscience que son épouse, tout comme ses enfants, feraient, tous, preuve de la plus grande pugnacité. Le pauvre homme se reprochait, maintenant, de n'avoir su reconnaître cette évidence.

Le chemin du retour ne présenta pas plus de difficultés que celui de l'aller. L'ingénieur fut bien heureux d'avoir pris de l'avance sur le trajet, car ce fut à la nuit tombante que la barque s'échoua sur la grève. La famille informée des faits, les discussions continuèrent encore durant quelque temps, puis reportées au lendemain.

Le 11 février fut une terrible journée. La nuit n'avait apporté aucun repos. Il était évident que l'établissement de la colonie était remis en question par l'entrée en éruption du volcan. Harry Clifton n'occulta pas qu'il n'était pas du pouvoir des hommes de braver les lois naturelles. Le seul salut résidait ou dans la fuite, ou dans une accalmie du phénomène.

« La fuite ne nous est pas permise pour l'heure, concéda Harry Clifton.
— Il nous faudrait construire un bateau, proposa Marc.
— Ton frère me l'a déjà suggéré, répondit le père. L'entreprise me semble incertaine par le temps qu'elle pourrait nous prendre. À quatre, il nous a fallu près d'un an pour construire l'*Odyssey*.
— Nous avons de nombreuses paires de bras vaillants, répliqua Robert.
— Se peut-il que l'éruption se contienne durant un an ? demanda la mère.
— Cela est possible, nul ne peut l'affirmer, reprit l'ingénieur. L'Etna en Sicile est un volcan dont les très-nombreuses éruptions sont

ponctuées de phases calmes. Cela n'empêche pas la ville de Catane de prospérer malgré des destructions partielles.

— Ne pourrions-nous pas envisager de construire une embarcation tout en assurant les besognes indispensables à notre installation ? proposa Élisa Clifton.

— Nous participerons tous du mieux que nous pourrons aux travaux, annonça Belle qui s'entretenait avec son frère Jack.

— Mes enfants ! s'exclama le père. Depuis de nombreux mois, vous offrez tant de vous-mêmes qu'il serait bien possible que nous parvenions à relever ce défi. »

Réconfortés par cet entrain, les colons se répartirent les tâches à réaliser pour les semaines à venir. Elles furent distribuées à chacun avec intelligence quoiqu'il fallût modérer les ardeurs des plus jeunes si prompts à vouloir offrir leur aide. Il était nécessaire d'assurer la subsistance de la colonie ; ce n'était certes pas une mince affaire ! Les travaux des champs se montrèrent plus harassants que prévu, car la terre avait souffert de l'hiver plus rude et, gorgée d'eau qu'elle fût encore, se prêtait mal au labour. Les peines ne devaient pas être épargnées. Le mois de mars y fut employé presque entièrement pour atteindre ce but impérieux. Il est dit que les braves ne connaissent pas de repos ; l'adage n'aurait su être démenti ! En effet, sitôt la terre travaillée, il fut question de réparer, encore et toujours, certains aménagements du domaine. Cependant, les dommages liés, tant aux vicissitudes des saisons qu'aux concours de circonstances, s'effacèrent sous les coups des ouvriers acharnés.

De nombreux tremblements de terre secouèrent encore Flip-Island ce qui faisait craindre, à chaque instant, que les laves ne fussent parvenues à trouver un chemin vers la surface. L'ingénieur n'estimait plus opportun d'aller constater l'avancée du phénomène sur la côte au nord-est de l'île. L'augmentation de l'intensité des fumerolles laissait présager que l'activité volcanique se renforçait. Lorsque le vent entraînait les fumées vers Élise-House, les odeurs sulfurées ne laissaient aucun doute que dans un avenir proche, les roches en fusion parviendraient à percer la carapace du Clifton-Mount.

Désormais, le travail plutonien dictait véritablement la vie sur l'île Crespo dont l'existence dépendrait des caprices de son volcan et dont les soubresauts ne manquaient pas de suspendre, un temps, l'affairement de tous les êtres animés. Cela était particulièrement visible auprès des animaux domestiques. Les mouflons et les chèvres étaient souvent nerveux et Jack, qui les soignait d'ordinaire, s'en inquiétait fortement. Le plus souvent, l'adolescent parvenait, sans peine, à ramener le calme à la bergerie, mais ce dernier redoublait de vigilance, car ces animaux étaient encore à demi-sauvages et leur nervosité les rendait imprévisibles et dangereux. Cependant, il se trouva un jour où les ovins se montrèrent nettement plus agités. Cela alarma au plus haut point le benjamin Clifton.

« L'instinct des animaux ne les trompe que rarement, disait l'ingénieur à son fils, et leur disposition leur dicte de fuir un danger. Ils ressentent des tremblements du sol qui nous sont imperceptibles.
— Les mouflons frappent parfois dans la palissade, mais elle tient bon, annonça Jack. En revanche, le petit ruisseau alimentant l'intérieur de l'enclos me semble de plus en plus ténu. »

Jack et son père se rendirent à l'embranchement du ruisseau mais il n'était pas envasé. En réalité, le fossé présentait, lui aussi, un débit réduit. L'ingénieur et son fils, remontant en direction du lac, constatèrent que ses eaux présentaient une activité inhabituelle.

« Sont-ce là les bouillonnements qu'il fallait surveiller ? demanda Jack à son père soucieux.

— Exactement ! lui répondit-il. Mais ils ne sont pas de la même nature, ni de la même puissance, ni au même endroit que les premiers que j'ai pu apercevoir, il y a quatre ans. »

Sur toute la surface visible, ces bouillonnements, de moindre puissance, étaient continus, cette fois-ci. Cela ne faisait, au plus, que quelques jours qu'ils étaient apparus car, une semaine auparavant, ils ne s'étaient pas manifestés lors du passage de l'ingénieur.

« Que se passe-t-il pour que le lac bouillonne en permanence ? questionna de nouveau Jack.

— C'est que les gaz souterrains se sont frayés un passage au travers des roches qui sont fracturées et il est à craindre que l'eau ne puisse atteindre le cœur du volcan qui ne résisterait pas à la pression développée par la vapeur surchauffée, répondit le père si absorbé dans ses pensées qu'il ne s'aperçut pas du trouble causé par ses paroles. »

Cependant, ces échappements de gaz n'expliquaient en rien la baisse de niveau du ruisseau.

Père et fils, revenus à la chaumière, informèrent les leurs de la situation nouvelle qui aggravait le péril. En effet, le niveau du lac avait, également, décru. Les pilotis de l'embarcadère montraient, qu'habituellement, la hauteur de l'eau était plus importante d'au moins un pied.

« Marc ! Nous partons sur l'instant vérifier l'état du haut cours de la Serpentine-River, déclara Harry Clifton. »

Il ne s'agissait pas d'effectuer une expédition précise, mais seulement de juger de l'état dans lequel se trouvait l'unique approvisionnement en eau du lac Ontario.

Dès que la chaloupe se fut éloignée des berges, l'ingénieur remarqua que les bulles de gaz crevaient, de part et d'autre, sa surface. D'abord faible, l'intensité de ces bulles augmentait à mesure que l'embarcation s'approchait du centre du lac. Il semblait donc que, sur une fracture importante, proche de l'enclos, le bouillonnement constant était corrélé à une activité volcanique accrue provoquée, sans nul doute, par le fait que la profondeur très-importante du lac en rapprochait le fond, du réservoir de matières incandescentes situées sous le mont.

Marc manœuvra hardiment la chaloupe et à la voile et à la rame. L'embouchure du haut cours de la Serpentine-River ne tarda pas à apparaître.

« L'œuvre du volcan est plus avancée que je ne le croyais ! s'alarma le père. »

Il ne fut pas nécessaire d'expliquer à Marc ce qui était visible et compréhensible de quiconque. Les berges de la rivière étaient partiellement à découvert, preuve que le débit s'était considérablement réduit. Il sortait du lac Ontario plus d'eau qu'il n'en arrivait.

« L'heure est grave ! Rentrons sur-le-champ ! ordonna Harry Clifton. »

Le niveau encore suffisamment haut de la rivière permit de conduire et d'amarrer les deux chaloupes à son embouchure. Elles étaient le dernier salut des naufragés dans l'hypothèse d'une éruption qui semblait inéluctable. La yole, de faible tirant d'eau, resterait à l'embarcadère. Il était possible, tout comme pour la pirogue, de la déplacer à bras d'homme si la Serpentine-River venait à être impraticable.

« Avant peu, annonça le chef de famille, il est à craindre que la protection offerte par le lac et les ruisseaux contre les fauves se suffise plus. Affamés, ils n'en seront qu'une menace plus importante. Nous devons protéger nos animaux domestiques.

— Nous renforcerons les palissades et les clôtures, assura Marc.

— Nous augmenterons, également, nos réserves d'eau douce, ajouta sa mère.

— Il reste un point sur lequel il nous faudra décider ensemble, reprit l'ingénieur. Est-il encore temps de commencer la construction du bateau ?

— Vous me paraissez dubitatif, mon ami, commenta Élisa Clifton.

— Le temps nous est assurément compté, répondit-il. Relèverons-nous une telle gageure ?

— Faisons notre devoir ! répliqua Mrs. Clifton. »

Ces quelques mots étaient plus éloquents que tout autre discours.

Sont-ce là les bouillonnements qu'il fallait surveiller ?

CHAPITRE IX

Nouveau chantier naval – Les plans de la *Providence*
Considérations sur la navigabilité de l'océan Pacifique
Le plus grand paquebot du monde
Au sujet de la théorie des marées

Les nouvelles convulsions du Clifton-Mount avaient définitivement rendu inhospitalier le havre qu'avait été l'opulente Flip-Island. De ce fait, il eût été bien difficile aux colons de pouvoir y résider durablement si les sources venaient à tarir. Or, voici que ce drame venait de se produire. Tout espoir qu'un simple ru puisse sourdre à nouveau de la montagne n'était pas vain, mais, en l'état, c'était avec la plus grande parcimonie que, du mont, parvenait une eau, ô combien précieuse. Viendrait-elle à manquer totalement, et le lac ne serait plus qu'un vaste marécage dont il y avait à craindre que l'air ne s'y chargeât, pendant les chaleurs, de ces miasmes qui engendrent les fièvres paludéennes.

Harry Clifton regretta, sans mot dire, ses atermoiements au sujet de l'intelligente proposition de son fils Robert qui, en un juste temps, avait émis l'idée de construire un bateau propre à s'engager dans une traversée de l'océan Pacifique. Aujourd'hui, l'ingénieur se trouvait réduit, sinon à l'impuissance, du moins à l'expectative de pouvoir mener à bien et à son terme une telle construction. Combien de fois s'était-il rendu auprès des chaloupes ? Malgré les aménagements sommaires, il y aurait eu à courir les plus grands périls à quitter les rivages de l'île.

Avec les premiers jours d'avril et les champs préparés, la construction du bateau pouvait s'envisager sérieusement. Quoique l'ingénieur ne doutât pas de la ténacité de sa famille, il n'ignorait pas que les ressources de la colonie ne pourraient suffire, en cette circonstance, à la fabrication, si complexe, d'une nouvelle embarcation. Il conviendrait de suppléer aux pénuries en temps et heure.

En quelques jours, le chantier de l'*Odyssey* fut remis en état. Robert était très-ému par la détermination que son père et son frère Marc offraient à cette entreprise. En réalité, tout un chacun y prenait sa part. Jusqu'à Belle, Jack et sa mère qui contribuaient, à leur hauteur, pour l'œuvre commune, se réservant dans des travaux moins vigoureux. Même maître Jup n'était certes pas en reste.

Le chef de famille ne réprima, en aucune manière, la débauche d'audace dont faisaient preuve ses enfants. Peut-être, Mrs. Clifton, par sa réserve naturelle, démontrait-elle moins d'ardeur ; l'aventure lui faisait craindre de dangereuses épreuves.

« La menace n'est pas moins grande sur notre roc que sur la mer, disait-elle, cependant, n'irions-nous pas de Charybde en Scylla ? Je me désole tant de ces adversités qui s'abattent sur nous. Je vous vois engagés dans une tâche d'une ampleur considérable que je crains vaine.

— S'il advenait que la situation empirât, cette barcasse sera notre salut, mais si les évènements nous sont favorables...

— N'en dites pas plus, mon ami ! Vous avez mon soutien indéfectible ! De grâce, n'effrayez pas nos enfants par mes alarmes. Une mère n'a-t-elle pas toujours à vouloir protéger les siens en toutes occasions ? »

Par son exemple, *mistress* Clifton sut insuffler aux membres de sa famille cet élan énergique propre aux braves.

Il y avait à redresser les entrepôts du chantier naval. Déjà, des arbres furent abattus. Il ne restait plus un madrier vaillant dans les réserves et ce n'était pas, là, l'unique sujet d'inquiétude des ouvriers ? Également, l'acier manquerait pour les clous et les autres pièces de force. Si les premiers pouvaient, avantageusement être remplacés par de solides gournables de bois fort, ces chevilles ne pourraient être d'un emploi universel.

Des troncs gisant au sol, il fut décidé qu'ils seraient corroyés, sciés ou débités en planches sur place afin d'épargner, autant que possible, les forces des bûcherons, pour le transport. Les arbres les plus proches ayant déjà été utilisés pour la construction du sloop, il convenait, aujourd'hui, de se rendre plus loin pour alimenter le nouveau chantier naval. Ce contretemps fâcheux préoccupait Harry Clifton qui n'avait pas d'autre choix que de s'en accommoder. Cependant, c'était sans compter sur son ingéniosité. Au surplus, il se savait secondé par ses deux plus grands fils, aussi perspicaces et vigoureux que lui-même quoique ses deux plus jeunes enfants et son épouse n'en cédaient guère dans leurs pertinentes reflexions. Ainsi, pendant quelques jours, ses enfants le virent faire des dessins et réaliser des calculs, puis il expliqua ce qu'il avait imaginé pour scier plus rapidement les grumes.

« Nous allons approprier le moulin à vent en scierie ! déclara-t-il. Cela aura, néanmoins, pour inconvénient de ne plus pouvoir nous permettre de moudre de grain durant un long temps, mais nous ferons des réserves plus importantes de farine. En revanche, le travail de sciage nous sera considérablement facilité. »

De ce fait, cette modification du moulin aurait pour conséquence d'offrir aux colons de pouvoir s'autoriser à construire un bateau d'un tonnage propre à effectuer un voyage sur l'océan. L'ingénieur reprit les gabarits de l'*Odyssey*. Il fut décidé de ne rien changer à sa structure, l'aménagement intérieur, seul, serait révisé afin de pouvoir accueillir six personnes, un chien et un orang à bord. Jack, à qui s'étaient attaché ses deux oisons, devenus depuis un couple de bernaches parfaitement apprivoisés, ne regretta qu'un temps de ne pouvoir les emmener également sur l'arche ; il les préférait mieux sur l'île, libres de leurs mouvements, capables de fuir les chacals, plutôt qu'embrochés, présentés au menu de quelque marin gourmet. La grave situation ne portait guère à la sensiblerie ni aux excentricités.

On s'en douterait, à l'annonce du nouveau projet du père, les enfants redoublèrent d'un entrain que leurs parents approuvaient pleinement.

« Comment nommerons-nous ce bateau ? demanda Belle. »

La question ne manqua pas de surprendre Élisa Clifton. Cette dernière trouva bien prématuré de baptiser une embarcation n'existant que dans l'esprit des insulaires. Qu'importe ! Le jeu ne coûtait rien d'autre que de conforter les enfants dans l'exigence de la tâche. Cet engouement n'était que trop légitime.

De nombreux noms furent proposés mais aucun ne satisfaisait à l'unanimité. Tantôt se trouvait-il trop sérieux ou trop orgueilleux, tantôt il était d'un ridicule navrant prêtant à l'ironie. Ce fut la mère qui mit tout son petit monde d'accord.

« Nous devrions l'appeler *Providence,* dit-elle simplement. N'est-ce pas cette divine sagesse qui conduit à tout ? »

Élise-House résonna d'une salve de trois hurrahs pour cette proposition si naturelle. En cet instant, Mrs. Clifton eût-elle été la personnification de la Providence elle-même que nul n'aurait trouvé à y redire. Convient-il de le souligner de nouveau, cette femme, d'une grande intelligence, douée d'une profonde finesse de jugement faisait montre d'une réserve admirable. Sans doute, sa modestie était-elle sa plus grande valeur, ce qui ne l'empêchait pas de dispenser, au besoin, des conseils avisés. Son époux n'avait certes pas tort de dire qu'elle était : « l'excellence faite femme ».

« Père ! s'exclama Marc, je sens poindre en vous une gêne que nous pourrions prendre pour circonspection.
— Je pensais que la construction d'un sloop n'était pas une mauvaise idée, rajouta Robert craignant l'abandon du projet.
— Vous avez raison et tort à la fois, mes enfants, rassura le père. Ce n'est pas tant que le choix soit inopportun, au contraire, il est le plus raisonnable qui soit. C'est que l'on ne voyage pas sur l'océan

comme sur un lac. Imagine-t-on combien l'on est frêle dans cette immensité sans limite ? Combien l'homme est infirme et solitaire sur la masse mouvante et puissante des flots. L'on pourrait croire la nature hostile à l'homme, mais c'est un jugement erroné ; elle ne lui est pas plus adverse, car elle ignore sa présence même. L'on souhaiterait discipliner les éléments à notre guise, mais l'on ne saurait gouverner quelque chose qui n'a en soit ni raison ni mesure. Pourrions-nous seulement suivre la même direction que le monde, nous voici en faveur, opposons-nous et nulle peine ne nous sera épargnée. Gagnerons-nous une fois le défi, satisfaisons-nous-en ; tenter de le reproduire nous expose autant à la chute qu'au triomphe !

— Père ! Nous n'oublions pas que nos deux oncles nous ont bien souvent enseigné que sillonner quelque mer que ce soit ne se fait pas sans de solides connaissances, interrompit Robert.

— J'ai tant de crainte à nous engager dans une traversée de l'océan Pacifique.

— Cet océan n'est plus cette infranchissable mer du Sud découverte par Balboa au début du XVIe siècle, se permit Marc. Flip nous a assuré que le nombre de navires, dans le monde, atteignait plusieurs dizaines de milliers et peut-être compterions-nous cent fois plus de marins.

— Notre compagnon avait bien raison de le dire et je ne suis pas loin de penser que le nombre de bâtiments s'élève à une ou deux centaines de milliers, confirma Harry Clifton. Au demeurant, l'influence de l'océan dans l'économie du globe est considérable au point que les villes se développent le long de ses côtes. Bien sûr, les traversées se multiplient et réclament de grands travaux hydrauliques. Les ports naturels sont renforcés au moyen de digues et de brise-lames. J'aime à penser que chaque navire pourrait être un observatoire flottant inventoriant les phénomènes et manifestations de la nature. Ce faisant, l'étude de tant de relevés permettrait d'établir rigoureusement les lois qui président aux mouvements des eaux marines.

— Pourtant, mers et océans sont, aujourd'hui, parfaitement délimités depuis les grandes explorations du Pacifique, contesta Marc. Magellan, Drake, Bougainville, La Pérouse, Dumont d'Urville ou Cook ont réalisé une œuvre admirable qui est encore poursuivie de nos jours.

— Je crains que ces hommes respectables n'aient apporté plus d'attention aux îles et aux continents qu'à la mer elle-même. Ils sont excusables ! Aujourd'hui, nous peinons à deviner quelle est la conformation du relief sous-marin. Le travail de l'érosion y est d'une tout autre nature. Aussi, les déclivités doivent y être faibles et les précipices abrupts tout-à-fait exceptionnels.

— Notre ami Tom prétend que certains sondages ont fourni des relevés de mesures bathymétriques extraordinairement importants, rappela l'aîné Clifton.

— Certains relevés sont incontestables tandis que d'autres souffrent que les sondes sont des outils imparfaits, sources d'erreurs grossières produites par l'entraînement des dispositifs par les courants marins. Nonobstant, la profondeur moyenne d'un bassin océanique peut être évaluée par la vitesse des vagues d'ébranlement que l'on voit apparaître lors des raz-de-marée. Aussi, la base du Pacifique doit-elle se maintenir à une profondeur de trois milles anglais.

— Je ne comprends pas ce qui explique, dans tout ce discours, la défiance que nous devrions avoir à parcourir l'océan, s'interrogea Jack. Avec des réserves suffisantes, hormis les tempêtes, quels dangers nous guetteraient donc ?

— La mer n'est pas soumise qu'au flux et reflux ; elle est sillonnée, en son sein, d'innombrables courants dont l'influence retentit sur le climat et la navigation, expliqua l'ingénieur. Pour qui a la connaissance de ces *routes qui marchent*, ces courants rendent de grands services abrégeant notablement la durée des trajets. Cependant, s'y laisser prendre en sens contraire se révélerait infiniment préjudiciable. Le plus puissant de ces courants océaniques, le plus étudié, est ce courant du Golfe nommé *Gulf Stream*. Au sortir du golfe du Mexique, ses eaux bleues, tranchant sur le vert des eaux marines lui servant de rives, s'élancent vers le pôle à la vitesse de deux lieues à l'heure. Sa trajectoire s'incline en direction des Açores où le large fleuve océanique bifurque vers l'Europe et vers l'Afrique alimentant, vers le sud, le grand courant équatorial. Ce dernier traverse l'océan Atlantique avant de se séparer, devant le Brésil, en deux courants, l'un vers le sud, – le courant brésilien –, l'autre vers le nord rejoignant de nouveau le golfe du Mexique.

— Ce même type de courant a été repéré dans l'océan Indien, ajouta Marc. Il se nomme, je crois bien, le courant du Mozambique. Il longe la côte africaine jusqu'au Cap, puis remonte le rivage occidental du continent pour rejoindre, lui aussi, le grand courant équatorial.

— C'est exactement cela, mon fils, acquiesça, avec fierté, le père. Pensez volontiers, mes enfants, qu'il en est de même dans l'océan Pacifique. Sachez que, tout comme l'océan Atlantique, l'on y trouve des courants circulaires accumulant des débris de toutes sortes à l'instar de la mer des Sargasses. De même, le long du littoral de la Chine et du Japon remonte un courant chaud, en direction des Aléoutiennes, qui redescend vers le Mexique, suit la Ligne vers l'ouest et ferme la boucle. Un phénomène similaire se reproduit dans la partie méridionale du Grand Océan, en sens inverse. C'est le naturaliste Alexandre de Humbolt qui a étudié ce courant qui borde le Chili, du sud au nord.

— Ainsi, si nous nous trouvons exactement au centre de ces courants de surface, giratoires, nous sera-t-il mal-aisé de nous en échapper ? demanda Mrs. Clifton.

— Assez en réalité, car le régime des alizés et des contre-alizés souffle de l'est vers l'ouest. Au surplus, dans la région des tropiques où se trouve l'archipel des Sandwich, ne souffle aucun vent régulier. Dans notre situation, si les contre-alizés du nord gonflent nos voiles, nous suivrions la voie du nord-ouest qui nous sera tout-à-fait défavorable. Maintenir un cap vers le sud-est requiert une science nautique que seuls des marins expérimentés comme Flip et Tom possèdent.

— Nous pouvons y parvenir ! s'écria Robert sans autre forme de procès.

— Je ne redoute rien tant que le vent qui nous ferait défaut ; il ne serait de situation plus terrible qu'un calme plat, sans courant marin pour nous échapper de ce piège. Le sloop que nous construisons n'est pas de ces géants des mers que l'homme construit aujourd'hui. »

En disant ceci, l'ingénieur pensait, immanquablement, à une prouesse que l'ingéniosité des architectes et des constructeurs des chantiers navals venaient de lancer sur les flots.

Commencé en 1853 dans les chantiers de Millwall, près de Londres, cinq années furent requises pour achever un colosse jaugeant vingt-trois mille tonnes. Mesurant deux cent trente mètres de longueur pour une largeur, en son milieu, de quarante mètre en y comptant les roues à aube de dix-neuf mètres de diamètre, il ne fallut pas moins de trente mille plaques d'acier, reliées entre elles par trois millions de rivets, pour le construire. De son pont supérieur, se dressent six mâts dont la moitié, en fer, sont creux ainsi que cinq cheminées expulsant le souffle de dix chaudières alimentées par cent douze fournaises. Telle est la machinerie nécessaire pour actionner, outre les roues à aubes, une hélice de huit mètres de diamètre.

Dans un premier temps, baptisé *Léviathan*, c'est sous le nom de *Great Eastern* que le navire devait connaître bien des déboires et accidents plus graves les uns que les autres, avant sa traversée inaugurale sur l'Atlantique le 17 juin 1860. Les journaux du monde entier ne s'étaient pas privés de relayer les déconvenues confinant aux échecs de cette prétention de l'homme sur l'océan. Il était à souhaiter que les présomptions, peut-être imprudentes, d'une victoire prochaine ne prophétisassent, en réalité, un fiasco sinon un drame.

Harry Clifton, par cet exemple, tenait à rappeler combien un voyage sur les flots de l'océan, sans doute le moins pacifique du globe, était incertain.

« Nous trouvons, là, les mers les plus profondes de la terre, ajouta-t-il. Les plus éminents savants se sont penchés sur la théorie des flux et des reflux. Il en découle que pour décrire les mouvements des marées dans leurs fluctuations, les lois de l'astronomie et de la gravitation sont insuffisantes. Les irrégularités de forme des rivages sont prépondérantes même si les mers les plus profondes produisent les vagues les plus hautes. Dans leur volonté de coordonner les mesures des marées à une hypothèse irréfutable, les théoriciens de toutes les disciplines ne parviennent à se mettre d'accord sur l'importante question de l'endroit où se produisent les premières ondulations de la marée, sous l'influence combinée de la lune et du soleil.

— Y aurait-il donc un berceau des marées ? s'interrogea le jeune Jack, déjà embarqué dans quelques rêveries dont il était coutumier tandis que Marc, plus rigoureux, se perdait en conjectures.

— Le polymathe anglais William Whewell a défendu l'hypothèse que c'est au sein de la plus grande nappe continue d'eau, au point le plus éloigné de toutes terres, la plus libre des contraintes exercées par les continents et les îles, en plein cœur de l'océan Pacifique austral que la masse liquide, quelques instants après le passage de l'astre lunaire à ce méridien, atteint son niveau le plus élevé et générerait la première oscillation de cette onde de marée qui se propagerait, de proche en proche, dans toutes les mers du globe.

— Toutes les mers du globe… répéta doucement Jack sorti de ses songes.

— Cette onde mettrait deux jours et demi pour atteindre le point le plus éloigné, en mer du Nord, précisa l'ingénieur. Pour séduisante qu'elle soit, cette théorie a été contredite par le capitaine Fitz-Roy, qui estime que tout bassin océanique nettement délimité contient, lui-même, le berceau de ses propres marées.

— Cette thèse n'est pas dénuée de sens, reconnut Marc.

— La position de Fitz-Roy me semble la plus probable même si je ne m'interdis pas de penser que, dans chaque bassin, les ondulations en provenance de la mer du Sud pourraient quelque influence, – quoique faible –, masquée par celle des ondes des bassins considérés. Avant de pouvoir se prononcer de manière définitive sur ce point, il conviendra de multiplier les relevés des marées sur l'ensemble des mers du globe.

— Voici bien de l'ouvrage pour nos explorateurs et nos savants ! s'exclama *mistress* Clifton. »

Ce mot réjouit la famille. Chacun ne mettrait que plus d'ardeur à construire un sloop solide dans lequel ils n'auraient aucune crainte d'affronter le terrifique Pacifique, cherchant à être dignes de leurs deux oncles dont il fut obstinément refusé de justifier leur absence par trop prolongée par un drame.

Les jours suivants, l'ingénieur fabriqua, avec l'aide de ses fils, un vilebrequin et forgea des scies à partir de lames d'acier. Il lui restait à procéder aux modifications du moulin pendant que Marc et Robert, aidés de Jup, continueraient à abattre des arbres. Le moulin fonctionna tout au long de ces quelques journées d'attente, transformant en farine autant de grain que possible.

Déjà, des arbres furent abattus.

CHAPITRE X

L'éruption du Clifton-Mount – L'incendie du Bois-Robert
Les signaux – Ce qui subsiste de Flip-Island

L'ardeur des colons devait se renforcer au fil des jours. Sans précipitation, chacun se satisfaisait de son labeur, malgré d'inévitables fatigues confinant à un harassement certain, proprement muselé. S'il convenait de se ménager, nul n'en avait cure tant l'empressement à s'attacher à dresser les premiers éléments de la charpente du futur navire était grand. Assurément, la tempérance retrouverait ses droits ultérieurement.

Le mercredi 12 avril de l'année 1865 fut une journée mémorable entre toutes pour les naufragés de Flip-Island. Rien, pourtant, ne présageait qu'elle fût, à ce point, déterminante dans la vie des robinsons. Sans être beau, le temps n'était pas mauvais et la température ni chaude ni froide. Marc et Robert, secondés par maître Jup, s'en furent à leur bûcheronnage, principale occupation, qui les accaparait depuis plusieurs jours. Les jeunes gens imposaient le silence à leurs fatigues et l'orang, avec sa naturelle bonhommie, en faisait, sans doute, de même. Le père, aidé de Jack, s'employait à modifier le mécanisme du moulin à vent. Il avait bon espoir de réaliser ces transformations en moins d'une semaine. Belle et sa mère avaient fort à faire pour assurer l'intendance de ces forces vives. Le volcan tremblait régulièrement sur ses fondements mais ne semblait pas vouloir renforcer son activité.

Le repas du midi se passa dans le contentement de la besogne effectuée et les équipes s'en retournèrent à leur tâche. À la fin de la journée, l'île trembla une fois encore, sans la moindre conséquence. Le mont, éclairé par le soleil couchant, prenait les teintes rougeoyantes qui l'animait parfois, son cône apparaissant, alors, comme enflammé. Cependant, ce soir-là, ce rougeoiement semblait plus affirmé.

« Les laves seraient-elles sorties de la cheminée ? questionna Marc.
— C'est à croire, en effet, répondit l'ingénieur. »

Le repas du soir fut animé de discussions ayant pour trait l'urgence de la construction du nouveau sloop. Quant à l'état du volcan, il ne cessait d'inquiéter les colons.

« Il y a fort à parier que les laves emprunteront le chemin du sud-est, par la vallée des Laves, rassura le père. »

Chacun se coucha pour la nuit qui fut interrompue, presque sitôt entamée, par les cris de maître Jup et les aboiements de Fido. Nul n'eut besoin de rechercher les causes de cette agitation : elles étaient évidentes. Des fenêtres d'Élise-House, une lumière dansante leur parvenait de l'extérieur. En un bond, tous furent dehors. Le spectacle était grandiose, écrasant, cruellement envoûtant, effrayant : l'île était en proie à un gigantesque incendie. Le Bois-Robert était déjà à moitié dévoré.

« C'est une catastrophe ! s'écria Robert.

— Nous sommes perdus ! hurla Marc, les larmes lui inondant le visage.

— Que faire ? demanda Belle.

— Rien, ma fille. Rien, murmura le père.

— Protégeons déjà le domaine, ce sera beaucoup, répliqua Élisa Clifton.

— J'irai au moulin pour écarter les broussailles qui pourraient s'enflammer et l'incendier, dit Robert.

— C'est trop dangereux, mon fils. Les vents dirigent les flammes vers nous, la chaleur y serait insoutenable, expliqua l'ingénieur. »

À son corps défendant, Robert se rangea à l'avis avisé de son père et resta sur place.

Quelques heures plus tard, le jour se leva sur une dévastation. Le feu continuait de ravager la forêt de l'est ainsi que la lande la bordant. Le lac, barrière infranchissable pour les flammes, avait protégé le domaine mais, malgré un vent ayant tourné à l'ouest, la forêt des Érables, située à l'est du lac Ontario, avait été touchée également. Maintenant, le feu achevait de ronger ce qui restait de la grande forêt. Le moulin à vent était réduit en cendre. Exténués après une nuit d'un sommeil tourmenté, les colons avaient perdu toute possibilité de pouvoir quitter Flip-Island. Certes, subsistait encore le bois des Singes mais l'exploitation de ses arbres se révélerait autrement plus ardue. Pour l'heure, l'éruption du Clifton-Mount se poursuivait. Du cratère, parfois masquées par d'épaisses fumées et accompagnées de détonations, des bombes volcaniques, fragments de lave incandescente, visibles de jour comme de nuit, étaient projetées en tous sens.

Morne, chacun rentra dans la chaumière. Harry Clifton se rendit d'abord au lac avant de rejoindre les membres de sa famille tentant de recouvrer leurs forces. Tous étaient abattus et le premier repas du 13 avril fut boudé, enlevé sans le moindre plaisir, presque sans le moindre mot.

« Avant de rentrer, je me suis rendu au lac, annonça Harry Clifton. Le niveau du lac a encore baissé d'un pied.
— Heureusement, les chaloupes sont amarrées au port Deo Gratias, le bien nommé, dit Marc.
— C'est une bonne chose, en effet, et il me plaît que la yole soit disponible à l'embarcadère, elle nous permettrait de rejoindre urgemment les chaloupes si besoin était. Hélas, ajouta l'ingénieur. Le destin ne nous favorise pas. »

Le chef de famille s'était tu et ne parvenait à reprendre son discours. Il était grave comme il ne l'avait, sans doute, jamais été.

« Que voulez-vous dire, mon ami ? lança Élisa Clifton. Il faut nous instruire, sans nous ménager, de ce que nous avons à savoir !

— Les bouillonnements provenant du fond du lac ont empoisonné ses eaux. Les poissons surnagent et leur décomposition aggravera, s'il était possible, notre situation déjà désespérée. »

Chacun resta interdit et nul n'avait la force de troubler le silence quasi religieux régnant dans la grande salle. Harry Clifton se tourna vers sa femme. Celle-ci regardait par la fenêtre la lumière voilée éclairant la pièce. Jack et Belle, ensemble comme le plus souvent, s'étaient pris les mains. Marc avait les yeux fermés et Robert fixait ce qui semblait être une lettre, ficelée par une fine cordelette, comme s'il se fût agi de l'objet le plus précieux au monde. Fido et Jup, ignorants de la teneur des propos, n'en percevaient pas moins l'affliction extrême qui s'emparait de leurs maîtres. Cette fois-ci les colons étaient bel et bien les naufragés d'une île en perdition.

« Que faire ? Sommes-nous disposés à périr sans tenter d'échapper à ce péril ? harangua Mrs. Clifton indignée de la situation. »

C'était le désespoir qui s'exprimait, mais il y avait dans cette femme tout le courage d'une mère et d'une épouse révoltée, impuissante à combattre une destinée fatale. De ce désespoir, il se dégageait une rage d'une indescriptible puissance bien inconsistante face à cet insaisissable adversaire.

« Il convient d'économiser l'eau douce avec la plus grande parcimonie, se ressaisit Harry Clifton. Aux prochaines pluies, nous disposerons des voiles rincées que nous tendrons en guise de gouttières afin de remplir les fûts encore vides.
— Comment ferons-nous pour les animaux ? demanda Jack. Ils seront empoisonnés s'ils boivent l'eau du lac !

— Nous tenterons de filtrer les eaux à travers des tonneaux percés, remplis de granulats de taille de plus en plus fine, imagina l'ingénieur. Il se peut qu'en laissant à l'air ces eaux plus propres, elles soient suffisamment purifiées pour leurs besoins. Dans le cas contraire, nous partagerons nos ressources et sacrifierons certains d'entre eux.

— Combien de temps durera cette maudite éruption ? se morfondit Marc.

— Nul ne peut le dire, reprit son père. Nous sommes obligés d'en attendre la fin pour escompter reprendre nos activités.

— Le bois des Singes a été épargné par l'incendie, souhaitons qu'il le reste, dit Robert. Il est sûrement notre ultime salut.

— Il en reste peut-être encore un autre ! interrompit Élisa Clifton.

— Lequel ? demandèrent à l'unisson mari et enfants.

— Notre ami Thomas Walsh s'était souvent interrogé quant à la pertinence d'installer des signaux sur le cap de l'Aîné et sur le cap du Cadet, expliqua la mère. N'est-il pas temps de les monter et peut-être même sur les autres caps également ? »

La proposition fut acclamée comme il se devait. Bien sûr, cet infime espoir était-il dérisoire, mais il fallait le tenir.

Les signaux furent préparés dans la journée. Des mâts de fortune étaient prêts à être dressés aux deux caps de la côte ouest. L'ingénieur rédigea deux notices soigneusement enfermées dans des flacons hermétiquement scellés. De même, une barrique fut employée pour réaliser un filtre constitué de granulats de moyenne grosseur, sur un pied de hauteur, puis du sable fut ajouté sur la même épaisseur. Une couche de charbon de bois pilé, ayant la propriété d'épurer les liquides corrompus, fut, elle-même, recouverte d'un lit de sable puis par de petits granulats. L'eau versée par le haut de la barrique, traversant les diverses couches, s'écoula par le trou de bonde percé à peu de distance du fond. L'opération fut un succès et les animaux purent s'abreuver sans s'en trouver incommodés. Même si l'eau puisée dans le lac était peu avenante, elle en ressortait bien plus engageante. La survie du troupeau était, peut-être, assurée.

« Il est probable que les derniers représentants des chèvres et des mouflons de l'île se trouvent dans notre enclos, dit Harry Clifton à Jack se préoccupant des soins apportés aux quadrupèdes qu'il élevait avec attention. »

Déjà, le haut cours de la Serpentine-River s'était asséché. Le lac Ontario n'était plus qu'une large cuvette dont l'eau ne tarderait pas à devenir putride. Hélas, si les conditions ne s'amélioraient pas, il faudrait véritablement songer à sacrifier des animaux. Cependant, à l'horizon, s'amoncelaient de sombres nuages annonciateurs de pluie. Il se pouvait, qu'avant peu, les réserves d'eau potable pussent être reconstituées.

La fin de journée fut, de la sorte, consacrée à mettre en place le matériel destiné à collecter les eaux pluviales. Il y avait tant à faire que tous les bras se trouvèrent employés. Le soleil se coucha sans qu'une goutte ne fût tombée, mais en plein cœur de la nuit, un orage éclata. Ainsi, ce fut à la lumière des éclairs que les colons regardèrent les voiles déverser des flots de liquide salvateur. Durant des heures, tomba une pluie drue qui éteignit l'incendie consumant les derniers arbres du Bois-Robert et lava les cendres volcaniques déposées sur toute la surface de l'île. Au loin, le mont ignivome éclairait la nuit obscurcie par les épais nuages que les rayons de la pleine lune ne pouvaient transpercer.

Ces pluies diluviennes continuèrent deux jours pleins. Les colons restèrent ainsi à Élise-House, employant leur temps à leur façon. Ce fut au cours de cette retraite forcée que Marc s'approcha de son frère Robert installé, oisif ou rêveur, dans un coin de la grande salle.

« Tu prends un très-grand soin de cette lettre que tu transportes partout avec toi, lui murmura-t-il. Pourquoi y attaches-tu autant d'importance ? »

Robert se figea, incapable de répondre et fut submergé d'une émotion indicible responsable de lui embrumer les yeux.

« Tu n'es pas obligé de me répondre, reprit le frère aîné. Je ne voulais pas t'embarrasser. Je te prie de m'excuser.
— Je ne t'en veux pas et je peux te répondre en réalité, répondit Robert à voix basse. C'est la lettre que m'a remise Thomas à son départ. Il m'a demandé de ne l'ouvrir que s'il ne revenait pas de son voyage ou si nous devions quitter Flip-Island.
— Tu ne l'as donc jamais ouverte ? lui demanda ingénument Marc.
— Non, et j'aimerais autant ne jamais avoir à l'ouvrir, reprit Robert. Puis-je te demander de n'en parler à personne ? Je ne suis pas disposé à le faire, pour l'instant, du moins…
— Nous sommes frères, lui répondit tout simplement Marc. »

Robert resta très-troublé par cette discussion. Il avait toujours pris grand soin de garder la lettre remise par le jeune officier, précieusement, presque pieusement, sur lui. Il ignorait ce qu'elle contenait et respectait la volonté de l'Ami Tom comme s'il se fût agi d'une loi d'airain. Elle était le seul lien qui lui restait avec son ami cher. L'ouvrir eût signifié, en quelque sorte, accepter qu'il fût perdu à tout jamais. En la maintenant scellée, Robert prolongeait, vivace, le souvenir d'un Thomas Walsh vivant, jeune et prometteur officier de la *Maria-Stella*.

Robert éprouva soudainement un besoin irrépressible de quitter Élise-House. Il s'habilla pour sortir.

« Je vais vérifier si les clôtures n'ont pas souffert des intempéries ! se justifia-t-il.

— Crois-tu que cela soit nécessaire ? demanda le père que l'argument de son fils n'avait pas convaincu.

— Sois prudent et reviens vite ! répliqua sa mère »

Élisa Clifton fit signe à son époux de laisser partir Robert sans plus de formalité. Elle avait entendu les deux frères s'entretenir et en avait suffisamment compris pour s'expliquer les troubles de son fils cadet ainsi que le besoin subit de s'isoler du groupe.

Dans les jours qui suivirent, les deux signaux furent installés à leur promontoire respectif. Ce fut d'abord au cap du Cadet que le premier mât fut monté. Une grande perche, solidement assujettie, portait une pièce de tissu dont le blanc passé flottait et agitait son insaisissable forme mouvante dans l'air. Nul doute qu'un navire ne pouvait que remarquer cette blancheur contraster insolemment sur la noirceur des terres calcinées.

Le Clifton-Mount recrachait toujours autant de matières incandescentes sortant de la cheminée en gerbes étincelantes. L'île était parfois secouée avec plus de vigueur faisant craindre que la montagne ne s'ouvrît complètement. Les belles frondaisons n'étaient plus et ne reparaîtraient pas avant de nombreuses années, à la condition que l'île ne s'abîmât pas, engloutie dans l'immense océan, effaçant jusqu'au souvenir d'un lieu où la vie sauvage y avait élu domicile pour un temps limité. Les colons se trouvaient souvent transportés dans de profondes réflexions que l'extrême précarité de leur situation favorisait. Cette soudaine adversité excessive leur donnait résolument une perception accrue du sens profond de leur vie.

Au cap de l'Aîné, les ravages étaient différents. Les végétaux semblaient avoir été brûlés sur de larges bandes. Harry Clifton expliqua que les gaz sulfureux, relâchés dans l'air et entraînés par la pluie, étaient retournés au sol sous forme d'acide sulfurique plus ou moins concentré. Il se pouvait bien qu'une partie non négligeable du bois des Singes fût vouée à disparaître. Les arbres touchés laisseraient, sur place, leur squelette blanchir au soleil. Il émanait de cette contrée une impression surnaturelle renforcée par un silence oppressant. Si peu d'oiseaux faisaient entendre leur chant, les cris des singes étaient tout-à-fait absents. Avaient-ils tous péri ? Cela était à craindre.

Quel désespoir s'empara des naufragés ? Nulle plume ne pourrait le décrire. Qu'il soit permis de dire que l'ingénieur se prit à réfléchir à la possibilité d'aménager les deux chaloupes de manière à relever les bordages et à les ponter toutes deux. Quitter l'île devenait une évidence.

La Serpentine-River était à sec et le lac, dont la surface s'était considérablement réduite, voyait son niveau abaissé d'au moins cinq à six pieds. Où était donc cette île enchanteresse qu'avaient quittée l'Oncle Robinson et l'Ami Tom ?

Les jours et les semaines passèrent pendant que les travaux au domaine s'imposèrent. Les premières récoltes de l'année n'eurent pas trop à souffrir et le mois de mai s'écoula avec son lot régulier d'alertes causées par l'activité plutonique constante.

« C'est peut-être mieux ainsi, expliqua l'ingénieur. La cheminée n'étant pas obstruée, il y a peu de craintes à avoir que la pression n'augmente au point de fracturer le massif. »

Le père avait mis toute sa verve dans cet effort de persuasion qui fut respecté.

Les journées les plus longues de l'année, pour cette partie du globe, permirent aux colons de récolter les premières moissons.

« Nous ne pouvons nous permettre de négliger les récoltes, affirma Harry Clifton. Il n'est pas certain que nous puissions quitter l'île, ni que l'éruption s'achève bientôt sans plus de dégâts.
— Mais ils sont considérables ! s'écria Marc.
— Flip-Island n'en demeure pas moins notre seul refuge, en tout cas, le plus sûr, reprit le père.
— Nous ne devons compter que sur nous-mêmes, ajouta sa mère. Il n'y a pas d'autre choix ! »

Marc se rangea à l'avis de ses parents. La fougue de sa jeunesse avait parlé pour lui.

L'île était en proie à un gigantesque incendie.

CHAPITRE XI

La maladie de Jack – La pharmacie du *Swift*
La question de l'ipecacuanha – Le combat contre la maladie
Coup de canon

Comme l'on s'en souvient, Harry Clifton avait bien prévu d'aménager les chaloupes en vue d'un départ de l'île. Ces esquifs ne pouvant permettre, au mieux, que de pratiquer un méchant cabotage, derechef, l'ingénieur s'était penché sur la question de la consolidation de leur structure. Las, ce qui avait pu être renforcé le fut sans que les faiblesses des embarcations aient pu, d'une quelconque façon, être corrigées. Aussi, si appareillage il devait y avoir, celui-ci ne se ferait qu'en dernier ressort et serait retardé autant que possible.

À bien reconsidérer la conjoncture, ce nouveau dénuement des colons n'était pas jugé aussi sévère qu'il aurait pu l'être. La souvenance des premiers instants qui avaient suivi le débarquement des naufragés ne faisait défaut à quiconque. Aujourd'hui, le feu ne manquait pas et une collection de *bowie-knifes* s'ajoutait à un assortiment de lames des plus variées. Si restreint que fût le lopin de terre dédié aux cultures, il suffisait amplement pour la famille. Certes, il y avait eu des jours meilleurs mais les annales de la marine foisonnaient de récits de naufrages en des lieux autrement plus désolés. Finalement, la simple certitude de pouvoir s'éloigner de l'île en cas de désastre avait suffi à rassurer les plus jeunes, quant aux autres, ils avaient fini par se convaincre eux-mêmes de leur espérance, fût-elle trompeuse. Enfin, nul n'avait oublié que l'échouement de leur père ou époux trouvait son origine dans les errances du *Vankouver*, mauvaisement piloté par un équipage incapable de suivre l'un de ces capricieux courants giratoires, en grand nombre dans cette partie centrale de l'océan Pacifique nord. Dès lors, si un trois-mâts s'y était perdu, corps et biens, qu'y avait-il à en penser pour deux chaloupes ? Sans doute bien peu de choses !

Ainsi, la vie quotidienne des colons reprenait-elle ses droits sur les terres de l'île Crespo, dominées par un mont enflammé éructant ses matières incandescentes.

La destruction du moulin se révélait un véritable drame. Bien évidemment, la petite meule de pierre, actionnée par la rage des trois frères, garantissait que la farine ne manquât jamais à Élise-House. De même, une exploitation des plus rationnelles des élevages, et notamment de la basse-cour, suppléait efficacement à la disparition des populations naturelles de l'île, lesquelles ne pouvaient qu'avoir grandement souffert de la fureur du volcan. Il serait temps, bientôt, de constater l'étendue des dégâts, inappréciable pour l'heure.

« Pensez-vous, père, que les ravages aient épargné les parties extrêmes du nord de l'île ? demanda Jack.

— Je le pense et l'espère. Pourquoi cette inquiétude ?

— C'est que cette contrée si déshéritée de notre colonie sera, maintenant, l'ultime sanctuaire des rares populations animales de Flip-Island.

— Cela est tout-à-fait exact, il nous appartiendra d'y apporter tous nos soins, acquiesça le père.

— Cependant, avec autant de prédateurs pour si peu de proies, je craindrais fort quelque catastrophe, enchérit le benjamin.

— La rareté des captures causera à coup sûr la famine des fauves et, par conséquent, une réduction de leurs effectifs permettant, à terme, un relèvement des contingents des petits animaux.

— Cela est à espérer, murmura le pauvre Jack absolument soucieux d'un nouveau désastre. »

Plusieurs courtes expéditions avaient apporté la confirmation que, parmi les décombres de la vaste forêt, de fugaces petites ombres se faufilaient dans l'enchevêtrement de branches calcinées. Au surplus, les airs n'étaient pas exempts de menus passereaux.

Pour sûr, à force de temps et d'un répit de son volcan, Flip-Island retrouverait sa prospérité passée et peut-être bien également une certaine exubérance commune aux terres placées sur ces latitudes.

« Tout comme les habitants de la Sicile ou de l'île de Stromboli, nous aurons à vivre avec le Clifton-Mount, fit remarquer Marc. Les résidents des îles Éoliennes s'y sont fixés au gré des humeurs de leur montagne.

— Escomptons que notre mont ne soit pas de la même nature que le Santorin, tempéra Élisa Clifton. »

Une nouvelle épreuve devait attendre les naufragés de Flip-Island. La plus grande attention avait été apportée, à la question de l'eau, ce de la manière la plus rigoureuse. Les animaux, par leur résistance naturelle aux maladies, profitaient avantageusement du système de filtration installé par l'ingénieur. De plus, les colons prenaient toutes dispositions pour n'employer, à leur usage, que des eaux de pluie, proprement bouillies et dispensées, au cours des repas, en soupes et autres tisanes ou décoctions. Il apparaissait que cette conduite était pleinement salutaire. Néanmoins, il advint, soit par mégarde ou par une contamination inexpliquée, que Jack fut pris, en ce début de juillet, de violentes douleurs à l'abdomen. Naturellement, il avait semblé que l'eau pût être le véhicule de cette colique. L'absence de fièvre incitait à penser que l'indisposition pourrait être de courte durée et sans gravité. Le pauvre Jack avait eu à subir de si fortes nausées, suivies de tels vomissements, que son père ne trouva pas utile d'employer quelques vomitifs qui n'auraient rien évacué d'un estomac vide, mais auraient, plus sûrement, épuisé un être déjà affaibli.

La première recommandation fut, naturellement, de lui faire tenir la diète, n'autorisant au malade, que des tisanes de plantes médicinales que sa mère prépara avec le plus grand soin. Une fatigue extrême ne tarda pas à s'installer en peu de jours. Jack, dont la couche, placée à proximité de l'âtre, était l'objet de toutes les attentions. Cependant, les progrès de la maladie lui conférait un aspect cadavérique des plus effrayants. Puis, il fut évident que c'était une hémorragie intestinale qui travaillait le pauvre enfant.

« Il n'est plus de doute possible, déclara son père, à l'écart du moribond. C'est la dysenterie qui a gagné Jack. »

Élisa Clifton devint si blême que l'on eût pu croire que c'était elle-même qui fût prise d'une affection plus grave encore.

« Que peut-on, que doit-on faire ? demandèrent à l'unisson frères et sœur.
— Il doit se trouver, dans la pharmacie du *Swift*, un traitement idoine, rassura le père. »

La famille Clifton avait déjà été le témoin d'une épidémie de dysenterie durant leur séjour aux confins des bouches de l'Amour. Durant les travaux d'amélioration de l'embouchure du fleuve, certains ouvriers y avaient été infectés et les traitements utilisés par les médecins n'étaient donc pas inconnus de l'ingénieur qui n'ignorait pas, non plus, l'extrême gravité de cette maladie.

De la caisse à pharmacie rapportée du brick, Harry Clifton savait pouvoir y trouver sulfate de quinine, sels mercuriels, élixirs ou baumes qui n'avaient pas leur usage contre la dysenterie, connue, jadis, sous le nom de flux de sang et causant des ravages dans les campagnes d'Europe. Cette maladie épidémique, propre aux lieux insalubres, se montre redoutable et, s'il est possible d'en guérir, il importe d'agir dès les premiers signes.

Les deux malheureux parents n'ignoraient pas que dans les premiers temps de l'épidémie, les malades initiaux décèdent en peu de jours, parfois même en quelques heures. Quant aux rescapés, nombre d'entre eux finiront par succomber à des récidives pernicieuses quelques semaines plus tard.

Il ne s'agissait pas seulement, dans le cas précis de Jack, de procéder à un isolement du malade afin de préserver le reste de la famille comme il est d'usage de le faire dans une telle situation et d'écarter, d'abord, les sujets atteints de dysenterie, de prescrire des mesures d'hygiène et un régime alimentaire enrichi de viande à la population indemne, tandis qu'aux souffrants seraient appliqués divers remèdes réduisant, souvent faiblement, l'arrivée de la maladie quand ils ne hâtaient pas la fin des infortunés. L'ingénieur apporterait toute sa science au rétablissement de son fils. Il se savait fermement secondé tant par son épouse que par ses enfants. Cependant, les meilleures volontés de ces êtres généreux n'auraient été que de peu d'effet sans médication appropriée.

Justement, la caisse à pharmacie du *Swift* comportait une boîte qui devait pouvoir soigner le souffrant. Son étiquette mentionnait sobrement :

Hypecacuanha pulv. rad.

Et une mention manuscrite ajoutait, sous le titre :

X – XXIV gr.

Si, certes, Harry Clifton n'était pas médecin, il avait reconnu, dans cette substance, l'émétique principalement utilisé dans le traitement de la dysenterie. L'espoir renaissait.

« Cette poudre de racine d'ipecacuanha pourra soigner Jack, affirma l'ingénieur. Il nous faudra en déterminer la dose à administrer.
— Que voulez-vous dire, père ? demanda Marc.

— Je pense que la dose consiste en dix à vingt-quatre grains par prise, en fonction de l'âge du malade. Mais il me semble délicat d'en fixer la quantité juste, ainsi que de déterminer le nombre de doses *ad hoc* pour Jack. Fabriquer une balance précise ne posera guère de problème et nous utiliserons des grains d'orge correspondant à l'unité employée, annonça le père. »

En effet, le grain, unité employée par les apothicaires, correspond à la masse d'un gros grain d'orge ou de froment. C'est ainsi que vingt-quatre grains valent un scrupule tandis que trois scrupules valent un gros.

Un trébuchet suffisamment précis fut réalisé et seize grains de poudre, d'une amertume infâme, furent administrés à Jack dont les forces déclinantes lui permirent, à peine, de grimacer de dégoût. Il n'y eut guère que les bouillons proprement salés, dispensés autant qu'il était possible, qui aidèrent Jack à absorber le remède.

Le père tomba dans un état taciturne qui s'était inhabituellement emparé de lui, dans une attitude bien effrayante pour sa famille. D'abord, respectant la peine de son époux, *mistress* Clifton ne parvenait plus à se contenir elle-même. Sous la douce contrainte de ses enfants ; elle s'engagea à rompre l'oppressant silence.

L'ingénieur sortit de sa torpeur, s'épeura d'avoir ainsi délaissé ses proches dans d'inutiles réflexions qui ne pouvaient infléchir le cours du destin. Il leur devait des précisions sur ses tourments.

« Cela fait quatre jours que Jack souffre, mais il a contracté cette maladie depuis quelque temps, remarqua Harry Clifton. Je m'étonne qu'aucun d'entre nous ne présente de signes similaires. Pour l'instant,

je préfère que vous laissiez votre mère s'occuper, seule, de votre frère, car la dysenterie est particulièrement contagieuse.
— Notre frère va-t-il s'en remettre ? demanda Belle.
— Nous le soignerons de notre mieux, répondit Mrs. Clifton. »

Il n'était pas envisageable que la mère de l'infortuné Jack ne s'employât pas à veiller son fils. Mr. Clifton ne le savait que trop. Aussi, il ne lui vint nullement à l'esprit de contrarier cet ordre naturel des choses. Cela eût été faire trop violence à une maîtresse femme qui n'aurait guère été disposée à trahir son devoir.

Pendant que Jack recevait les soins, frères et sœur s'activaient pour assurer l'intendance du quotidien. La tâche était d'importance. Il conviendrait de dire que tout un chacun s'employait avec la meilleure humeur à accomplir ses obligations sans jamais se plaindre. Il était certain que les braves colons avaient suivi l'unique parti s'offrant à eux ; celui de museler leur peine et de taire leur douleur. Nul ne restait oisif et chaque répit était employé à réconforter Jack et sa mère dans le combat engagé.

Après la première administration de la poudre émétique, l'état du malade ne s'aggrava pas, à défaut de s'améliorer. Les tisanes succédaient aux décoctions et aux bouillons. Si la recommandation de boire beaucoup était scrupuleusement respectée, il était certain que les pertes de fluides corporels pouvaient être compensées. Cela suffirait-il ? Sur ce point précis, l'expectative restait l'unique remède.

Le lendemain, ce furent, encore, seize grains de poudre, mélangés à de l'eau bouillie, que Jack ingurgita. La diète fut maintenue malgré l'extrême épuisement du pauvre enfant. Il sembla, cependant, que l'hémorragie intestinale s'atténuait. Mrs. Clifton était tout aussi épuisée que son fils tant la privation de sommeil faisait ressentir ses effets néfastes. Toute cette terrible journée devait se passer sous les affres d'un drame redouté et, lorsque la nuit enveloppa, de nouveau, l'île de son sombre manteau, rien ne permettait de prédire l'évolution prochaine de la complexion du benjamin.

Au matin du 6 juillet, la santé de Jack était profondément altérée. Un désarroi absolu s'empara de la famille.

« Que faire ? se demanda l'ingénieur. Se peut-il que la dose soit insuffisante ?

— Doutez-vous que les indications portées sur la boîte soient erronées ? demanda Marc.

— Je me rappelle, lors de notre séjour sur les bouches de l'Amour, que les médecins soignaient les ouvriers du chantier avec des doses proportionnellement similaires, répondit le père. Se pourrait-il qu'il s'agisse d'une autre maladie ? Pourtant, les signes sont manifestes.

— Faudrait-il augmenter la quantité de poudre ? questionna Robert. Jack est de bonne constitution, il aura bientôt douze ans.

— Je ne saurais apporter de réponse assurée. Ma connaissance voit, ici, ses limites, dit sombrement le père. »

D'une concertation générale, il fut arrêté de poursuivre l'administration de la médication telle qu'elle était stipulée sur la boîte de poudre de racine d'ipecacuanha. Ce furent encore, cette fois-ci, dix-huit grains de poudre que l'on donna à Jack. Bien malheureusement, il n'avait pas été retrouvé d'ouvrage de médecine à bord du *Swift*. Cela était bien surprenant qu'un simple manuel traitant des principales affections se rencontrant couramment sur un navire n'y fût découvert. Plus sûrement, ceux-ci avaient dû disparaître dans une partie du brick n'ayant pas résisté à l'assaut des lames ou à l'explosion de la bombe.

Il convenait de laisser l'organisme du malade surmonter, seul, les épreuves qui devaient le conduire, peut-être, jusqu'à sa convalescence.

Trompant leur impuissance, chacun tenait à seconder Mrs. Clifton qui assurait les soins auprès de son enfant, mais bientôt, ces bons offices devinrent insatisfaisants au grand désespoir de ceux-là même qui les offraient de bonne grâce. Marc et Robert vinrent trouver leur père anéanti.

Certes, pour de jeunes gens fougueux comme l'étaient les deux frères, rien ne pouvait mieux les contenter que de prompts résultats dans le combat contre la maladie ; il leur vint, alors, une idée :

« Pensez-vous que si nous faisions un bouillon avec de la viande fraîchement tuée, cela conviendrait à Jack ? Nous pourrions aller chasser un lapin ou un cabiai afin de ne pas sacrifier nos volailles.
— Cela pourrait être une idée à ne pas négliger ! répondit le père. Je vais rester auprès de Jack afin de suivre les effets du traitement. »

Une escouade sans chef, presque sans but, composée de deux chasseurs, d'un chien et d'un singe quitta le domaine vers la garenne restée indemne de l'incendie par le peu de matières combustibles qu'y avaient rencontré les flammes.

Les deux frères étaient partis depuis un temps qu'aucun colon resté à la chaumière n'aurait pu estimer, lorsqu'un bruit sourd survint. Les parents s'étaient-ils assoupis ? Leurs pensées s'étaient-elles égarées ?

« Que s'est-il passé, Belle ? questionna Mrs. Clifton. »

Ni Belle, ni son père, ni sa mère, ne pouvaient déterminer ce qui avait pu se produire. Belle avait bien entendu un bruit qu'elle comparait à celui du tonnerre, mais il n'y avait pas d'orage. Était-ce encore une explosion du volcan ? Harry Clifton ne l'aurait pas juré, car le bruit qui venait d'être entendu eût été trop faible, alors. Aussi brève, cette probable déflagration ne pouvait avoir de conséquences notables. Cependant, Harry Clifton sortit de la chaumière et, les sens en éveil, écouta longuement le bruit du ressac couvrant celui des projections de laves. Cependant, il n'entendit rien de ce qui aurait pu ressembler à ce qu'il croyait avoir entendu quelques minutes auparavant.

Belle rejoignit son père. Ils regardaient tous deux l'horizon vers l'ouest puis vers le sud en direction de la garenne. Les regards s'immobilisèrent devant un spectacle improbable. L'ingénieur appela son épouse restée à l'intérieur de la maison qui accourut, craignant quelque danger.

À un peu plus d'un mille, Marc et Robert, précédés de Fido et suivis de Jup, couraient, autant que leurs forces le leur permettaient, vers le domaine. Les trois colons comprirent les raisons de cette précipitation. Dans l'horizon dégagé, compris entre les deux caps du sud-est et du sud-ouest, les voiles d'un navire apparaissaient. Celui-ci avait, immanquablement aperçu le signal installé au cap du Cadet. Le doute ne fut plus permis lorsqu'un coup de canon retentit, le son identique au premier. C'était donc la réponse à ce signal qu'on leur faisait.

Les voiles d'un navire apparaissaient.

CHAPITRE XII

Un navire – Flip et Tom
Les vertus de l'écorce de simarouba

Un fol espoir renaissait subitement et il ne serait pas superflu de préciser au lecteur que les colons durent se ressaisir avant de souscrire à ce que leurs yeux leur faisaient percevoir.

Aucun doute n'était permis pour la grande satisfaction de *mistress* Clifton qui eût bien défailli si sa force de caractère ne l'eût soutenu comme elle conduisait chacune de ses actions. Cependant, sous les coups redoublés de l'émotion, les discrètes larmes de joie se muèrent bientôt en sanglots irrépressibles. Elle n'était pas la seule à céder aux assauts de l'espérance, son époux, la voix étranglée ne put, lui-même, réprimer l'ébranlement de tout son être et n'entoura dans ses bras, presque privés de force, sa bien-aimée que pour mieux pouvoir se soutenir. Belle, du haut de ses dix ans, conçut parfaitement les nouvelles incidences de l'arrivée providentielle de ce navire et s'associa à la liesse de ses parents, s'accrochant à mi-corps à eux fermant la ronde pendant que le paroxysme de l'allégresse s'éteignait peu à peu.

Avant peu, le médecin de bord pourrait apporter à Jack les soins que son état réclamait.

Quelques instants plus tard, la famille Clifton était réunie.

Marc et Robert se trouvaient dans un état d'exaltation indescriptible mais bien compréhensible. Bien qu'ils n'eussent été dotés que de la seule bipédie, leur enthousiasme leur avait fait perdre toute sensation de douleur ou de fatigue pour se rendre, pour voler, jusqu'au domaine. Plus, l'on eût bientôt pris pitié du singe et du chien peinant presque à reprendre leur souffle et leurs forces tandis que les deux frères s'époumonaient dans des propos inutiles tant la situation était d'une évidence absolue ; il fallut les laisser dire. Cependant, ces quelques instants eurent pour effet de leur permettre de retrouver leurs esprits.

Bien évidemment, ce navire accosterait l'une des côtes de l'île Crespo. Les coups de canon d'alarme n'avaient-ils été tirés pour quel autre but que celui l'alerter les insulaires ? Le cap suivi semblait faire croiser le bateau au large du promontoire de l'extrémité du sud-ouest de l'île à moins que son capitaine n'eût décidé de mouiller l'ancre le long de l'interminable plage rectiligne de la côte méridionale.

« Père, mère, nous allons nous rendre au cap du Cadet afin de guider le navire vers Élise-House, annoncèrent, ensemble, les deux frères.

— Prenons la longue-vue ! dit Robert.

— Mon cher ami, accompagnez vos fils ! Je resterai auprès de Jack ! déclara Élisa Clifton d'un ton qui ne souffrait aucun refus. »

La remarque des deux frères était des plus judicieuses. Il convenait, non seulement de manifester aux marins que leur intention d'atterrir avait été comprise, mais que les colons les invitaient à gagner la vaste baie de l'ouest qui se cachait à eux.

L'ingénieur et ses deux fils longèrent la côte en direction du cap du Cadet. De cette manière, sur un terrain plus propice à la marche, l'avancée s'en trouverait favorisée. Ils purent vite constater que le navire marchait bien. Il était un peu éloigné de la côte mais paraissait vouloir contourner l'île. Si son pavillon ne put être distinctement identifié, ses couleurs indiquaient que son équipage n'était pas composé de forbans.

« C'est étrange ! remarqua Robert c'est à croire que le capitaine connaît la route pour se rendre à Élise-House. »

Cela était bien heureux, car les colons cheminaient moins vite que ne voguait le bâtiment. En effet, le trois-mâts qui apparaissait être un baleinier s'apprêtait à doubler le cap du Cadet pour se diriger dans la baie de Première Vue. La longue-vue ne permettait pas de distinguer nettement ce qui se passait sur le pont, mais un troisième coup de canon, tiré de ces canons d'alarme destinés à attirer l'attention dans la brume ou à saluer, répondit aux tirs de fusil et aux signes que faisaient Marc et Robert. Chacun voulut regarder à travers la lunette d'approche. Marc qui la tenait, à un certain moment, pâlit et faillit la lâcher.

« Que se passe-t-il ? demandèrent Robert et son père.
— Je ne sais pas ! Je crois… balbutia-t-il. Non, je ne suis pas certain… »

Robert lui arracha presque l'instrument des mains.

« Qu'as-tu vu ? demanda l'ingénieur à Marc.
— Flip ! cria Robert. J'en suis sûr ! C'est lui ! »

L'ingénieur prit alors la lunette et regarda attentivement le navire.

« Non, je ne le vois pas. Pourtant, je constate qu'une manœuvre se prépare sur le pont. Une chaloupe va être mise à la mer.
— Retournons à la grève ! C'est là que Flip va conduire la chaloupe, dit Robert. »

Les mots du cadet Clifton avaient été prononcés avec une telle assurance que ni Marc ni le père ne se permirent de mettre en doute ces paroles, somme toute, réconfortantes. Après tout, s'il y avait eu erreur sur l'identité du matelot aperçu, l'on verrait à la rencontre des marins et des naufragés ce qu'il en serait. Et si c'était bel et bien Flip qui devait conduire la chaloupe, la famille Clifton serait enfin fixée sur le dénouement de l'audacieux défi des deux oncles. N'était-il pas le plus probable que ce fût l'initiative des deux marins qui avait fait se dérouter ce baleinier, – dont la nationalité restait encore mystérieuse –, pour aborder les rivages d'une île insignifiante, perdue en plein Pacifique ?

Sur le chemin d'Élise-House, régulièrement, la lunette fut à nouveau partagée. Flip fut formellement reconnu, mais l'Ami Tom n'avait pas été aperçu. La distance à parcourir jusqu'à la grève fut avalée en peu de temps. À un moment, l'ingénieur reconnut que l'officier Thomas Walsh figurait également parmi l'équipage de la chaloupe. Il dirigeait les six hommes de bord affectés au maniement des rames. Il n'y avait pas que les deux oncles qui avaient pris place dans l'embarcation pendant que le navire mouillait son ancre. Deux autres hommes, des officiers pour sûr, complétaient cet équipage.

Restait-il encore deux encablures avant que la chaloupe n'atteignît la grève où se trouvait le chantier naval ; le père et ses deux fils pressèrent le pas dans le but d'accueillir dignement leurs deux compagnons avant leur accostage.

Il serait impossible de décrire, avec justesse, les retrouvailles entre les trois colons et leurs deux amis, partis depuis dix-huit mois, à la recherche d'aide dans les îles Sandwich. Qu'il soit permis de dire que les embrassades furent si intenses que les présentations entre les officiers, les marins du baleinier et les colons furent faites par l'Ami Tom s'étant résolu, à contre-cœur, à mettre fin à cette douce manifestation d'amitié.

« Monsieur Clifton. Permettez que je vous présente monsieur Garrett, capitaine en second du *Winslow*, trois-mâts baleinier commandé par le capitaine Labaste. »

Harry Clifton serra vigoureusement la main de cet officier qui connaissait déjà, par les descriptions qui lui avaient été faites, les quelques membres de la famille Clifton présents, en cet instant, sur la grève. Le chirurgien de bord, M. Estancel ainsi que les six matelots qui avaient mené la pirogue jusqu'à la plage, déclinèrent leur identité. Les civilités furent brusquement interrompues lorsque l'équipage vit arriver Belle, escortée de Fido mais surtout de Jup responsable, malgré lui, d'un affolement certain. Flip devança les retrouvailles avec son ami quadrumane afin de rassurer les marins, peu coutumiers de la présence d'un orang. La manœuvre fut sage, car ceux-ci, se tenant sur leurs gardes, s'étaient déjà préparés à contenir une possible attaque de l'animal. Mais Jup qui s'était, proprement attaché à son maître, enfin revenu, n'était guère disposé à le quitter et ne s'intéressait à nul autre que lui.

Flip et Tom s'étonnèrent de l'étrangeté de l'accueil qui leur était fait. Leur perspicacité ne tarda pas à les renseigner qu'un incident avait dû se produire sur l'île durant leur absence.

Harry Clifton, presque dardé des regards de ses deux amis, chercha à annoncer, sans heurt, la pénible situation qui frappait sa famille. Ses inhabituels balbutiements n'eurent pour effet que de l'empêcher de poursuivre son développement, alarmant d'autant plus les deux oncles s'apprêtant à questionner les deux frères. Certainement, Marc et Robert n'auraient rien tu du malheur touchant leur frère, mais leur jeune sœur, dans une candeur impartiale usa de justes paroles, ô combien cinglantes, pour dépeindre le drame.

Ainsi, Belle informa son Oncle Robinson de l'état de santé de Jack. Ni son père ni ses frères ne l'interrompirent ; elle forçait leur admiration par son courage.

Le brave Flip pâlit véritablement pendant que son compagnon de voyage gémissait d'indignation face à un tel coup du destin.

« Rendons-nous sans délai à son chevet ! s'écria Flip. Monsieur Estancel, voulez-vous nous apporter le soutien de votre science ? »

À ces mots, le chirurgien commanda aux hommes d'équipage de rester à l'écart.

« Je me rendrai seul au chevet de cet enfant, dit-il aux matelots. Vous attendrez que je sois instruit de la situation pour convenir de la suite. »

Le capitaine en second suivit le groupe vers Élise-House. Celui-ci s'exprimait dans un anglais distingué ce qui lui permettait de reprendre le chirurgien lorsque le fort accent français de ce dernier rendait moins compréhensible ses explications aux colons.

Malgré son nom, le *Winslow* se trouvait être un baleinier français ayant fait relâche aux îles Sandwich. Il s'était dérouté de sa destination vers les mers arctiques pour porter secours aux naufragés, répondant à la requête de l'Oncle Robinson et de l'Ami Tom.

Harry Clifton décrivit par le détail, sur le chemin de la chaumière, les signes de la maladie qui avait frappé son fils ainsi que les drogues qui lui avaient été administrées.

« Vous avez agi avec méthode, monsieur Clifton, dit le médecin. Dans votre description, il me semble comprendre que l'emploi de la racine d'ipécacuanha ne produit pas les effets escomptés du fait des progrès extrêmement rapides de la maladie. Je ne saurais me prononcer trop hâtivement et vous bercer de faux espoirs. Cependant, je puis vous assurer que nous combattrons la maladie de votre fils ! »

Ce faisant, le groupe atteignit la maison. M. Estancel se présenta sommairement à Mrs. Clifton et se rendit auprès de l'enfant. Mr. Garrett répondit aux recommandations de rester hors du logis et salua, à distance, la mère. Il ne fallut pas plus que quelques minutes pour que la situation fût évaluée. Jack n'avait pas même remarqué la présence d'un inconnu. La pharmacie de la colonie, rapidement inventoriée, le médecin sortit de la chaumière.

« Monsieur Garrett, dit-il. Nous retournerons à bord, notre pharmacie possède ce qui fait défaut pour soigner cet enfant. »

Puis, il s'adressa aux parents :

« J'ai bon espoir de pouvoir guérir votre cher Jack mais le temps presse ! »

Ces quelques paroles lancées sans ménagement traduisaient la parfaite sincérité de l'homme qui portait, soudainement, tous les espoirs renouvelés des membres de la famille Clifton. M. Estancel avait-il conscience de l'incroyable engagement qu'il acceptait de prendre ? Cela était probable et il était certain que ce médecin en avait l'accoutumance. Tous les souffrants ou moribonds ne s'en remettent-ils pas aux hommes de l'art pour infléchir le cours du destin ? Il tenterait l'impossible pour secourir le jeune Jack !

Pendant que la pirogue regagnait le navire, le capitaine en second, resté auprès des colons, prit connaissance, par le menu, des évènements s'étant produits durant l'absence des deux marins alors que ceux-ci restaient atterrés face à l'évocation de l'adversité qui s'était acharnée sur leurs amis.

Ce fut le retour du médecin qui mit fin à la discussion. Il avait tant fait diligence que l'attente de son retour n'avait semblé ni longue ni courte.

« J'ai amené avec moi divers remèdes dont un élixir d'écorce de simarouba qui a la vertu de renforcer l'action de l'ipecacuanha. »

L'élixir, auquel fut adjoint quelques gouttes de laudanum, fut insinué entre les lèvres de Jack, véritablement plus affaibli que jamais. Maintenant, il convenait d'attendre l'effet des remèdes.

« Monsieur Garrett, je me suis entretenu avec le capitaine Labaste qui consent à mouiller quelques jours mais qui vous réclame, dit le chirurgien. Il ne souhaite pas que les hommes quittent le navire au risque de contracter, eux aussi, la dysenterie. Je juge sa décision sage. »

Chacun de rester interdit, mais M. Estancel reprit la parole.

« J'ai tout lieu de croire que, si l'élixir de simarouba agit, cet enfant sera convalescent dans deux à trois jours. Pour l'heure, monsieur Garrett, rejoignez le capitaine Labaste et, demain matin, venez me rejoindre sur la grève où je vous ferai part des progrès du traitement. Si par cas nous avions besoin d'aide, nous tirerons des coups de fusil depuis la plage pour vous alerter. »

Ce fut ainsi que le médecin resta en compagnie des colons à Élise-House.

La journée du 6 juillet n'était pas achevée. Flip et Tom se proposèrent de composer un repas roboratif. Il leur semblait que leurs amis avaient dépéri à s'être négligés au chevet de Jack.

Le Winslow, *trois-mâts baleinier.*

CHAPITRE XIII

Le voyage de Flip et Tom – Escale à Laysan-Island
En route vers l'est – Bird-Island
Kaouaï – Honolulu

L'infortuné Jack se reposait paisiblement grâce à la potion dormitive qu'est le laudanum mais c'était aussi pour ses propriétés propres à soigner la dysenterie que M. Estancel l'avait employée. Il ne s'expliquait, ni Harry Clifton, son absence dans la pharmacie de bord du *Swift*.

« Le laudanum de Sydenham est presque une panacée, déclara le médecin. Il est employé aussi bien dans les cas de dysenterie que pour traiter la variole, la pleurésie, le choléra ou les fièvres intermittentes. Mais si cette potion soulage les douleurs insoutenables, le goût immodéré qui ne manque pas de s'installer lors d'un usage courant, en fait son principal danger.

— J'ai pu voir les ravages de l'opium, que cet élixir contient, dans les ports de Chine, concéda l'ingénieur. Ce que vous décrivez n'est que trop juste.

— Il n'en sera pas de même pour votre fils Jack pour lequel, quelques gouttes par prise, ne seront renouvelées que le temps de résoudre l'affection. »

La famille Clifton se permit d'espérer un prompt rétablissement du malade et une quiétude relative s'installa autour du repas pour lequel Flip et Tom, aidés de nombreuses mains, ne s'étaient pas ménagés. Les forces restaurées, les deux marins ne purent se dérober aux questions de leurs amis. Bien sûr, ils n'avaient aucune raison de se soustraire à cette douce obligation, mais un tel périple ne pouvait se rapporter hors de conditions convenant à un long récit ; ils n'avaient nullement l'intention d'être avares de détails.

Bien qu'il restât encore plusieurs heures de jour, il relevait d'une nécessité certaine de remettre un peu d'ordre à Élise-House. La famille Clifton avait été largement prise au dépourvu ; chacun de ses membres s'employait à se présenter sous son meilleur atour. Nonobstant, leur indigence n'avait eu raison, ni des convenances, ni de leur dignité.

Les deux oncles imposèrent à leurs chers compagnons de prendre un juste repos pendant que la chaumière retrouvait son apparence habituelle, au confort rustique mais aimable. Le médecin du *Winslow* louait la bonne santé des colons qui avaient su si bien tirer parti des ressources de l'île. Si, dans un premier temps, il avait pu proposer, à Mrs. Clifton, un remède fortifiant, elle ne fut pas la seule à en bénéficier.

« Le vin de Seguin est principalement employé dans le traitement des fièvres qu'elles soient intermittentes, – quotidiennes, tierces ou quartes –, ou continues, expliqua M. Estancel. La dose prescrite est moindre en cas de fièvres simples, bilieuses ou gastriques et augmentée en cas de fièvre ataxique ou pernicieuse. C'est aux vertus de l'écorce de quinquina que nous devons une part des propriétés fébrifuges et stomatiques de ce vin. Cependant, ses mérites ne se bornent pas à ses seules actions thérapeutiques et il trouve sa place dans la convalescence, agissant comme tonique. C'est pourquoi il m'a semblé, madame Clifton, qu'il était tout-à-fait indiqué de vous le proposer au regard de la fatigue qui s'est emparée de vous. Sans y prendre garde, l'asthénie pourrait bien être proche. »

Harry Clifton entourait son épouse des plus tendres attentions. Il écoutait avec obligeance le discours du médecin.

« Je vous remercie infiniment pour la sollicitude que vous offrez aux miens, lui répondit-il.
— Je me permettrais de vous engager, vous et vos enfants, à prendre, chacun, deux cuillerées à bouche de ce remède tonique. »

Un sourire éclaira le visage de l'ingénieur lorsque Flip confirma, par sa traduction, la curieuse expression, peut-être par trop française ou désuète concernant la quantité que pouvait contenir les cuillers d'étain du *Swift*. Décidément, cette façon de pléonasme était savoureuse et quoiqu'involontaire, fut cause d'une jovialité respectable tant des colons que du Français.

Le spécifique, distribué à tous, surprit par son amertume adoucie de saveurs fruitées, florales et épicées.

« Lorsque votre cher Jack sera plus alerte, ce vin de Seguin contribuera à hâter sa convalescence ! reprit le médecin. »

Plus par ces paroles que par la panacée de M. Seguin, amplement usitée dans les hôpitaux militaires de terre et de mer du pays de France, les colons se trouvèrent ragaillardis recouvrant une vigueur nouvelle qui les avait quittés depuis plusieurs jours.

Il n'était plus temps de partir en chasse afin de cuisiner un roboratif bouillon pour Jack. Aussi, deux volailles furent-elles sacrifiées. Elles constitueraient la base indispensable d'un pot-au-feu où le fumet de leur chair tendre le disputerait avec la saveur de légumes tout juste arrachés de terre mêlée au goût suave de galettes de céréales proprement rissolées.

Pendant le temps de cette longue préparation culinaire, les deux oncles se donnaient toutes les bonnes raisons de ne rien dévoiler de leur périple, soit que l'Oncle Robinson fût accaparé à l'extérieur, soit que se fût l'Oncle Tom qui prétendait attendre son comparse, soit encore qu'il manquât l'un des membres de la famille Clifton. En somme, ce délai était mis à profit pour redonner une soudaine vie, presque exubérante, à Élise-House.

La journée chaude invitait à la contemplation du paysage. Mais ce dernier tranchait durement avec l'aspect du domaine, seule partie de l'île laissée intacte par les conséquences du travail des forces plutoniennes.

« Notre belle île ! Notre belle île ! se lamentait Flip. Qu'est-elle devenue ?

— N'ayez crainte, l'Oncle, lui répondit Marc. Nous la relèverons.

— Le temps de revenir dans notre patrie, de nous entourer d'audacieuses âmes pionnières et lorsque nous seront prêts au retour, la nature aura repris ses droits sur Flip-Island, lui assura Harry Clifton. »

Il était tout-à-fait remarquable que le marin du *Vankouver*, celui-là même qui ironisait sur sa propre condition lorsqu'il se prétendait orphelin avant que d'être né, se fût, à ce point, attaché, non seulement, à la famille Clifton, mais également à l'île Crespo. Certes, sans famille et sans patrie, il avait trouvé, sur ce rocher du Pacifique, probablement les deux seules choses les plus indispensables à tout être humain.

Bientôt, d'appétissantes effluves invitèrent les convives à se restaurer. Enfin, la patience des colons fut récompensée ; les deux marins pouvaient commencer à narrer leur aventure qui promettait, à les entendre, de s'écrire au pluriel.

« Lorsque nous vous avons quittés, mes amis, nous étions le 9 avril de l'année 1864, commença l'Oncle.

— Je m'en souviens comme s'il s'agissait d'hier, lança Robert. J'ai tant pleuré de crainte de ne jamais vous revoir.

— Nous vous avons quittés avec autant d'incertitude, ajouta Tom. L'entreprise était une folie…

— Que vous avez surmontée au-delà de tout espoir ! compléta Élisa Clifton.

— La navigation promettait d'être longue et l'*Odyssey*, qui avait démontré ses qualités nautiques, serait, alors, rudement éprouvé par les éléments, reprit Flip. Comme vous vous en souvenez, nous avions prévu de rallier les îles sous le vent en une dizaine de jours. L'époque de l'année, au moment de notre départ, se montrait la plus propice pour réaliser ce voyage, en profitant des vents les plus favorables. Effectivement, nous n'avons essuyé aucune tempête et c'était plutôt de vents moins portants, qui peinaient à gonfler les voiles, dont nous avions à maugréer.

— Je désespérais à chaque fois que je réalisais le point, dit Tom. La moindre vitesse du bateau nous faisait prendre le risque de devoir affronter un coup de vent. Le cap n'était guère aisé à tenir, parfois trop à l'est, parfois trop à l'ouest. Heureusement, nous sommes partis au début de la lune croissante, ce dont nous avions à nous féliciter pour la navigation nocturne.

— Nous avions décidé de partager des quarts de cinq heures, ainsi, à deux navigateurs, nous avions l'assurance, durant toute la durée de la traversée, de ne pas naviguer sur les mêmes parties du jour ou de la nuit, cycliquement revenues. Cependant la fatigue éprouvait nos corps et, si la première étape se fit sans encombre, c'était épuisés que nous avons relâché.

— Où êtes-vous arrivés ? demanda Belle, impatiente qu'elle était d'en savoir la suite. »

Les deux amis prenaient grand plaisir d'expliquer, avec précision, leur traversée. Ils s'entendaient comme larrons en foire pour conter leur aventure, différant toujours, un peu plus, la conclusion de leur récit. Mr. et Mrs. Clifton comprenait le jeu et concédaient, bien volontiers, aux deux navigateurs, la satisfaction de captiver leur auditoire. Les parents s'en amusaient, participant eux-mêmes à ce divertissement de retarder le dénouement.

« Malgré l'intention que nous avions de ménager nos forces et nos réserves, l'épuisement se faisait cruellement sentir, continua Tom. De plus, la mer devenait menaçante. À n'en pas douter, nous allions subir un coup de vent avant peu mais, à l'horizon, se dessinait une basse terre. Que dire de cette île si ce n'est qu'elle ne possède aucun relief.

Nous l'abordions par sa côte occidentale qui devait faire deux milles de long. Au nord, à ce moment, l'eau recouvrait de nombreux récifs répartis sur une bande d'un demi-mille de large. Il n'était pas possible d'y atterrir.

— Mais vers le sud, voilà que l'écume bordait véritablement la côte, reprit Flip. Nous y voyions même une légère échancrure encadrée de deux brisants. Nous décidâmes que ce serait là que nous tenterions notre chance. La rade, guère protégée des vents, l'île n'est pratiquement qu'un banc de sable. En réalité, il s'agit d'un ancien cratère tant érodé qu'il a fini par se confondre avec le niveau de la mer car, au centre de l'île, se trouve un lac de forme oblongue dont l'extrémité septentrionale semble séparée par une sorte de gué ménageant, de fait, une partie ovale, d'une profondeur certaine, orientée du nord vers le sud en ce qui concerne sa longueur, réunie, au nord, à un lac parfaitement circulaire, peut-être moins profond. En quelque sorte, un point d'exclamation dessiné sur l'île.

— L'île mesure un mille de large sur deux de long et le lac, un mille de long pour un demi-mille de large, précisa Tom. Les quelques plantes parvenues à s'implanter à la surface ne sont que des herbes de dunes. En guise d'habitants, nous trouvâmes de nombreux canards dont nous eussions volontiers fait notre ordinaire mais sans bois pour les faire cuire, il était inutile de s'embarrasser de la sorte. Nous étions le 19 avril et nos réserves suffisaient amplement. Le temps se montra, finalement, clément et le lendemain, je pus faire le point. Nous étions sur Laysan-Island où nous restâmes une journée encore. »

La famille Clifton écoutait le récit avec beaucoup d'attention et ce furent les gémissements de Jack qui interrompirent les narrateurs. Le médecin conclut que les plaintes n'étaient pas dues à une aggravation de son état mais, plutôt, à une restauration de ses forces l'amenant à bouger un peu plus. Mrs. Clifton en profita pour lui changer son linge et lui proposer un bouillon fraîchement préparé par l'Oncle et l'Ami Tom. Jack les reconnut distinctement et son visage s'illumina.

Les deux frères en profitèrent, également, pour soigner les animaux avant la tombée du jour. M. Estancel proposa au malade une certaine composition de drogues déjà employées qui, associées à d'autres, devaient hâter la guérison. Harry Clifton s'entretint un long moment avec le médecin au sujet de l'état de santé de son fils et se forgea, de même, un avis optimiste. Quant à Élisa Clifton, ces nouvelles la submergeaient d'émotion.

Il ne fallut pas moins d'une heure pour que la famille Clifton fût, de nouveau, réunie pour écouter la suite du récit des deux aventuriers.

« Nous repartîmes le 22 avril, dit Flip. La navigation était facilitée par un vent encore plus favorable et une pleine lune qui éclairait un ciel sans nuage. Nous devions, alors, garder le cap vers l'est. Il se pouvait qu'à tout moment, nous croisassions un navire mais au troisième jour, ce fut un banc de sable dont n'émergeaient que quelques têtes noires, que nous rencontrâmes. Nous l'avons passé par le nord sans nous en embarrasser. Nous pensions, ensuite, repérer Necker-Island mais, après encore trois jours, il était évident que nous l'avions doublée, de nuit et à raisonnable distance. »

Le récit du voyage de l'*Odyssey* s'appuyait, durant tout le discours sur les cartes marines du *Swift*.

« Au petit matin du 30, je vis poindre une silhouette étrange, interrompit l'Ami Tom. Une île de petite taille semblant bien aride. Je tardais à appeler Flip qui venait de prendre son repos mais, une bonne heure plus tard, je le réveillais pour lui annoncer la nouvelle. Selon les cartes, il pouvait s'agir de Bird-Island. Nous avions dérivé vers l'est, il fallait reprendre le cap. Cette île ne présentant aucun port sérieux, y faire escale n'eût été que retard préjudiciable.

— En reprenant vers le sud, notre marche s'en trouvait ralentie et la lune en phase descendante n'éclairait qu'à peine la mer, raconta l'Oncle. Ce fut en fin de journée du 3 mai que je vis apparaître, bien au loin, une île verdoyante, presque aussi belle que la nôtre. Enfin, avant l'éruption du Clifton-Mount. »

L'Oncle Robinson, encore une fois, fut aimablement raillé de sa préférence pour son île, mais on le lui pardonnait bien volontiers. Cette bonne humeur n'entacha nullement le paisible sommeil de Jack reprenant figure humaine à ne plus souffrir.

Le repas étant achevé, les colons s'installèrent plus confortablement sous la tonnelle jouxtant la chaumière. La soirée serait chaude, égayée par quelques rares chants d'oiseaux, les stridulations ou le vol d'insectes. En revanche, le concert des batraciens faisait absolument défaut. Quant aux bruits plus lointains, c'était le Clifton-Mount qui en était à l'origine ; il semblait rappeler, si besoin était, que les feux intérieurs couvaient dans la profondeur des roches. *Mistress* Clifton s'était placée de telle sorte qu'elle pût surveiller son fils Jack sans rien perdre du récit. Cependant, sa garde pouvait se relâcher, car son époux ainsi que M. Estancel ne manqueraient pas plus de guetter le moindre appel du souffrant.

« Cette île présente, sur sa côte nord, un port en hémicycle comme la crique de notre propre île, raconta Tom. Nous accostâmes avant la tombée de la nuit et, à notre grande surprise, nous fûmes chaleureusement accueillis sur la plage par un Européen et des ouvriers indigènes travaillant à sa plantation de canne à sucre. Nous avions été aperçus depuis l'île et nos manœuvres d'accostage ne leur avaient pas échappé.

L'homme se présenta comme Monsieur Robert Crichton Cochran. Il administrait le domaine de Princeville pour son oncle Robert

Crichton Willie qui n'est qu'autre que le ministre des Affaires Étrangères du royaume d'Havaï. Nous avions atterri sur l'île de Kaouaï et l'on nous offrait l'hospitalité des lieux. Sans avoir totalement atteint notre but, notre pari était gagné. Honolulu se trouvant à moins de deux jours de navigation, rien ne s'opposait à ce que nous nous accordions le bénéfice d'une escale de quelque durée. »

Bien évidemment, le 6 mai, cette escale avait été marquée par une éclipse solaire partielle au cours de laquelle près de la moitié de l'astre diurne avait été occulté. La ressouvenance mutuelle de cet évènement astronomique fut, alors, l'occasion d'un partage d'impressions entre ces différents observateurs.

« Durant les jours suivants, notre hôte nous fit l'honneur de nous faire visiter son domaine. Cette plantation de canne à sucre succédait à celle de café, car les basses terres ne convenaient pas à la première culture. L'usine à sucre, toute neuve, nous fut présentée dans le détail. Vous auriez été, comme nous, monsieur Clifton, très-intéressé de la voir. Notre hôte s'est montré très-attentif à notre histoire et nous remit une lettre destinée à nous introduire auprès de son oncle. Nous restâmes sur cette île durant près de deux semaines et nous la quittâmes le 18 mai. Nos provisions avaient été, gracieusement, complétées. De nombreux journaux, déjà anciens, nous permirent d'apprendre que le conflit entre les armées de l'Union et celles des Confédérés continuait avec vigueur. Mais de cela, nous en reparlerons ultérieurement, conclut l'Ami Tom. »

Les deux oncles s'attachèrent à rendre un légitime hommage à Mr. Robert Crichton Cochran, quand bien même celui-ci ne pouvait l'entendre. Qu'à cela ne tenait ! Les deux marins n'en avaient cure. Nul ne les en aurait blâmé. Ainsi, ce qu'avaient pu apprendre Flip et Tom fut-il, loyalement, restitué, *in extenso*, à leurs amis. Si la discussion prenait l'allure d'un dithyrambe, c'est qu'il y avait à louer la sincère hospitalité du neveu du ministre havaïen. Au demeurant, l'homme avait fait montre d'un humanisme non contrefait. Ainsi, au regard de cette belle rencontre, – comme il en est de trop rares –, pouvait-il se dire que l'étranger est le bienvenu au royaume d'Havaï.

Encore, durant ce court séjour, les deux marins furent invités à découvrir un lieu tout-à-fait pittoresque qui l'emporterait véritablement en grandiose et en beauté sur toutes les merveilles naturelles ou humaines que compte le monde.

« La nature a usé, sur le site de Hanalei, de toute sa puissance créatrice, rapportait l'Ami Tom. Formes et couleurs ne se complètent pas seulement ; elles se soutiennent mutuellement pour atteindre le firmament des arts. La faune et la flore concourent à vivifier ce parc d'Éden. De ce qu'il en est des terroirs et de leurs habitants, on le retrouve dans le sous-sol.
— Au nord de l'île de Kavaï, se trouvent les caves de Haena, compléta plus prosaïquement Flip. Notre hôte, en notre honneur, organisa une expédition au cours de laquelle plusieurs guides avaient préparé tout un matériel chargé sur de fraîches montures.
À quelques lieues du domaine de Princeville, nous rejoignîmes une colline assez haute à la base de laquelle s'ouvre une large caverne. Cette première caverne, haute de soixante pieds, se trouve garnie de stalactites formant des colonnes naturelles soutenant la coupole. Une discrète fissure de la paroi donne accès à une seconde cave que les guides illuminèrent au moyen d'une guirlande de noix de *kukui* enflammées. Nous assistâmes, là, à un spectacle inénarrable.
— Votre Oncle Robinson, omet de vous dire que ces deux cavernes abritent chacune leur lac, l'un en communication avec l'autre. Nous y avons navigué sur des eaux d'une limpidité extraordinaire qui trompe sur la réelle grande profondeur qui semble absolument faible. Au

demeurant, ces eaux présentent une phosphorescence proprement prodigieuse lorsque l'on jette quelques pierres alors que l'obscurité est forte.

— Cependant, cette eau dégage une forte odeur de soufre et la végétation jaune pâle qui recouvre la roche renforce le spectaculaire du lieu que l'écho, étonnamment assourdissant, teinte encore de dramatique, concéda l'Oncle Robinson. Au surplus, les indigènes racontent volontiers, qu'en cette place réside un dieu, – basilic, dragon ou cocatrix –, dévorant ceux qui oseraient s'aventurer dans son antre.

— Courageusement, nous avons suivi, dans l'eau, quelques Kanaques qui s'étaient mis à nager.

— Nous poursuivîmes notre route vers Oahu, l'île où se situe Honolulu, reprit Flip. En deux jours, nous entrâmes dans ce port situé sur la côte sud. C'est là que le siège du gouvernement est établi dans cette ville exceptionnelle. Celle-ci ressemble à une belle bourgade de province où quelques maisons de pierre, d'une construction de facture européenne, côtoient une autre partie de la ville où les habitations, faites de végétaux divers et parfois en pisé, sont d'architecture locale. C'est une ville qui dépasse les dix mille habitants, soit le dixième de la ville de Boston. Les navires mouillent leurs ancres à deux ou trois milles de la côte, face au port d'Honolulu, ce qui impose un transbordement des marchandises pour les amener à terre. Une esplanade a été récemment construite par le remplissage du récif. Le port est très-animé et la ville présente une quantité incroyable de chantiers. Elle est aménagée régulièrement avec des rues principales se croisant à angle droit, bordées de trottoirs en bois. Ses principales rues sont Fort Street, longeant l'emplacement de l'ancien fort maintenant détruit, Exchange Street, desservant les cinq marchés de la ville et Broadway, la plus large et longue de trois milles, menant à la plus importante église de la ville qui possède son horloge. Mais ces rues portent plusieurs noms, européen ou havaïen ce qui n'est pas pour aider les étrangers. »

L'exercice, loin de leur déplaire, les deux amis durent se résoudre à décrire cette ville à la demande des colons. Harry Clifton savait que le roi actuel s'était engagé à continuer l'œuvre de ces prédécesseurs, concourant à moderniser l'archipel unifié en 1810 par le roi Kamehameha Ier, fondateur de la dynastie régnante. Il en connaissait aussi l'histoire mouvementée depuis sa découverte par le capitaine Cook en 1778 qui avait, alors, nommé îles Sandwich, cet archipel où il mourut l'année suivante, dévoré par les insulaires. De même, il n'ignorait pas les enjeux politiques, stratégiques et même religieux qu'ont développé quelques nations européennes sur ces terres.

« Notre but n'était pas de rester plus longtemps à Honolulu, affirma Thomas Walsh. Nous nous rendîmes, dès les premiers jours de notre arrivée à Iolani Palace ; le palais royal, qui est une grande maison de bois et de pierre quadrangulaire, possédant une colonnade sur son périmètre. Le toit tronqué est, lui-même, surmonté d'une colonnade couverte d'une toiture, réplique de taille réduite du bâtiment principal. Nous ne pûmes entrer dans l'enceinte. Nous n'avons été permis, seulement, que de déposer notre lettre à un garde qui, peu de temps après, nous demanda de revenir dans deux jours. Cela augurait mal de la suite de notre voyage…

— Le lendemain matin, des gardes vinrent à notre rencontre au lieu où était amarré l'*Odyssey*. Nous craignions d'avoir omis quelques formalités à notre arrivée, mais ils nous rassurèrent, nous informant qu'ils avaient reçu l'ordre de nous conduire au fort afin d'y rencontrer monsieur Robert Crichton Willie. L'entrevue fut très-courtoise et nous fûmes présentés à plusieurs notables qui écoutèrent nos péripéties avec autant de respect que de curiosité. L'on nous promit le meilleur accueil sur place mais que c'était avec les plus profonds regrets du ministre que celui-ci ne pouvait nous aider directement. Néanmoins, il nous assura de son soutien car, au regard du grand nombre de navires faisant relâche à Honolulu, il y en aurait, immanquablement, en capacité de nous aider. Il ne manquerait pas de nous en informer s'il lui était porté à sa connaissance qu'un bâtiment pût répondre favorablement à notre requête. Il ajouta même qu'une assimilation pouvait s'envisager sans la moindre difficulté. Nous déclinâmes, respectueusement l'offre de naturalisation. Cette entrevue paraissait quelque peu stérile pour nous. Nous avions été bien crédules de penser que le sort d'une famille perdue sur un rocher du Pacifique nord eût pu toucher quiconque.

— À ce moment, nous étions tous deux désespérés et nous retournâmes sur notre bateau qui serait notre logis pour quelque temps, reconnut Flip. Nous nous étions alarmés sur la poursuite de notre entreprise en constatant que le prix du boisseau de pomme de terre valait trois dollars et celui de la douzaine d'œufs, soixante-quinze cents. Il nous fallait, urgemment, recourir à une autre façon de venir vous chercher. Surtout, il nous fallait convaincre un capitaine de dévier de sa route. Cependant, notre île se trouvant à distance des routes commerciales, seuls les navires baleiniers peuvaient avoir une raison de s'y approcher. Mais ces bâtiments, pouvant rallier les parages de l'océan Arctique et dépasser le détroit de Béring, se détourneraient-ils par l'île Crespo, à peine connue sur les cartes comme un rocher inhabité ? Ils ne le feraient, de toute façon, qu'à la belle saison afin de profiter de l'été qui ferait fondre les glaces polaires. Les baleiniers américains sont nombreux à croiser dans ces mers ce qui nous remplissait d'espoir car, à cette époque de l'année, les navires quittaient les ports et reprenaient leur campagne de pêche.

— De fait, les capitaines des navires de commerce ne se montraient guère enclins à nous écouter, expliqua Tom. Quant aux capitaines de baleinier, s'ils offraient une oreille plus compatissante, auprès d'eux, nous n'eûmes guère plus de résultats. C'était que la guerre entre l'Union et les Confédérés faisait rage, tant au point de vue terrestre que naval. Au cours de nos pérégrinations, nous avions pu être informés de nombreux faits militaires et, en particulier, du déroulement de la terrible bataille de Gettysburg en Pennsylvanie, remportée par les armées de l'Union durant l'année 1863. Ceci nous portait à croire que la guerre pouvait prendre fin sous peu. »

Le jour déclinait et, avec lui, une douce fraîcheur s'installa. Pour autant, il ne fut pas possible rester à l'extérieur. En effet, les lampions attiraient une multitude d'insectes dont certains se révélaient avides de sang. En outre, la brise ayant tourné, elle portait parfois d'horribles relents de putréfaction en provenance du lac.

« Les seuls points d'eau potable, à ce jour, se trouvent au nord de l'île, dans les flaques et les mares du marais du Salut et, peut-être, à l'embouchure du Creek-Jup si tant est que sa source n'ait pas tari, se désola Harry Clifton. »

Il n'y eut pas de réponse à sa remarque, il n'en attendait pas…

Une île verdoyante, presque aussi belle que la nôtre.

CHAPITRE XIV

La guerre civile américaine
Une interminable série de campagnes militaires
Pour une conclusion de la guerre
L'indignation de *mistress* Clifton
La lettre de l'Ami Tom

On s'en souvient, c'était par l'intermédiaire du jeune officier Thomas Walsh que la famille Clifton avait appris qu'une guerre civile était survenue entre le gouvernement fédéral des États-Unis et onze états sécessionnistes formant les États confédérés d'Amérique. On l'imagine, les colons se montrèrent particulièrement intéressés par les informations que purent leur apporter les voyageurs qui avaient quitté le port d'Honolulu le 23 juin.

Depuis le mois de juillet 1861, date des derniers évènements connus des naufragés, les batailles s'étaient succédé et ces faits avaient eu un retentissement auprès des vieilles nations européennes. Il n'était pas aisé de rendre compte des différents moments de la guerre opposant abolitionnistes et esclavagistes, fédéraux et confédérés, Nordistes et Sudistes, Unionistes et Sécesionnistes. Bien des fois, l'issue des combats favorisait ou un camp, ou bien l'autre. Cependant, depuis la bataille de Gettysburg, l'initiative stratégique revenait, alors, à l'Union qui, finalement, aura eu raison des armées confédérées et de la Confédération au terme de près de quatre années d'affrontements.

Les deux marins et le médecin tentèrent d'apporter autant de précision que possible de ce qu'ils avaient pu apprendre du déroulement de la guerre civile.

Consciencieusement, l'Ami Tom avait consigné, dans un petit carnet, les dates des faits les plus importants qui avaient ponctué la vie des Américains depuis les quatre dernières années. Cela n'était pas superflu, car les offensives des deux camps avaient été nombreuses et les rebondissements, presque incessants. Au surplus, à l'aube de revenir dans leur patrie, il apparaissait de la première importance que la famille Clifton fût parfaitement instruite du drame qui venait de se dérouler dans leur pays. Aujourd'hui, Marc et Robert étaient, certainement, les plus attentifs à l'exposé de l'Oncle Tom :

« Je pense ne pas rappeler inutilement que c'est à la suite de l'attaque de Fort Sumter, en Caroline du Sud que l'on considère que ce *casus belli* marque le début de la guerre civile, commença-t-il. Mais, ce serait faire fi des véritables origines de ce conflit qui plonge ses racines dès les fondements des États-Unis. Ce serait mal considérer la question en ne regardant que le sujet de l'esclavage.

— Vous avez raison, mon cher ! reconnut Harry Clifton. Ce n'est pas seulement l'élection d'Abraham Lincoln qui a provoqué la précipitation de la sécession des états esclavagistes du Sud. Déjà, à l'issue de la guerre d'indépendance, de nombreuses différences entre les treize états fondateurs mettaient en lumière bien des différends.

Certains compromis devaient s'imposer, – au rang desquels la question de l'esclavage –, afin que l'union des états aboutisse à un état d'union. Ainsi, d'une confédération fut-il permis d'accéder à une fédération. Cette ambition était une gageure mais il était possible de croire, qu'avec le temps, les états du Sud, plus enclins à l'indépendance, finissent par accepter la tutelle du gouvernement fédéral.

— Le ver était dans le fruit ! répliqua le jeune officier. Les états du Sud, trop dépendants des esclaves pour leur agriculture dévolue au commerce avec l'Europe, ne pouvaient s'associer avec les états du Nord développant une industrie puissante. Ainsi, il est évident que cette scission était effective bien avant que Lincoln ne fût le seizième président des États-Unis.

— Cependant, il fallut bien peu de temps, après cette élection, pour que les premiers états sudistes ne fissent sécession d'avec les États-Unis, opposant Nord contre Sud, commenta M. Estancel.

— En à peine plus d'un mois, sept états se rallièrent à cette cause nouvelle et fondèrent les États Confédérés d'Amérique. Plus, après la mobilisation d'une armée de volontaires par l'Union pour répondre à l'attaque de Fort Sumter, quatre autres états firent également sécession, reprit l'Ami Tom. Nous étions au printemps 1861.

— C'est ainsi que la guerre a commencé ! se désola Robert.

— Pas tout-à-fait, contredit son oncle. Il fallut, aux armées, de longues semaines de préparation. Ceci était vrai, notamment pour celles du Nord, moins entraînées que celles du Sud. De même, les forces de l'Union s'engagèrent dans l'établissement d'un blocus maritime mal-aisé à mettre en place. En réalité, les stratégies des deux parties belligérantes reposaient sur des points de vue opposés. »

Thomas Walsh ne cessait de parcourir ses nombreuses notes, les compulsant dans un sens et dans l'autre. De son fouillis de lignes griffonnées, parfois écrites à la hâte, il s'y retrouvait avec une aisance confondante, commentant souvent ses propres remarques. Pour sûr, il avait apporté un intérêt tout particulier à ce qui ne manquerait pas d'être la plus grande page d'histoire des États-Unis d'Amérique et dont le tragique était à la hauteur de l'idéologie humaniste portée par ce peuple encore si jeune. L'officier reprit son discours :

« Au président de la Confédération, Jefferson Davis, s'imposait la tâche de défendre les frontières des états sécessionnistes dans l'idée d'épuiser les forces de l'Union, gagnant un précieux temps nécessaire à ce qu'une intervention des pays européens soldent la question en reconnaissant l'existence des États Confédérés d'Amérique. Il lui importait de prouver que la défaite des états du Sud serait irréalisable. Quant à l'Union, à une stratégie jugée trop lente, quoique plus sûre, appuyée sur le blocus naval, fut préférée à celle de tenter de détruire les forces dissidentes en une bataille terrestre décisive.

— La première grande bataille de cette guerre, à Manassas, près de la rivière Bull Run, aurait pu trancher cette question dès le départ, affirma M. Estancel. Je me rappelle combien la presse soulignait le fait que la proximité des deux capitales ennemies pesait d'un poids considérable sur les choix stratégiques. Que les Confédérés s'emparassent de Washington, ou les Fédéraux de Richmond, et le cours de la guerre s'en serait trouvé profondément bouleversé.

— Il y eut deux batailles à Bull Run, à une année d'intervalle, toutes deux soldées par la défaite de l'Union. Cependant, dès la première, à l'été 1861, les armées du Sud avaient, semble-t-il, manqué de peu de prendre Washington. Le pari de Jefferson Davis était tenable, mais ce revers renforça la détermination des Nordistes convaincus qu'une victoire rapide devenait un objectif inaccessible et qu'il leur faudrait conquérir les territoires du Sud et détruire l'armée confédérée.

— Si la presse étrangère relatait, avec un certain retard, les grands faits militaires et politiques, rajouta le médecin de bord, il convient de dire que le camp de l'Union portait plus facilement la sympathie au regard de la cause humaniste qu'il défendait. Le Français que je suis y était tout-à-fait sensible. Aussi, à l'annonce des premières grandes batailles remportées par les Confédérés, moi-même et nombre de mes compatriotes, nous nous désolâmes de la situation. Les pertes humaines étaient considérables et la liste des défaites des Yankees s'allongeait inexorablement...

— Il en fut de même de la bataille de Shiloh, en avril 1862, précisa l'Oncle Tom en relisant son carnet de notes. Les cinq batailles pour la défense de Richmond, durant l'été, et surtout la seconde bataille de Bull Run, permirent aux Sudistes d'envahir le Maryland et le Kentucky. De plus, en fin d'année, une nouvelle fois, l'armée nordiste fut écrasée à Fredérickburg, en Virginie. Peut-être, la campagne de la Stones River, dans le Tennessee, au nord-ouest de la Confédération, apporta une victoire en demi-teinte à l'Union. Quoiqu'il en fût, la proclamation d'émancipation, abolissant l'esclavage sur l'ensemble des États-Unis d'Amérique, promulguée le jour de l'an 1863 par Abraham Lincoln lui permit d'espérer un soulèvement des esclaves dans les états confédérés, un engagement plus important des affranchis au sein des armées de l'Union et, enfin, un soutien diplomatique des nations européennes.

— Les espérances des Yankees devaient encore s'enliser dans une importante bataille autour de Richmond, remportée par le général Lee en mai 1863, rappela M. Estancel. »

La famille Clifton était atterrée par le récit de toutes ces horreurs de la guerre. Quoique connaissant le terme de ces combats, chacun des membres vibrait à l'évocation des défaites successives de l'Union.

« À l'issue de cette bataille de Chancellorsville, où l'armée de Robert Lee avait écrasé son adversaire pourtant supérieur en nombre, le général confédéré pensait pouvoir se lancer dans une nouvelle invasion des territoires du Nord et, peut-être même, marcher sur Washington, expliqua le jeune officier. Pour sûr, dans un tel cas, il était possible que les Nordistes fussent, alors, disposés à demander un armistice entérinant, de fait, une victoire politique du Sud.

— Ce n'est que des semaines après la campagne de Gettysburg que le monde a appris l'incroyable déroulé des évènements, confirma le Français. Il est inutile de dire que nous avions été particulièrement soulagés du résultat des opérations.

— Pourtant, cela aurait pu être un drame absolu pour l'Union. Figurez-vous, mes amis, dit l'Ami Tom, que les forces confédérées étaient parvenues à remonter très-haut vers le nord, menaçant véritablement la Pennsylvanie au point que les Fédéraux furent contraints de renforcer leurs effectifs par le recrutement de miliciens. Ainsi, les villes de Baltimore, Philadelphie et de Washington se trouvèrent réellement menacées. Pendant un mois, les troupes du général Lee, d'escarmouche en escarmouche, remontèrent jusqu'à Gettysburg. C'est lors de cette bataille, la plus lourde en pertes humaines, que l'armée confédérée a perdu définitivement son avantage. Cela se passait le 4 juillet 1863 et le reste des effectifs sudistes reprit le chemin de la Virginie où Richmond subissait un harcèlement des forces nordistes.

— Les armées de l'Union n'en étaient pas moins victorieuses dans la vallée du Mississippi, interrompit Flip. Les journaux que nous avons pu consulter, dès notre arrivée dans l'île de Kaouaï, relataient les hauts faits du général Grant. Notre hôte, Monsieur Crichton, nous avait longuement fait la grâce de nous instruire des opérations militaires qui eurent pour effet la reddition de la forteresse de Vicksburg dominant la dernière partie du fleuve et constituant le point vital de la défense des Confédérés. Le moins que l'on puisse dire, c'est que cette campagne qui dura plus de six mois, fut d'une grande exigence !

— La chute de la ville sépara le territoire de la Confédération en deux parties. Celle à l'ouest de la vallée du grand fleuve perdit rapidement tout moyen de combattre efficacement, l'autre, à l'est, restait à conquérir. Au surplus, les Sudistes remportèrent de sérieuses victoires qui pouvaient influencer le cours de la guerre, précisa son ami Tom à l'attention des colons de Flip-Island. Nonobstant, il fallut presque deux années supplémentaires pour que l'Union vînt à bout de la Confédération. »

Assurément, le peuple américain avait, tout entier, souffert dans ces interminables séries de campagnes militaires fraticides. Il semblait bien que les Clifton portaient, subitement, tout le poids de la désespérance de ces horribles épreuves. Les deux amis marins se navraient, maintenant, d'avoir trop bien voulu rendre compte du drame qui avait frappé leur nation, qu'elle fût natale ou d'adoption.

« Cependant, l'évènement le plus important que nous avons à porter à votre connaissance est la reddition du général Robert Lee à Appomattox le 9 avril de cette année, poursuivit M. Estancel. De même, le président Jefferson Davis, désormais emprisonné, est accusé de trahison. »

Il devrait encore se passer quelques semaines pour que toutes les armées confédérées se rendissent.

« Enfin, Johnny Reb et Billy Yank rentreront dans leur foyer respectif, lança le médecin, faisant allusion au sobriquet que donnaient respectivement les Nordistes et les Sudistes à leur adversaire, – Johnny le rebelle et Billy le Yankee.
— Peu avant notre départ du port d'Honolulu, chuchota presque Thomas Walsh, nous avons appris que le président Abraham Lincoln avait été assassiné ce 15 avril… »

La famille Clifton découvrait, stupéfaite, ce qui s'était produit dans leur patrie depuis leur arrivée sur Flip-Island. Certes, tous étaient satisfaits de la victoire de l'Union mais toutes ces souffrances endurées par un peuple se déchirant contre lui-même leur laissait un goût amer.

« Est-il permis qu'une cause, si juste soit-elle, justifie tant de drames personnels ! Peut-être est-ce là une remarque n'appartenant qu'à ceux qui sont étrangers à leur propre monde ? remarqua Mrs. Clifton. Cela fait plus de quatre ans que nous sommes naufragés sur cette île. Nous nous prétendons colons, mais cela n'est fait que pour nous satisfaire de notre mauvaise fortune. Les hommes sont faits pour vivre ensemble. Nous avons réalisé ce qui semblait impossible mais cela ne vaut rien si l'on ne peut le partager ! »

Élisa Clifton parlait avec une fougue peu habituelle ; sans doute, les épreuves récentes que la famille Clifton avait eu à relever, ainsi que la relation des trois voyageurs, l'avaient-elles confortée dans une sorte de révolte à l'encontre d'elle-même. Nul ne l'en aurait blâmée, elle qui portait la voix de tous. Le silence, causé par la remarque si juste de Mrs. Clifton, fut interrompu par Jack réclamant à boire. Les drogues semblaient remplir leurs effets à la satisfaction générale.

« Il se fait tard, lança l'Oncle Robinson, voulant permettre à chacun de prendre un repos nécessaire. Demain, nous vous conterons nos péripéties à travers les îles Sandwich.
— Allez vous reposer, madame Clifton, se permit M. Estancel. Vous en aurez autant besoin que votre fils. Je m'occuperai de lui cette nuit. »

Et chacun d'aller trouver sa couche. Marc remarqua que Tom tenait entre ses doigts une lettre qu'il mit aussitôt dans sa poche.

C'était celle que Robert avait gardée tant de mois sur lui. Elle semblait toujours ficelée de la même manière.

Tom tenait entre ses doigts une lettre.

CHAPITRE XV

Une guérison incertaine – Les préparatifs au départ
L'absence de Tom et Robert
L'archipel havaïen – Le royaume d'Havaï

Au petit matin du 7 juillet, Élise-House s'anima gaiement. Ce fut à la seule lueur d'une petite lampe que deux adultes se retrouvèrent à chuchoter au pied du lit où reposait le jeune Jack.

« Madame Clifton, votre fils se porte mieux et, quoique affaibli, ne souffre plus, déclara M. Estancel. Si je ne m'abuse, cela fait bientôt trois jours qu'il n'a pas eu de selles sanglantes. Ceci est d'un très-bon pronostic. »

La mère inquiète, parfaitement reposée, était la première à s'être éveillée si tôt. Elle reçut la nouvelle avec un contentement aisément imaginable et rejoignit son fils qui s'éveillait doucement, encore engourdi par un sommeil sain plutôt que par l'épuisement provoqué par la maladie.

« Le foie de Jack ne semble pas avoir été atteint, continua l'homme de l'art. Il s'agit d'une complication à redouter mais semblant écartée à ce jour, ajouta encore le médecin. »

C'est alors que le benjamin Clifton sortit totalement de sa torpeur.

« Mère, j'ai bien faim ! dit-il alors, presque confusément. »

Sa mère lui sourit en retour et l'embrassa pour lui signifier qu'il n'avait pas à s'excuser à vouloir se restaurer de si bonne heure.

Si, à ce jour, l'enfant souffrait bien d'une chose, c'était donc de la faim et l'on y trouverait un remède simple ; il était temps de remplacer les aliments liquides par de plus consistants. Les bouillies de farine ou de pomme de terre seraient, judicieusement, accompagnées de viande grillée ou d'œuf. En petites portions d'abord, l'on augmenterait le nombre de repas au cours de la journée. Déjà, la mère dévouée s'activait auprès du foyer. Flip et Tom n'eurent pas le loisir d'aider Mrs. Clifton dans cette tâche qu'elle désirait accomplir elle-même.

Il ne s'était pas passé une demi-heure que toute la maisonnée était réveillée. Le médecin jugea que les membres de la famille pouvaient, sans excès, également embrasser Jack se relevant de son lit avec quelques engourdissements.

« La guérison me semble en bonne voie mais il convient de rester prudent, précisa, de nouveau, M. Estancel. Nous nous rendrons sur la grève afin d'apporter cette nouvelle à monsieur Garrett qui ne tardera pas à honorer le rendez-vous que nous lui avons fixé.

— Je vous accompagnerai, dit Harry Clifton.

— Ainsi que vous, madame Clifton, lança Flip. Je veillerai Jack durant votre absence. Le bon air frais vous fera le plus grand bien. »

Élisa Clifton voulut refuser l'offre, mais son époux trouva l'idée excellente et la proposition fut imposée à la mère. Juste avant leur départ, les deux parents furent apostrophés par Thomas Walsh.

« Me permettez-vous, monsieur et madame Clifton, d'emmener Robert avec moi chasser à la garenne ? Peut-être y ferons-nous de belles rencontres ? demanda l'Ami Tom.

— Nous n'avons aucune raison de nous y opposer, mon digne ami, répondit l'ingénieur, surpris de cette étrange requête en considérant les réserves bien garnies d'Élise-House.

— Nous emporterons un repas dans nos besaces, ajouta Tom. »

Mr. et Mrs. Clifton, précédés du médecin, se rendirent à la rencontre de la chaloupe du *Winslow*. Certes, en chemin, l'ingénieur s'ouvrit à son épouse au sujet de la singulière prière que l'Oncle Tom venait de leur faire.

« Mon ami, notre cadet n'a que trop souffert d'avoir failli perdre son frère et je ne suis pas loin de penser qu'auprès de notre ami Thomas, il a retrouvé le confident qui lui faisait défaut depuis des mois.

— Vous avez raison, ma chère Élise, lui répondit-il affectueusement. Force est de constater que notre fils a rencontré en la personne de l'Oncle Tom un mentor des plus profitables qui, à bien des égards, pourrait me donner quelques raisons de rivalité si je n'étais convaincu de sa bienveillance.

— Nous pouvons être certain de la noblesse d'âme de notre ami, assura Élisa Clifton. »

Ce faisant, le groupe parvint, sans s'en rendre compte, au rivage. Quatre matelots, ainsi que le capitaine en second, attendaient, depuis un moment, l'arrivée des insulaires. Mr. Garrett s'enquit, aussitôt, de l'état de santé de l'enfant.

« Les progrès de la guérison sont rapides et, dans quelques jours, il pourra embarquer, répondit M. Estancel.

— Je ne pense pas que nous puissions attendre autant, répliqua l'officier. Les marins sont inquiets par l'éruption et j'avoue que, moi-même, je le suis également. Monsieur Labaste souhaiterait partir au plus tôt. Nous nous sommes dévoyés de notre route et nos cales ne sont guère remplies. Les hommes grognent de ne pouvoir repartir en chasse.

— Peut-on obtenir encore un délai d'un ou de deux jours ? quémanda le médecin. Je pense que la bonne constitution de l'enfant lui permettra, alors, d'embarquer sans danger pour lui et, de plus, nous aurons écarté tout risque de contagion pour l'équipage. »

Les derniers mots du médecin touchèrent, assurément, le second mais, si ce n'était pas seulement par compassion, du moins, l'intérêt était-il un meilleur gage à ce que l'officier acceptât cette requête.

« Je m'engage sur une journée supplémentaire mais demain matin, nous préparerons l'embarquement. Je ne crois pas pouvoir faire mieux. Nous n'avons que trop tardé à reprendre notre campagne. L'armateur exigera des comptes. »

Ce n'était que trop vrai et le chirurgien de bord savait que cette journée de répit accordée était une grande victoire. Il s'était attaché à cette famille de robinsons avant même de l'avoir rencontrée ; il s'emploierait à l'aider du mieux qu'il le pourrait.

Les matelots et le second s'en retournèrent sur le *Winslow*. Le mont grondait, encore et toujours. Les nombreuses vapeurs, entraînées par les vents, n'étaient guère rassurantes. De la grève, l'ingénieur entendit, distinctement, un des marins maugréer contre le volcan qui, selon lui, menaçait d'engloutir, à tout moment, et l'île et le navire. Peut-être n'avait-il pas tort ?

« Mon amie, dit Harry Clifton à son épouse, il est temps de s'apprêter à partir. Nous préparerons le transport le plus confortable pour Jack.

— Nous n'avons pas grandes richesses, nous emporterons le peu que nous avons et voyagerons léger, répondit Élisa Clifton.

— Nous offrirons aux marins du *Winslow* les réserves de nos deux chaloupes et arrangerons le domaine pour une nouvelle occupation de la colonie. »

Il y avait, dans le ton de voix de l'ingénieur, quelques accents qui évoquaient, sans le moindre doute, un certain regret de devoir quitter sa chère île. Pourtant, elle avait perdu de sa superbe. Si la raison commandait de s'embarquer sans délai, le cœur se refusait à quitter ce refuge si menacé fût-il.

De retour à Élise-House, Marc, Belle, Jack et Flip furent instruits de la décision du second. Quant à Tom et Robert, ils ne seraient pas revenus avant un moment et cela chagrinait quelque peu l'ingénieur.

« Ne vous formalisez pas, monsieur Clifton, répondit Flip. Ils seront, sans doute, de nouveau auprès de nous avant peu. Pour l'heure, organisons notre partance. »

Il y avait fort à faire et les deux paires de bras vigoureux qui manquaient à cet instant faisaient cruellement défaut. Cependant, l'ingénieur ne voulait pas laisser paraître sa contrariété. Intelligemment, son ami marin proposa une distribution pratique de quelques tâches pour lesquelles la présence de l'Oncle Tom et de son neveu Robert ne fût pas indispensable. Cela suffit à modérer l'emportement du père. En outre, Flip pensait sans nul doute que Mrs. Clifton, avec sa mansuétude naturelle saurait trouver quelques paroles apaisantes qui plaideraient la cause de son fils et de l'Ami Tom.

L'Oncle, secondé par Marc se proposa de déplacer les chaloupes sur la grève et d'en déposer les provisions toujours prêtes pour une fuite. Durant ce temps, Harry Clifton, aidé de M. Estancel et de Jup, s'occuperait de la provende placée dans la grotte. Toutes les denrées ne pouvant se conserver sur une longue période seraient offertes à l'équipage du baleinier. Le matériel resterait sur place pour l'établissement d'une colonie permanente. Belle et sa mère auraient la charge de garnir les coffres des effets personnels nécessaires pour le voyage.

Tout ce travail allait bon train, malgré l'absence prolongée des deux chasseurs. Ce fait ne laissait d'inquiéter tous les membres de la colonie. Quelque peu affamés par tant de préparatifs, ils décidèrent d'assurer l'heure du souper avant d'aller à la rencontre de deux retardataires.

« Dressons la table, railla Flip, cela fera venir nos deux gourmands ! »

Le marin avait-il été entendu ? On aurait pu le croire, car, au loin, traversant la garenne, deux silhouettes se devinaient.

Ainsi, ce fut presque à la fin de la journée, presque à l'heure du repas du soir, que Tom et Robert revinrent de leur chasse ; sans le moindre gibier. Qu'était donc la cause de ce retard ? Les deux compères ne cessèrent d'éluder toutes les questions trop précises afférentes à leur parcours et à leur emploi du temps. Pour raillés qu'ils furent, ils ne s'en offusquèrent pas et acceptèrent les goguenardises pour prix de leur prétérition. Marc défendit son frère, peut-être plus que de raison, mais ces marques d'affection fraternelle touchèrent leur père, un peu honteux de s'être agacé de l'absence de son ami Tom et de son fils. Qu'importait donc de percer cette digne discrétion de l'oncle et de son neveu ? Ceux-ci, informés des dernières dispositions concernant le départ prochain, se confondaient en excuses.

En quelques heures, grâce à la diligence des colons, les préparatifs au départ avaient été achevés et le petit domaine fut ordonné pour l'embarquement du lendemain. Jack avait bien repris des forces et s'était même levé du lit qu'il n'avait pas quitté depuis près d'une semaine, profitant, enfin, de souper avec sa famille.

Il était temps, pour les deux voyageurs, de reprendre le récit de leur expédition interrompu la veille.

« Nous craignions que le port d'Honolulu ne fût peuplé de marins déserteurs, d'aventuriers peu scrupuleux et de trafiquants querelleurs, commença l'Ami Tom. Mais, nous avons été rassurés de constater que l'ordre public y est particulièrement respecté. »

Harry Clifton, M. Estancel, Flip et Thomas Walsh s'engagèrent dans une discussion sur l'état actuel des îles Sandwich depuis qu'au début du siècle, le roi Kamehameha unifia l'archipel d'Havaï, comme le nomment ses habitants. Cet archipel, situé entre le dix-huitième et le vingt-deuxième degré de latitude septentrionale et entre le cent cinquante-cinquième et le cent soixante-deuxième degré de longitude occidentale du méridien de Greenwich, se compose de la grande île d'Havaï à l'est, puis, vers l'ouest, des îles Mauï, Molokini, – ancien lieu de déportation –, Kahoolave, – habitée par quelques familles de pêcheurs –, Lanaï, Molokaï, Oahu et, enfin, Kaouaï, – dernière île habitée. Vers le nord, Lehua, Niihau, Kaula et Nihoa, – que l'on nomme autrement Bird-Island –, toutes inhabitées, ne sont considérées que comme de simples rochers.

La nature volcanique de l'archipel ne fait aucun doute. Chaque île, à l'exception de Havaï, est un volcan éteint entouré partiellement de formations madréporiques, le plus souvent, sur leur côte occidentale. Leurs bancs interrompus forment des brisants en même temps que des ports. L'île d'Havaï quant à elle, possède deux cratères en activité. Il s'agit du Kilauea et du Mauna Loa. À ce sujet, l'éruption en date de 1859 peut être mise au nombre des plus fortes.

Le climat est fort doux et la température peu variable. Les vallées, conservant l'humidité, favorisent une végétation luxuriante alors que les plaines sont desséchées malgré des pluies abondantes arrosant les parties situées au vent, celles sous le vent ne l'étant que très-mal. Ces conditions climatériques excellentes sont favorables aux poitrinaires mais les indigènes ne sont pas exempts de maladies comme la dysenterie, l'hydropisie ou les inflammations. Ces atteintes sont souvent fatales en elles-mêmes quand ce n'est pas l'emploi de médicaments indigènes ou de puissants drastiques administrés de façon immodérée qui sont causes de mort subite.

M. Estancel se désolait que la connaissance des lois de l'hygiène fût, à ce point, méconnue, cependant même que l'établissement d'un hôpital pouvait, dans un délai assez court, amener une amélioration notable de cette situation.

« La population des naturels diminue de façon continue et rapide de sorte que deux siècles suffiraient pour éteindre le peuple havaïen, rapportait le médecin. Ceci pour les raisons que je viens d'évoquer mais aussi du fait de l'enrôlement des autochtones sur les navires baleiniers, voyage le plus souvent funeste à leur constitution, ajouta-t-il encore. »

L'archipel havaïen présente une flore intéressante pour les botanistes. Celle-ci s'étale sur cinq zones. La zone littorale, étroite, offre quelques cocotiers, des *Cordia*, produisant des fruits comestibles, des *Pandanus*, – dont les feuilles entrent dans de nombreux ouvrages de vannerie ou dans la confection de vêtement –, des arbres à pain, des graminées et un petit nombre de plantes annuelles. Sa physionomie est généralement sèche et inanimée. La zone tropicale commence au pied des collines et se poursuit à mi-côte des montagnes. Son exubérance abrite les bananiers, le *Dracaena*, – dont la résine rouge, connue sous le nom de sang-dragon, est employée en médecine –, des asparaginées gigantesques, enfin, des euphorbiacées et des fougères, arborescentes toutes deux. Entre ces plantes, se mêlent quantité de végétaux herbacés d'intérêt économique ou scientifique. La zone forestière fait immédiatement suite et héberge des espèces ligneuses comme le bois de santal ainsi que de nombreuses rubiacées, produisant de splendides fleurs et des myrtacées à fortes fructifications de même qu'un *Rumex* géant, véritable liane, parvenant jusqu'à la cime des plus grands arbres. La zone montagneuse voit ses limites comprises entre deux mille et trois mille mètres d'altitude et abrite l'*Acacia heterophylla*, – dont le bois est utilisé dans la construction des embarcations havaïennes –, ou encore l'*Edwarsia chrysophylla*, fournissant un colorant jaune. Avec l'altitude, la disparition de l'*Argyroxiphium*, arbrisseau à rosette peu spectaculaire, dressée, très-fournie en feuilles longues, étroites et ternes, dont la hampe florale, atteignant la taille d'un homme, produisant une centaine de fleurs discoïdes peu avant la mort du végétal, marque la limite de cette zone. La dernière zone, alpine, n'offre que quelques graminées ou de rares lichens. Les deux dernières zones ne se rencontrent que dans les hautes altitudes et, conséquemment, dans les seules îles de Mauï et d'Havaï.

Les plantes économiques du pays sont représentées par le *Caladium esculentum*, – ou kalo en havaïen –, base de la nourriture des naturels qui en distinguent près de trente variétés, l'arbre à pain ou *Artocarpus* et le *Tacca* donnant, par son tubercule comestible, l'*arrowroot*. La racine de la *Cordyline australis* produit une substance sucrée dont on fait une boisson préférable à celle de l'*ava* : le *Macropiper methysticum* aux effets narcotiques redoutables. Le bois de santal est interdit à la coupe afin de réparer les conséquences funestes d'une exploitation excessive. Les étrangers ont introduit de nombreux végétaux dont la plupart des cultures tentées ont réussi lorsqu'elles étaient conduites par des mains intelligentes.

Le règne animal est moins représenté sur l'archipel. L'on y remarque le célèbre *Oo* : *Drepanis pacifica*, petit oiseau noir, portant quelques plumes jaunes que les chefs se réservaient, jalousement, pour leurs parures. À ce sujet, le manteau royal de Kamehameha, haut de quatre pieds et large de onze pieds et demi à la base, est fait des plumes jaunes de cet oiseau, fixées sur un filet à mailles serrées et a occupé, pour sa réalisation, des ouvriers sur sept règnes consécutifs. À ce titre, l'on estime que sa valeur n'est pas moindre d'un million de dollars. La mer abonde en poissons, crabes, oursins ou poulpes et les zoophytes sont remarquables. Ont été introduits chevaux, ânes, et mulets tout autant que bovins, chèvres et moutons déjà très-nombreux sur les plaines d'Havaï. Les brebis paissant sur le plateau de Vaima ont souvent deux portées par an ainsi que plusieurs agneaux à chacune d'elles. Ce fait remarquable est attribué au climat de la plus grande île de l'archipel. Les volailles européennes prospèrent de la même façon.

Le commerce prend ses objets d'exportation dans le sucre, cultivé sur les îles de Havaï, de Mauï et de Kaouaï et dans le café exploité à Kaouaï. On y trouve, également, l'*arrowroot*, le sel, le *pulu*, sorte de coton très-soyeux issu d'une fougère arborescente servant à la confection de matelas en Californie qui en est le principal marché de même que pour les oranges, bananes ou noix de coco non consommées dans le groupe des Sandwich. Sont encore exportés, pommes de terre, laine, volailles et cochons. Le commerce d'importation consiste en objets d'habillement, de sellerie et d'ameublement ainsi qu'en spiritueux, vins et bières.

« Il est constant que la langue des habitants des îles Sandwich se rapproche beaucoup du malais, affirma M. Estancel. La marche de l'émigration malaise, originaire de Sumatra, traversant l'Indonésie puis la Polynésie et enfin la Micronésie, acheva de coloniser l'Océanie tout entière et conséquemment les îles havaïennes. »

Les îles Sandwich connurent, d'abord, un gouvernement féodal détenu par de grands chefs usant de l'institution du tabou pour asseoir leur tyrannie. Ce système de défense sacrée, commun à tous les peuples polynésiens se nommait, ici, *kapu*. Le paganisme des naturels n'était pas exempt de sacrifices humains et, sans être anthropophages, les insulaires mangeaient, au cours de cérémonies, certaines parties des victimes, prisonniers de guerre pour la plupart ou parfois individus ayant l'heur de déplaire ou de gêner.

Le roi Kamehameha Ier, fondateur de la dynastie régnante, entreprit la conquête des îles, imposa la royauté héréditaire et fit reconnaître l'indépendance de l'archipel par l'Angleterre en 1812. Il gratifia les quelques matelots déserteurs lui ayant prêté leur concours des plus hautes dignités. Son fils, Kamehameha II, reçut la couronne le 8 mai 1819. Celui-ci abolit l'idolâtrie remplacée par le christianisme, apporté par des missionnaires américains. Certaines résistances à ces changements conduisirent le roi à se rendre en Angleterre, en 1823, désireux d'obtenir l'appui d'une puissance européenne. Cependant, la mort le ravit l'année suivante sans qu'il eût obtenu d'audience auprès du roi Georges IV. Son frère cadet, Kamehameha III, âgée de dix ans, lui succéda. Durant la régence, de profonds désordres s'installèrent qui ne se résolurent qu'en 1839 par l'instauration d'un gouvernement constitutionnel. Le roi abandonna ses droits sur le sol et les terres furent vendues ou concédées au peuple ou aux résidents. Prudent, il s'assura que les enseignements des missionnaires, protestants ou catholiques, ne pussent jeter la discorde dans son peuple. En somme, ce roi œuvra pour que l'indépendance fût conjointement garantie par l'Angleterre, les États-Unis et la France, alors que l'envahissante ambition des États-Unis faillit, de peu, annexer le royaume d'Havaï en 1854. Sous son règne, il imposa de profondes réformes, la liberté de culte reconnue, la propriété constituée, l'instruction répandue avec prodigalité, des impôts réguliers remplaçant les prélèvements arbitraires, son nouveau gouvernement fut adopté avec le suffrage universel. À ce jour, aucun pays ne jouit d'une sécurité plus grande. En décembre 1854, Kamehameha IV succéda à son oncle et poursuivit l'œuvre de son aïeul jusqu'en 1863 où ce fut Kamehameha V, petit-fils du premier monarque de l'archipel, qui hérita le pouvoir. Les indigènes occupent les postes de gouverneur des quatre îles principales d'Ohau, d'Havaï, de Mauï et de Kaouaï, de ministre de l'Intérieur et de Premier ministre. Les ministres des Affaires Étrangères et des Finances sont respectivement anglais et américain.

« Les habitants des îles Sandwich sont plus enclins à la sensualité qu'à la violence, ajouta le médecin, toujours aussi prompt à présenter, sous son meilleur jour, ce pays qu'il affectionnait tant. »

Nombre de délits, condamnés dans ce jeune royaume, ne seraient réputés tels dans la plupart des pays européens. L'ivresse figure en bonne place parmi les motifs de condamnation mais les coupables sont, presque toujours, des matelots baleiniers qui, au nombre de quatre à cinq mille, relâchent durant trois mois dans l'archipel et recherchent dans les spiritueux quelques compensations aux rudes labeurs de la campagne de pêche.

L'instruction publique a suivi un développement remarquable au point, qu'à ce jour, plus du tiers de la population sait lire alors qu'avant l'arrivée des missionnaires, la langue écrite était quasiment inexistante. Le premier livre havaïen fut imprimé dans le royaume en 1822 et la loi impose aux parents d'envoyer leurs enfants à l'école de l'âge de quatre ans jusqu'à leurs seize ans. L'enseignement consiste en l'apprentissage de la lecture et de l'écriture de leur propre dialecte ainsi que de l'anglais, de l'arithmétique, de la géographie et de l'histoire. Les enfants ne paient aucune rétribution directement, mais chaque père, indistinctement, est tenu de s'acquitter d'un faible impôt de deux dollars, annuellement. Le surplus des dépenses est assuré par le gouvernement havaïen.

« Cette petite société ne peut que nous étonner par le chemin qu'elle a parcouru depuis un demi-siècle, déclara fièrement le médecin. En 1819, on y faisait encore des sacrifices humains, aujourd'hui peu s'en faut que chaque indigène ne sache lire, écrire et compter, indépendamment qu'il s'agisse d'un homme ou d'une femme. Ces hommes, que nous traitons encore de sauvages, ont un gouvernement libre. Leurs lois garantissent la liberté de la presse, la liberté des cultes, la liberté de réunion et d'association ; tant de libertés manquant encore à nombre d'états d'Europe. Traduite de l'havaïen, la devise du pays en est même : *L'air du pays est libre*. C'est l'instruction qui, répandue dans toutes les couches de la société, a permis cette admirable transformation. Cette même instruction qui assure à chacun de comprendre ses intérêts, ses droits et ses devoirs. Les grandes nations ne devraient pas imaginer qu'elles n'ont rien à apprendre en dessous d'elles. »

M. Estancel s'était levé pendant son discours, sorte de harangue trahissant l'extrême émotion qui le transportait.

Le soleil raserait bientôt la ligne de l'horizon. Il convenait de soigner, au plus vite, les animaux avant de laisser poursuivre les deux oncles dans la narration de leur aventure.

Plus personne ne prêtait attention au grondement lointain du Clifton-Mount ; l'on eût cru volontiers qu'un orage était en préparation dans les hautes couches de l'atmosphère, mais c'était bien des profondeurs de la terre que provenaient les rumeurs.

M. Estancel s'était levé pendant son discours.

CHAPITRE XVI

Un séjour prolongé
Voyage dans l'archipel des îles Sandwich
Le port de Lahaina – Le *Winslow*
Appareillage pour Flip-Island

Il ne fallut guère de temps aux deux navigateurs venant de débarquer dans le port d'Honolulu pour qu'ils comprissent que leur séjour se prolongerait au-delà de ce qu'ils avaient estimé. Bien sûr, ils ne désarmeraient pas aussi facilement et une multitude d'idées leur venaient à l'esprit. Ils le concédaient bien auprès de leurs amis, aujourd'hui, les semaines de privation et de dangers bravés leur semblaient un juste prix déjà acquitté pour qu'ils pussent bénéficier d'une assistance quelconque, en vertu du devoir moral de tout marin de venir en aide à tout naufragé.

« Cette bienveillante idéologie que je n'avais jamais vu remise en question ne devait pas nous être prodiguée, tempêta l'Oncle Robinson.

— Combien d'oreilles compatissantes ont écouté notre récit comme elles auraient considéré un apologue à la fin duquel la leçon de morale, tel un lénifiant de l'âme, apaiserait l'auditeur, confirma l'Oncle Tom. Nonobstant, jamais il ne nous fut permis d'espérer de pouvoir remplir notre mission.

— Nous comptions ardemment sur le retour en hivernage des baleiniers qui, comme nous vous l'avions déjà dit, s'empressaient de reprendre leur campagne le long des côtes de la Californie, ou en direction de celles de l'Asie, mais toujours à bonne distance de l'île Crespo qui ne figurait résolument pas dans la liste des points de relâche de ces bâtiments. Le mois de mai devait s'achever et ces derniers n'aborderaient pas ce port havaïen avant novembre. Cependant, ce serait, alors, au moins, deux ou trois navires baleiniers qui viendraient se ravitailler, rafraîchir ses équipages et y transborder ses produits de pêche. Pour sûr, pensais-je, ce serait bien le diable si l'un de ces braves capitaines n'acceptait pas de se dérouter.

— Cependant, il n'était pas impossible, qu'en cette demi-année, nous ne fussions pas obligés d'attendre l'arrivée du gros de la flotte baleinière, expliqua l'Ami Tom. »

Les deux marins reprirent, à nouveau, la description de leur port d'attache ; les enfants Clifton étaient insatiables à ce sujet et, d'ailleurs, le malheureux Jack n'avait pas eu la chance d'entendre le premier récit de la veille. Cette fois-ci les deux oncles s'attachèrent à dépeindre l'entrée du port d'Honolulu, signalée par une sentinelle de roche désignée sous le nom de la pointe de Diamant. Cet anneau de tuf surplombe, de près de cent pieds, une plage sablonneuse couverte de cocotiers. C'est par une passe étroite, entre deux bancs de sable, qu'il est possible d'accéder au port dont les quais grossiers, presque rudimentaires, permettent à certains des navires battant pavillon de bien nombreuses nations de se protéger de la houle et recourir aux services des installations portuaires. À cette époque, ces derniers, clairsemés, se partageaient, néanmoins, tout l'espace de la rade. À peu de distance, l'on y trouve une multitude de hangars, d'ateliers, de magasins, de chantiers qui ne laissent que progressivement la place à des huttes de bambous protégées de palmes coudoyant des maisons basses, de torchis, puis à de plus hautes, de pierre, surpassée par quelques clochers surgissant de la ville qui s'arrêtent au pied des collines dont les croupes arrondies sont couvertes d'herbe rase. À marée basse, une langue de terre graveleuse permet à un attelage de forts bœufs de hâler les gros navires ayant besoin d'être remorqués jusque dans le port. Bientôt, de beaux quais achèveront de remplacer les plus anciens.

« Pourtant, se remarque le cachet d'une civilisation naissante ayant déjà dépassé l'état d'ébauche, appuya l'Ami Tom. Partout, l'on remarquera des caractères presque européens qui réduisent cette couleur locale piquant encore la curiosité, mais ne la satisfaisant plus. »

Il fallut, de nouveau, que les aventuriers décrivissent, non seulement les hôtels aux prix prohibitifs et les maisons blanches à persiennes vertes signalant la prétention des Américains et des Européens, mais surtout les habitants de cette lointaine contrée et tout particulièrement les Kanaques, dont les femmes, aisément reconnaissables à leur manière de se chamarrer de draperies aux couleurs éclatantes, montent fièrement leurs chevaux en démontrant une évidente aptitude à l'équitation.

« À cette époque de l'année, Honolulu se présentait comme un port de transit désœuvré, expliqua Flip. En effet, hors de la période débutant du mois d'octobre et s'achevant à celui de mars, ce port, sans être absolument désert, accueillait, de loin en loin, un clipper en provenance de la Californie ou bien quelque goélette navigant d'île en île. Aussi, les colons américains, pour la plupart, n'ayant plus guère d'affaire à traiter avant la période de relâche des baleiniers, goûtaient une oisiveté à la fraîcheur des beaux ombrages, hors de la ville. Ce n'était pas plus auprès des ateliers portuaires que nous pouvions trouver à garantir notre subsistance par notre labeur, mais plutôt auprès de quelques missionnaires. »

Il fut réclamé aux marins de détailler leur court périple à travers la campagne de l'île d'Oahu, mais ces derniers se trouvèrent un peu en peine, n'étant pas suffisamment naturalistes ni savants des ressources de l'île. Très-heureusement, M. Estancel apporta, avec bonheur, son concours. Flip et Tom expliquèrent, à la suite, comment un révérend d'une église évangélique, en visite à Honolulu et devant s'en retourner à Hilo sur l'île d'Havaï, avait demandé aux deux navigateurs, leur assistance pour la traversée. Ce dernier, se faisait fort de convaincre quelque capitaine de faire acte de charité envers les naufragés de Flip-Island.

« Cela nous fut fort appréciable, car auprès des insulaires nous eûmes très-probablement perdu notre temps, reprit Thomas Walsh. Les missionnaires sont encore nostalgiques de leur influence à l'endroit du Conseil, souvent mise au service d'une cause juste et bonne, mais, parfois, également, encourageant des exaltations religieuses confinant à l'aveuglement et à l'intolérance. Aujourd'hui, entre les institutions catholiques et protestantes se retrouvent, en un écho affaibli, ces luttes passionnées et violentes.

— Convient-il de le dire ? interrompit M. Estancel, l'archipel des Sandwich attise les convoitises mal déguisées des États-Unis pour lesquels la question philanthropique devient une question politique. Ceci est un drame, car le peuple havaïen, si avide de civilisation, sollicite timidement aux grandes puissances le droit de vivre sous ses rois que l'ambition de l'Union, l'indifférence de la France et la jalousie de l'Angleterre entravent dans leurs légitimes aspirations ! »

L'Oncle Tom reprit son discours :

« De ce voyage, l'île de Molokaï en fut la première escale. Quelque peu déshéritée, ce petit roc sans prétention se trouve à quelques milles à l'ouest de Oahu. C'est au nord de Molokaï, sur la péninsule de Kaulaupapa qu'est établie une léproserie. Il n'était pas question de nous y rendre ; notre destination était un petit port du sud de l'île, le seul accessible, par une étroite passe à travers la barrière corallienne qui longe la longue côte méridionale. En réalité, ce port de Kaunakakaï n'est qu'une simple plage dégagée sur laquelle s'abritent les pirogues des pêcheurs. C'est aussi le seul point de l'île où un bateau d'un faible tonnage peut accoster sûrement.

— Notre affréteur n'était guère exigeant, concéda Flip. S'il n'était pas le plus généreux, il nous rassurait par ses belles promesses. Nous avions bien peu à perdre et peut-être beaucoup à gagner. Reconnaissons que ce curieux disciple de l'*Église de Jésus-Christ des Saints des Derniers Jours,* comme il désignait sa communauté, ce prosélyte acharné, ne nous accabla pas de son zèle ; il avait à rendre visite à quelques coreligionnaires, chargé d'une abondante correspondance, à en juger par ses sacoches alourdies des papiers qu'elles contenaient.

— Pour préciser les propos de mon ami Flip, l'homme en question se présentait comme un émule d'un certain Jonathana Napela dont il faisait grand cas, continua Thomas Walsh. Ce dernier nous avait été présenté comme un prédicateur vigoureux de son Église dans les îles de l'archipel en plus d'avoir œuvré pour la traduction, en havaïen, du *Livre de Mormon*. En outre, notre voyageur se désolait que nous n'ayons pas rencontré son mentor, mais il espérait vivement que le hasard, au cours de nos déplacements à caboter entre les îles havaïennnes, nous offrît cette occasion. Pour dire vrai, nous souhaitions plutôt que ce même hasard nous favorisât à réduire notre temps de présence auprès de ces sectateurs ayant une bien curieuse pratique de leur foi chrétienne.

— Quelques jours plus tard, rapporta l'Oncle, notre sloop entrait dans le port de Lahaina. Il était prévu que cette escale durât un peu plus d'une semaine, car il semblait important, pour notre voyageur, qu'il respectât le sabbat courant du vendredi soir au samedi soir, au moment du coucher du soleil. Nous avions quitté Honolulu le jeudi 28 juillet et nous avions déjà pu bénéficier d'une escale de trois jours à Kaunakakaï où l'on nous avait proposé de partager un repas communautaire. Nous avions, obligeamment, décliné l'offre ; il devait en être de même à Lahaina, où notre désistement fut pareillement accepté comme tel. Peut-être pouvions-nous trouver dans les réserves ou dans les ateliers du port, désaffectés pour la saison, une possibilité d'organiser une expédition vers Flip-Island. Las, l'île de Maüi était résolument désœuvrée !

— Concédons, ami Flip, que nous avons passé sept jours absolument délicieux auprès des habitants, généreux au possible et avides d'écouter notre aventure ! »

Cette île de Maüi serait presque à considérer comme la réunion de deux presqu'îles d'importances inégales. Ses sols sont composés, comme toutes les îles de l'archipel, de laves plus ou moins décomposées et il est à noter que le relief de Maüi est dominé par le Haleakala, cratère qui surprend par ses dimensions colossales de dix lieues de circonférence, soit trois lieues de diamètre.

« C'est le plus vaste du monde, souligna M. Estancel. Pour sûr, voilà bien un paradis pour naturalistes, mais certes pas pour les voyageurs, car, si l'île accueille de nombreuses cultures, le port pèche par la rareté de ses installations commerciales qui ne prennent vie qu'au moment de la relâche des baleiniers.

— Permettez-moi de vous contredire, cher ami, interrompit le jeune officier de la *Maria Stella*, faussement offusqué et feignant l'indignation. Il se trouve toujours quelques commerçants parfaitement désoccupés s'attachant à tuer le temps en harcelant les malheureux voyageurs pour réclamer quelques nouvelles. Ces derniers, infortunés, n'en ayant aucune, de guerre lasse, en inventent du mieux qu'ils le peuvent ; cela suffit à les libérer de l'emprise de leur tortionnaire. »

Hilare, le médecin ne pouvait qu'acquiescer à cette trop juste description ; lui-même n'ayant pas échappé à cette persécution très-heureusement sans gravité autre qu'un agacement passager.

Les deux oncles poursuivirent leur récit, détaillant les deux relâches qui devaient encore avoir lieu sur la côte de Mauï. Il n'y avait que fort peu de choses à dire des anses de Kalepolepo et de Ulupalakua ; ce ne sont que de simples ports de pêcheurs. En quelques heures de navigation, l'*Odyssey* avait, ensuite, rallié la côte occidentale de Havaï et, plus particulièrement, le village de Kavaïhaé dans lequel est établi, entre autres constructions, un vaste magasin servant d'entrepôt. Le site paraît d'autant plus désolé que les rares huttes kanaques surgissent d'un sol volcanique jonché de roches noires. Cependant, depuis cet endroit absolument aride, les deux cimes du Mauna Loa et du Mauna Kea dominent l'anse, par leur sommet étincelant de blancheur miroitant au gré de la course du soleil.

« L'île d'Havaï se singularise par la présence de trois montagnes, se permit M. Estancel, si au fait de la question géographique concernant son archipel de prédilection. Depuis votre sloop, à trente-cinq milles vers l'est, vous pouviez apercevoir le Mauna Kea, couvert de forêts jusqu'à la moitié de sa hauteur de treize mille huit cents pieds. Quant au Mauna Loa, d'une altitude insensiblement plus faible, il se présente comme le premier volcan, à ceci près qu'une large coulée de lave, expulsée il y a quelques années, traverse monts et vallées, en direction du Mauna Hualalaï qui ferme la baie de Kawaihae et rejoint la mer, située à quatre-vingt-dix milles du sommet. Cet évènement s'est produit entre août 1855 et septembre 1856. Peu s'en fallut que la bourgade de Hilo ne fût engloutie par le fleuve de matières incandescentes.

— Hilo et sa baie. Voilà quelle était notre destination, poursuivit l'Oncle Robinson. Si, à l'ouest de l'île, nous avions à déplorer l'aridité de la côte sous le vent, lorsqu'il se fut agi de tourner Havaï par le nord, sitôt doublé les montagnes de Kohala, boisées jusqu'à leurs sommets, la nature s'y fait plus riante. Soumises aux alizés, les contrées abordées sont grandioses. Les ravines s'accroissent en ampleur au fil de la progression vers Hilo. Les excès d'eau qui ont été à l'œuvre dans la découpe des massifs surgissent de toutes parts. Il n'est pas une colline d'où ne sourde une chute d'eau dont le volume considérable se dissout en une fine pluie ou plutôt en un fin brouillard absorbé par la végétation environnante.

— La baie de Hilo est absolument magnifique même si elle n'apporte pas la meilleure des protections aux bâtiments qui voudraient y relâcher, reconnut Thomas Walsh. Nous débarquions dans cette rade au milieu du mois d'août, persuadés que nous pourrions obtenir rapidement de l'aide. »

Le jeune officier souligna l'excellent accueil qui avait été celui de la communauté évangéliste. Les semaines s'ensuivirent sur l'île d'Havaï mais l'honnête certitude du pasteur s'éclipsa. La générosité, sans limite, de leur hôte, si elle garantissait des quotidiens sans souci de subsistance, n'apporta pas l'aide escomptée. Selon le point de vue que chacun souhaitait embrasser, la saison était trop précoce ou pas assez avancée pour la relâche des baleiniers et les seuls navires de commerce n'effectuaient que de courtes escales. Ces semaines d'attente et de vaines recherches devinrent des mois d'inaction. À plusieurs reprises, l'*Odyssey*, assura un cabotage entre les trois principales îles de l'archipel.

Les deux marins ne désarmèrent pas, mais ils avaient à assurer leur quotidien. Aussi, lorsque quelques aventuriers avaient voulu faire appel à leurs services pour renforcer un équipage de guides indigènes peu enthousiastes à parcourir les vallées boisées de Havaï, ils s'empressèrent d'accepter.

C'est ainsi que les deux amis se rendirent sur les flancs du Mauna Loa, dans la bouche du Kilauea. Les deux oncles avaient à décrire, par le menu, le récit de cette partie de leur aventure qu'ils savaient devoir tenir en haleine leur auditoire.

Sans doute, si le pauvre Jack n'avait pas été autant malmené par la maladie, s'eût-il enthousiasmé, à l'instar de ses frères et de sa sœur, de cette expédition extraordinaire, mais un sommeil réparateur s'était emparé de lui.

C'était depuis la bourgade de Hilo que les excursionnistes étaient partis et il leur fallut plus d'une demi-journée pour atteindre, de nuit, le bord du cratère.

« Notre commanditaire tenait à voir le temple de Pélé, Lua Pélé, la déesse des feux souterrains, reprit Flip. Qu'est-ce donc que ce temple ? Me direz-vous ! C'est un lac d'une lieue de circonférence et de soixante-dix pieds de profondeur. Mais ce n'est pas un lac banal ; c'est un lac de lave ! Un lac dégageant une épouvantable chaleur. Un lac agité de formidables convulsions dans un bruit inquiétant de craquements souterrains. Pendant que les Kanaques lançaient des colifichets alourdis de pierres dans le gouffre, imaginez que notre explorateur se trouva l'envie de récolter de ces *cheveux de Pélé*, des fils de verre d'apparence fine et soyeuse. Ils sont d'une rareté absolue et ne se récoltent qu'aux abords immédiats du lac de matière en fusion.

— Aucun indigène ne s'était avisé de provoquer la colère de la déesse, poursuit l'Ami Tom. C'est bien à notre corps défendant que nous descendîmes dans le cratère. Sans doute, si nous n'avions pas accompagné ce fou, celui-ci aurait-il été emporté par une lame incandescente ou asphyxié par les émanations sulfureuses. Reconnaisant, cet homme nous rétribua très-généreusement et nous offrit une petite fiole contenant de ces précieux capillaires vitreux qui avaient bien failli lui coûter et sa vie et la nôtre. Nonobstant, nous ne nous doutions pas que nous serions amenés à l'accompagner dans une autre expédition, déterminés que nous étions à ne plus braver inutilement de dangers superflus ! »

Le médecin de bord confirma que les îles de cet archipel sont tout particulièrement prisées des voyageurs et que si le peuple indigène, jadis industrieux par nécessité, se trouve, maintenant, contraint de trouver une voie de salut auprès de la civilisation étrangère qui peut tout autant l'affaiblir que l'affermir, il erre encore et hésite sur le choix à faire. En tout état de cause, selon lui, il en allait de la plus grande opportunité que le peuple havaïen accueillît tous ces voyageurs quels qu'ils fussent.

« Nous ne pensions pas différemment, mais le destin ne nous favorisait pas, se désolait Flip.
— La guerre civile n'arrangeait en rien nos affaires, reconnut Thomas Walsh. Nous résolûmes de nous fixer, un temps, dans le port de Lahaina situé sur l'île de Mauï dans lequel les baleiniers ont, plus souvent, l'habitude de mouiller.

— Précisément avant notre départ de Hilo, notre jeune fou d'aventurier nous demanda de l'embarquer tout justement pour Lahaina, mais nous proposa, également de l'accompagner quelques jours dans la localité de Kavaïhaé où il souhaitait aller visiter le temple de Puuapa. »

Qu'en était-il de ce temple ? Les colons apprirent qu'il était, en son temps, l'un des plus considérables par son ampleur et son importance, mais, surtout, qu'il était le lieu de sacrifices humains dont des restes sont encore tout-à-fait visibles. De même, la dalle où les victimes immolées étaient dépecées jouxte celles où les chairs étaient brûlées et leur aspect vitrifié avait durement éprouvé les deux amis. Cette dernière impression de l'île d'Havaï ne devait pas corrompre le délicieux sentiment laissé par la longue escale. D'ailleurs, l'Oncle Robinson s'engagea dans un nouveau récit teinté d'humour visant à rapporter combien les dernières nuits passées à Kavaïhaé furent marquées par la présence, durant une heure, du *mumukou* ; un vent des montagnes qui s'engouffre, chaque nuit, avec une extrême violence dans la plaine.

« L'on eût cru que tous les démons de l'île, tous les esprits des Havaïens revenaient d'entre les morts pour s'emparer des vivants ! disait-il.
— Nous abordions, enfin, Lahaina en novembre et y restions quelques semaines encore sans qu'aucun capitaine ne voulût jamais dérouter vers l'île Crespo, continua Thomas Walsh. Nous étions déjà au début de l'année 1865 et nous continuions à mouiller dans ce port progressivement déserté, car il était bien possible qu'un baleinier américain, habitué à chasser dans les eaux arctiques, eût pu répondre favorablement à notre requête. Il n'en fut rien et ce fut au comble du désespoir que nous vîmes les bâtiments partir à l'issue de leur hivernage.

— Nous avions même imaginé retourner à Flip-Island afin de construire un bateau capable de nous emmener tous, reprit l'Oncle Robinson. Nous repartîmes pour Honolulu avec le dessein de préparer un retour d'expédition. Ce fut alors qu'un baleinier ayant subi quelques avaries sérieuses vint mouiller dans le port. C'était le *Winslow*. »

Le *Winslow* était un bâtiment armé par Édouard Winslow, fils d'un quaker américain, Jeremiah Winslow, originaire de Nantucket et fixé en France dans le port du Havre depuis 1817. Pendant plusieurs décennies, ce port prit une importance toute particulière dans la pêche à la baleine. Cependant, le déclin des ports baleiniers était amorcé en France et le père Winslow était décédé en 1858. Aussi, ce bâtiment était-il propre à être considéré comme le dernier baleinier français.

« Le capitaine Labaste a été singulièrement touché de notre aventure, rapporta l'Oncle Robinson. Il nous accueillit à son bord afin de nous présenter à ses officiers. L'entrevue était des plus cordiales et nous fûmes invités à revenir deux jours plus tard afin de recevoir la réponse quant à l'aide que nous pouvions recevoir. Lorsque nous revînmes tous deux à bord du *Winslow*, ce fut pour recevoir les meilleures nouvelles qu'il pouvait nous être donné.
— Le capitaine Labaste est un brave homme, d'une très-grande générosité, tout comme son second, monsieur Garrett, confirma le médecin. Les lois françaises interdisent à un capitaine étranger de commander un navire français. Cet état de fait est cause que sur les baleiniers français, il se trouve assez souvent un capitaine, de route, français et un second capitaine, de pêche, américain, plus compétent dans l'art difficile de la chasse à la baleine. Par chance, nos deux capitaines s'entendent à merveille. Ce fut très-naturellement que le premier et le second voulurent porter secours à leurs compatriotes

respectifs, motivation plus forte que la charité dont avaient été privés vos deux amis.

— Nous nous engageâmes à apporter, chacun, notre part dans la vie de l'équipage, reprit Thomas Walsh. Nous tenions à contribuer à l'effort collectif pour l'aide apportée mais les deux capitaines ne réclamaient aucune contrepartie. Pour autant, nous avons vendu l'*Odyssey* à des pêcheurs havaïens par le truchement du soutien d'une église évangélique qui sont légion dans l'archipel. Ce sont, ainsi, mille dollars que nous avons eu l'honneur de remettre au capitaine Labaste pour dédommagement. »

Toutes avaries ayant été réparées, le *Winslow* appareillait le 26 juin du port d'Honolulu. Le vent un peu faible fut sans doute responsable d'un contretemps pour rallier Flip-Island.

« Lorsque nous avons aperçu le Clifton-Mount en éruption, nos craintes étaient extrêmes, concéda Flip. Des côtes du sud et de l'est, il ne reste plus rien de vivant, tout est calciné. La gueule du volcan est béante, un pan de cratère est effondré. Flip-Island ne ressemble plus en rien au lieu accueillant que nous avions quitté. Combien nous tardait-il de débarquer à Élise-House et peu s'en fallut que ce moment fût encore différé. »

L'Oncle expliqua que peu avant d'aborder l'île, une baleine de très-grande taille fut rencontrée par le baleinier à bonne distance de sa côte du sud-est. Elle avait rejeté, par ses deux évents, deux colonnes d'eau à près de cent cinquante pieds de hauteur. Si la vigie du *Winslow* fut seule à avoir distingué le corps fusiforme de l'animal, les deux jets avaient été observés par tous les marins présents sur le pont. Le matelot de vigie l'en aurait pourtant juré, l'animal était le plus grand qu'il ne lui fût jamais été donné de voir. Le cétacé disparut dans les eaux ; ce n'était pas une proie pour le baleinier.

La soirée continua avec de nombreuses anecdotes qu'avaient à rapporter les deux marins à leurs amis. Puis il fut question du départ prochain.

« Votre fils Jack se porte bien mieux et je ne doute pas un seul instant qu'il ne sera en état d'embarquer, sans complication, à bord du *Winslow*, déclara M. Estancel. Il n'a plus besoin de mon aide pour sa convalescence. Sa constitution œuvrera à ma place. »

Ces mots rassurèrent les naufragés. Il était temps de se reposer avant l'embarquement du lendemain.

Une baleine de très-grande taille.

CHAPITRE XVII

Retour vers la patrie – La convalescence de Jack
Ordonnance de la vie à bord d'un baleinier
Le CSS *Shenandoah*

Le matin du 8 juillet, les résidents de Flip-Island se préparèrent presque comme à l'accoutumée. Aujourd'hui, Jack se trouvait ragaillardi par les bons traitements du chirurgien de bord. Sa bonne mine faisait plaisir à voir.

« Il est temps de nous préparer à quitter Élise-House, dit Harry Clifton. »

Chacun avait arrangé son propre coffre avec les objets qui lui semblaient indispensables.

« Monsieur Estancel et moi-même vous devancerons afin d'organiser notre embarquement avec monsieur Garrett, ajouta l'ingénieur. »

Les deux hommes rejoignirent la grève où ils purent attendre la venue de la chaloupe déjà en route. Cinq matelots aux avirons accompagnaient le capitaine en second saluant M. Estancel et l'ingénieur au moment de l'échouage.

« Vous voyez sur la plage des provisions ainsi que de menus objets que nous avions prévu d'emmener dans l'hypothèse d'une fuite imposée par l'état du volcan, dit Harry Clifton en désignant de nombreux fûts et quelques coffres déposés sur le sable. Il s'agit de notre contribution à notre embarquement.
— Monsieur Clifton, votre geste vous honore. Sachez que nous ne sommes pas des pirates et considérerons ces biens comme appartenant à des représentants de la nation américaine dont cette île peut légitimement être regardée comme une colonie de ce pays ami, répondit Mr. Garrett qui serra vigoureusement la main de l'ingénieur en guise de reconnaissance. Il ne sera pas écrit que les marins du *Winslow* aurons pillé un établissement allié à leur patrie, ajouta-t-il.
— Ma famille et mes amis ne tarderont pas à nous rejoindre, pour l'heure, embarquons déjà ceci.
— Votre initiative sera grandement appréciée des hommes d'équipage qui ont grande hâte de quitter les parages de l'île. Les grondements permanents du volcan les inquiètent au plus haut point. »

La chaloupe chargée, elle repartit au bateau. Pendant ce temps, la famille Clifton parvenait, à son train sur la plage. L'ingénieur demanda à ses deux grands fils de le suivre à Élise-House afin de ramener ce qui y restait.

« Cela me cause la plus grande des peines de quitter Flip-Island, père, déclara Marc.

— Moi également et, sans doute en est-il pareillement pour chacun d'entre nous, avoua Robert. J'ai l'impression de laisser une part de moi-même.

— Nous laissons tous une part de notre vie ici, reconnut le père. Il faut savoir s'incliner devant la nécessité ! »

Les trois colons s'affairèrent à fixer les portes du poulailler et de la basse-cour de façon à ce qu'elles ne se refermassent pas sur les animaux recouvrant une liberté qu'ils ne goûtaient guère plus que cela.

« Nos champs ne pourront être moissonnés, regretta Marc.

— Les épis se resèmeront au gré du hasard mais j'ai placé une réserve de graines à l'abri dans la grotte, rappela le père. »

Cette grotte, dont la porte était solidement attachée, contenait tout le matériel ainsi que les réserves les plus importantes qui pourraient servir si un naufragé avait à devoir rester sur cette île pouvant bien devenir un point de relâche ou une petite colonie des États-Unis. Le labeur de tant d'années ne serait pas perdu, mieux, il serait partagé.

Les mouflons furent libérés de la même façon. Quant au pont tournant, il fut solidement fixé au ponton de la rive gauche. Il n'était pas jugé opportun de relier les deux rives. Ainsi, cela assurerait une relative sécurité des animaux du domaine même si la Serpentine-River n'était plus qu'un mince ruisseau.

« Lorsque les pluies reviendront et que l'éruption cessera, nul doute que ce ru redeviendra ce qu'il était avant, dit Harry Clifton. »

Sur le chemin du retour, Robert fut pris d'irrépressibles sanglots qui ne furent pas réprimés. Son frère le réconforta d'une forte embrassade. L'ingénieur, parvenu à la chaumière, déposa sur la table un document qu'il sortit de sa poche et condamna la porte de façon à ne pouvoir être ouverte que de main humaine.

« J'ai brièvement consigné dans cette notice notre histoire de même que les raisons de notre départ, dit le père. Si un marin devait lire ceci, je lui ai donné quelques recommandations pour que son séjour se passe pour le mieux.
— Vous avez bien fait, père, répondit Marc. Ainsi notre travail à tous pourra lui être utile. »

Le ponceau ouvrant le domaine sur la partie sud de l'île ne fut pas relevé, ménageant de ce fait un accès aux animaux qui pourraient ainsi coloniser et repeupler l'île ultérieurement. Les derniers effets furent enfin emportés. L'embarquement était fort avancé. Mrs. Clifton, Belle et Jack étaient déjà à bord, escortés de M. Estancel. Harry Clifton expliqua à ses deux amis la libération des animaux et la préparation du domaine en vue de l'absence prolongée des hommes.

La chaloupe revint manœuvrée par trois matelots du baleinier, Flip et Tom s'étant proposés de prendre les avirons au retour. Ainsi ce furent Harry Clifton, ses deux fils, Fido et maître Jup qui complétèrent l'équipage de la pirogue.

L'embarquement effectué, le capitaine Laurent Labaste se présenta à l'ingénieur pendant que l'équipage découvrait l'orang visiblement intimidé par le nombre de matelot et le bruit qu'ils faisaient. Flip eut toutes les craintes que la panique n'éveillât chez le singe d'ancestrales peurs propres à produire des réactions de défense communes aux animaux sauvages. Maître Jup se blottit contre son ami bipède pendant que celui-ci parvint à réclamer suffisamment de calme pour permettre l'habituation de maître Jup à ses nouvelles conditions de vie.

L'un des officiers donna l'ordre de virer l'ancre, puis les voiles furent bordées. Durant ce temps, le capitaine Labaste invita les colons à rejoindre la dunette.

« Le *Winslow* est un bâtiment de six cent trente-sept tonneaux construit à Painbœuf et lancé le 12 avril 1852, annonça fièrement l'homme quadragénaire dans un anglais correct quoique fortement teinté d'un accent français. Il a été, initialement, armé par feu Jeremiah Winslow, armateur au port du Havre, et maintenant par son fils Édouard Winslow, armateur de la compagnie baleinière éponyme. Hélas, ce navire est le dernier baleinier français courant sur les mers et, peut-être même, le dernier baleinier français, tout simplement.

— Le capitaine Labaste est nostalgique de la dernière campagne que ce navire vient de remplir sous son commandement, expliqua Mr. Garrett. Cette campagne de 1862 à 1864 en Nouvelle-Calédonie et en Nouvelle-Zélande a été un succès. Les nombreux perfectionnements que le baleinier possède ont permis de capturer vingt-et-une baleines en trois mois.

— Nous avons aménagé, dans le gaillard d'arrière, une cabine pouvant vous accueillir durant la traversée, reprit le capitaine. Vos amis, monsieur Walsh et monsieur Fanthome se sont proposés de s'installer dans le gaillard d'avant, en compagnie de l'équipage, afin de laisser plus de place à votre famille, dit-il à l'attention d'Harry Clifton presque surpris d'entendre le véritable patronyme de l'Oncle Robinson. »

Mrs. Clifton se sentit gênée et fut interrompue dans sa réponse.

« Ce n'est pas pour nous embarrasser que de passer les quelques jours de la traversée auprès d'un équipage, tout-à-fait aimable, que nous connaissons déjà, répondit très-obligeamment Thomas Walsh soutenu par Flip. »

L'arrangement ne souffrit aucune contestation et la visite des lieux pouvait être entamée. Les manœuvres pour l'appareillage s'achevaient. Les voiles parées, le bateau s'éloignait des côtes de Flip-Island. Les colons, rassemblés sur la dunette, le long du bastingage de tribord, observaient les parages de l'île qui les avait hébergés et nourris durant plus de quatre années. Les officiers laissèrent les anciens naufragés observer cette île à moitié calcinée, surmontée d'un cône expulsant des volutes de fumées colorées, s'éloigner. Le *Winslow* marchait bien et Flip-Island ne fut bientôt plus qu'une tache confondue dans les eaux de l'océan Pacifique, écrasée par un ciel bas.

Le capitaine s'était joint au groupe.

« Je devine que cette île était devenue, en quelque sorte, votre seconde patrie, dit-il. Vous faites vos adieux à une bonne mère.
— Vous dites juste, monsieur Labaste, répondit Harry Clifton, quoique cette terre ait perdu bien de ses attraits et que nous ne la reconnaissons plus. Il est à espérer que la nature reprenne ses droits et répare les outrages que le volcan a pu faire subir aux forêts, jadis si fournies.
— Il n'est pas permis aux hommes de gouverner le monde à leur guise, ils devront s'incliner devant la puissance de la nature, répondit le capitaine. Je vous invite à vous installer avant de venir à notre table.

Le cuisinier de bord s'est employé à accommoder certaines de vos réserves que vous avez eu la bonté de nous offrir. Je ne doute pas qu'il ait pu vous rendre un insigne honneur à sa façon. »

Le gaillard d'arrière, comprenait le carré des officiers, grande salle commune, vaste comme une salle à manger dans laquelle quinze à vingt convives pouvaient s'installer. Depuis ce carré, l'on avait accès aux chambres du capitaine, des trois officiers et du médecin dont les surfaces restreintes permettaient, cependant, à chacun de s'y mouvoir avec suffisamment d'aisance. M. Estancel s'était offert de céder la sienne à l'usage de Mrs. Clifton et de Belle durant cette courte traversée vers l'Amérique. Il fut prévu que Jack partageât également cette cabine, car sa convalescence pouvait lui occasionner quelques fatigues nécessitant qu'il se reposât fréquemment. Dans la salle à manger, était installé un espace où Mr. Clifton et ses deux fils trouveraient chacun une couche ainsi que la place pour y déposer leurs effets personnels.

La chambre du médecin de bord avait été, en partie, vidée des deux malles et du coffre à médicaments. Les clous garnissant les cloisons, de même, étaient débarrassés des effets de M. Estancel, installé, lui aussi, dans la salle commune. Ce réduit mal aéré, méchamment éclairé par une lampe à huile renfermait un lit, des étagères comblées de livres fortement arrimés faisant office de bibliothèque et un lavabo, rustique meuble néanmoins garni de tous les ustensiles utiles à la toilette. Un couchage supplémentaire était posé à même le sol.

L'installation achevée, le moment du repas était arrivé. Le capitaine et les officiers invitèrent leurs hôtes à se joindre à eux. Flip avait installé maître Jup à l'écart, dans la salle commune, souhaitant ne pas le quitter afin d'éviter tout incident malheureux.

Comme dans tout navire de pêche, l'alimentation n'est guère variée. Certes, la table des officiers n'est pas celle des matelots qui, le matin, prennent café et biscuits pour premier repas et à midi ainsi qu'au soir, leur est servie une soupe au lard, agrémentée, parfois, de morue ou d'autres poissons. La viande fraîche étant réservée aux officiers, les matelots n'en bénéficient qu'au cours du repas dominical. Contrairement à la plupart des navires, les rations étaient sensiblement plus importantes sur le *Winslow*, mais depuis la fondation de la compagnie en 1817, le rigorisme intransigeant du père, puis du fils Winslow, quakers de leur état, était cause d'une proscription absolue des boissons spiritueuses. L'avitaillement ne comptait ni vin, ni cidre, ni bière, ni même eau-de-vie, si communément employée sur tout autre navire de pêche.

Cependant, le retour vers la patrie se poursuivrait dans des conditions suffisamment confortables. Flip, ancien matelot, savoura, en sa condition de passager, de pouvoir partager la table des officiers.

Au cours du repas, le capitaine acheva de présenter les membres de son équipage. Outre son second et M. Estancel, c'étaient six autres officiers qui assuraient les travaux et la surveillance du bord. Si l'un contribuait aux observations et aux calculs requis à la conduite du bâtiment, un autre avait pour tâche, d'organiser le rangement de la cale et de l'entrepont, un autre encore, était préposé à l'entretien des gréements. En somme, lorsque ce navire, armant cinq pirogues, arrivait sur le lieu de pêche, c'étaient, alors, près de soixante hommes qui concouraient à la capture, au dépècement de la baleine et à la fonte de son gras.

Le repas rapidement achevé, les officiers prirent leurs ordres du capitaine et du second. Effectivement, Mr. Garrett possédait des capacités de chasseur de baleine plus affinées que son homologue et, en campagne de pêche, c'était alors lui qui conduisait le navire là où les chances de capture étaient les plus importantes. Les deux hommes s'entendaient bien et menaient, ici, leur deuxième campagne en association.

« Nous prendrons la route de la Californie, dit Mr. Garrett à Harry Clifton. En cette période de l'année, les baleines grises sont déjà parties pour l'Alaska. Peut-être croiserons-nous quelques retardataires. Le rorqual bleu, sans doute présent, ne peut être chassé sans risque. L'animal est trop grand et trop puissant. De plus, tué, son corps sombre immédiatement et le remonter tient de la gageure. »

L'Ami Tom s'entretint longuement avec le second sur les routes que suivait le navire. Connaissant les eaux du Pacifique nord, Thomas Walsh concéda facilement à dévoiler quelques informations utiles. D'ordinaire, les meilleures zones de pêche sont jalousées mais la navigation de commerce semblait, aujourd'hui, remporter les faveurs de l'ancien officier de la *Maria-Stella*.

« Dans dix jours, vous devriez pouvoir débarquer dans le port de San Francisco, madame Clifton, annonça le capitaine. Je ne doute pas que votre fils sera complètement rétabli à cette date grâce aux bons soins de monsieur Estancel. »

Mrs. Clifton, rejointe par son mari, manifesta sa gratitude. Tous trois purent s'entretenir au sujet de la guerre civile enfin achevée.

« Votre pays a grandement souffert de cette guerre et la pauvreté est, dit-on, partout présente, reconnut M. Labaste. Quelle mère n'aura à pleurer un fils mort au combat ? Combien d'épouses seront devenues veuves ? »

Ni Marc ni Robert n'étaient présents à cette triste conversation ce qui remplissait d'aise leurs parents. En effet, la famille Clifton avait quitté leur patrie alors que Belle n'avait que trois ans, Jack, quatre ans, Robert, onze ans et Marc, treize ans. L'état dans lequel ils allaient retrouver leur ville natale à tous ne laissait d'inquiéter les parents. Sans personne pour les attendre, la famille se retrouvait aussi orpheline que l'Oncle Robinson.

« Nous n'aurons pas à rester sur nos gardes au sujet d'un bâtiment corsaire du nom de *Shenandoah* qui a arraisonné les navires de l'Union depuis le début de l'année, déclara M. Labaste. On le dit dans les parages mais nul doute qu'il se soit rendu même si les dernières nouvelles d'Honolulu n'en faisaient pas mention. C'est pour cette raison que les baleiniers unionistes se sont montrés très-discrets dans cette portion du Pacifique nord. En juin, revenant de la mer d'Okhotsk, j'ai rencontré le *James Maury* ainsi que le *Nile* ayant recueilli les équipages de quinze baleiniers brûlés par le corsaire confédéré. Depuis j'œuvre, autant que possible, pour alerter les navires américains. »

Tout au long de la journée, le capitaine Labaste se montra prolixe sur les détails de son navire dont il se montrait fort fier. Cependant, ce défaut lui fut bien pardonné, car les naufragés, depuis si longtemps, avaient été privés de communiquer avec leurs semblables qu'ils se montraient insatiables de tout ce que l'on voulait leur apprendre.

Durant le repos de Jack, encore bien faible, nul recoin du *Winslow* ne fut inconnu au couple Clifton accompagné de leur fille. Harry Clifton retrouva son fils Robert suivant l'Ami Tom qui échangeait avec Mr. Garrett sur toutes sortes de sujets. Marc, quant à lui, observait les manœuvres des matelots quand il ne perdait pas son regard dans l'horizon de plus en plus chargé. Maître Jup, sous la surveillance étroite de Flip, s'acclimatait progressivement au contact des marins qui se prirent d'affection pour lui. Véritablement, le retour se présentait sous les meilleurs augures.

Au soir, la salle à manger du gaillard d'arrière reçut, de nouveau, les convives. Le repas, quoiqu'un peu plus copieux, était sensiblement le même que celui du midi. M. Estancel surveilla lui-même le régime de Jack de façon à favoriser sa convalescence. La soirée se poursuivit autour des curiosités que le médecin ou les officiers présentaient à leurs hôtes. Elles devenaient, alors, le motif pour narrer quelques aventures, parfois exagérées, les concernant. Les rires mettaient souvent fin aux galéjades.

Cette soirée fut, néanmoins, interrompue par l'entrée d'un matelot venant informer le capitaine que le vent avait forci et que la mer devenait grosse. Sans que cela inquiétât les officiers, les discussions reprirent leur cours. Il se pouvait que la traversée eût pu être un peu plus longue que prévu si la tempête devait détourner le *Winslow* de sa route.

J'ai brièvement consigné dans cette notice.

CHAPITRE XVIII

De la question de la pêche baleinière
Au sujet des baleines – Quelques nations de pêcheurs
Les routes migratoires
Campagne du *Winslow* dans les mers du sud
Une invention prometteuse

Comme il a déjà été dit, entre les deux capitaines du *Winslow*, l'entente était plus que cordiale ; elle était sincère. De ce fait, cette sympathie des deux hommes appelait, avec bonheur, celle des officiers. Pour un peu, il eût été presque possible d'imaginer que l'ensemble des hommes de l'équipage eussent leur part à cette façon d'harmonie. Cela ne pouvait être le cas, mais, résolument, rixes ou voies de fait devaient tenir de l'exceptionnel. Tel était le discours de Flip et de l'Ami Tom que les anciens colons de l'île Crespo prenaient pour acquis.

Malgré toute l'urbanité de l'équipage du baleinier, il était évident que les jours qui suivraient seraient une épreuve pour des passagers que rien, sinon leur condition de naufragés, d'exilés, n'aurait disposé à les conduire à embarquer sur le *Winslow*. Ce fut une question quelconque de Mrs. Clifton, au sujet de la durée d'une campagne de pêche et des conditions du métier de marin baleinier qui autorisa Mr. Garrett à y répondre. Mieux que le meilleur harponneur, Élisa Clifton venait de piquer son propre cétacé. Il promettait d'être de taille ! L'intelligente femme n'aurait pu trouver meilleure occasion pour gratifier ses hôtes de la plus haute considération que celle de les engager dans ces récits de gaillard d'avant. À juste raison, elle se rappelait, que sur le *Vankouver*, les histoires les plus sûres d'obtenir les honneurs et des conteurs et des auditeurs étaient, sans conteste, ces souvenirs, confinant aux chroniques, aux confessions, aux fables parfois, présentées sous l'habit d'une véracité indubitable, de grandes pêches, d'épiques chasses aux monstrueuses créatures peuplant les mystérieux abîmes des océans. Il en serait de même sur le baleinier français.

« Peut-être, ma chère dame, n'est-il pas inutile de vous présenter le gibier que nous chassons aujourd'hui, ni quelle a été l'histoire de notre glorieuse pêche baleinière ? commença le second capitaine. »

Chacun des membres de la famille Clifton fit montre du plus grand intérêt sur cette question précise. Mr. Garrett souhaitait pouvoir débuter son discours par les débuts de cette pêche particulière. Cependant, péchant par défaut de connaissances, il demanda à M. Labaste, très-savant sur le sujet, d'ouvrir la causerie.

« Cela fait quelques années que les couleurs françaises ont disparu de la corne d'artimon des bâtiments baleiniers armés pour la chasse des cétacés à lard, se navra-t-il. Qu'importe si notre pratique, comme le long cours, soit reconnue comme une école inégalable dans l'éducation des jeunes recrues ; l'empire français n'est pas encore parvenu à faire revivre cette industrie. Constatant l'importance de la désaffection dont souffrent les armements, je crains que les marins anglais et surtout américains, par leur témérité et leur hardiesse ne nous aient définitivement ravi une place que nous n'avons pas su préserver et que nous ne saurions reconquérir ! »

Il n'y avait aucune animosité dans les propos du sage capitaine et son ami, Mr. Garrett, s'engageait plutôt à le consoler par de douces paroles réconfortantes qui dissimulaient mal combien le jugement de M. Labaste était juste et sans complaisance.

« Assurément, les Anciens connaissaient l'existence des grands cétacés, mais ne s'enhardissaient guère à les chasser ; leur science ne leur permettait pas de réaliser un tel exploit. On rapporte quelques succès de ce type chez les Vikings et, dit-on, chez les Chinois.

S'il faut trouver d'authentiques chasseurs de baleines, c'est chez les Basques qu'il convient de les chercher. Plus de mille ans avant que notre navire ne fende les flots, les hardis marins du golfe Cantabrique, qu'ils fussent pêcheurs, aventuriers, écumeurs des mers comme contrebandiers, pirates ou corsaires, acquirent une agilité telle avec la mer que ces hommes s'autorisèrent à considérer les baleines franches, revenant chaque année entre les caps Machichaco et Breton, comme des gibiers à leur mesure. C'est ainsi que durant plusieurs siècles, de belles prises s'apercevaient dans le golfe de Gascogne d'où les animaux ne semblaient pas être inquiétés dans une quelconque réduction de leurs effectifs.

Cependant, à la suite des Basques, pêchant à l'aide de fines embarcations portant cinq à six bancs d'avirons, vinrent Bretons et Normands, étendant cette chasse depuis ce golfe de Gascogne jusqu'à l'ouverture de la Manche et même en mer d'Irlande. À partir de cette période, les troupeaux de baleines franches s'exilèrent vers la pleine mer, mais voici que les navigateurs les poursuivirent jusqu'aux bancs de Terre-Neuve. »

Il y avait beaucoup à découvrir des mœurs des cétacés, mais les gens de mer avaient pu percer certains de leurs secrets dans la connaissance que le chasseur doit posséder de sa proie. Mr. Garrett et ses compagnons d'officiers s'engagèrent dans une présentation très-documentée de leur gibier.

« Nous les retrouvons, en été, regroupés en *games* dans les eaux des grandes baies abritées. Il est alors possible de repérer cinq ou six couples très-attachés, mâle et femelle, *bull* et *cow*, ne se quittant guère. C'est dans ces eaux paisibles que le cafre, *calf*, naît. »

Mistress Clifton se permit un petit trait d'esprit :

« Taureau, vache, veau, qu'il paraît étrange de considérer des mammifères marins à l'instar des mammifères terrestres, bovins de surcroît ! Les pêcheurs se prendraient-ils pour éleveurs ? »

Le mot, très-apprécié des officiers, égaya la salle, interrompant momentanément la discussion qui reprit de plus belle :

« Le baleineau est très-agile dès sa naissance et possède déjà un poids de mille livres pour une taille de trois à quatre mètres. En quelques semaines, le jeune cétacé voit ses fanons pousser et n'est plus en capacité de se nourrir du lait de sa mère qu'il tétait jusqu'alors. C'est à ce moment que la nourrice et son petit rejoignent le large. »

L'un des officiers, très-expérimenté, compléta la description en rapportant que la baleine entoure son cafre des soins les plus touchants.

« C'est la raison pour laquelle, intruits de ces habitudes, les harponneurs piquent toujours le jeune cétacé en premier. De la sorte, la mère, cherchant à le défendre, préférera se faire tuer pour le sauver quand bien même celui-ci serait-il déjà agonisant ou mort ! »

Trop occupé à dévoiler ces tristes secrets, l'homme, sans malice, ajouta encore que l'attachement des adultes entre eux avait déjà été cause qu'une femelle harponnée provoqua un débordement de douleur de son compagnon qui resta auprès du corps inanimé, poussant des mugissements déchirants et se laissa tuer lui aussi. Nonobstant, le marin, tout-à-fait navré d'avoir heurté la sensibilité de ses hôtes, se confondit en excuses arguant, pour sa faible plaidoirie, que les gigantesques animaux trouvaient dans leur queue, souple et mue par de puissants muscles, non seulement leur principal organe de locomotion, mais également un prodigieux moyen de défense. Cela étant vrai pour la baleine franche alors que le cachalot se défend, et même attaque, souvent le premier, armé de sa terrible mâchoire portant des dents.

Le baleinier offrit encore ce dicton ancien en guise de dédommagement :

Du souffle déborde ton canot,
Elle est mauvaise cette haleine.
Évite la gueule du cachalot,
Comme la queue de la baleine.

Puis se tut totalement, digérant, en quelque sorte, son repentir.

« Excusez la fougue de nos officiers, *mistress* Clifton ! Après de très-nombreux mois passés en mer, les voici troublés de la présence d'une famille à bord, reprit M. Estancel. Notre métier est ingrat et nous endurcit le cœur bien au-delà de ce que nous soupçonnerions. Nous devons nous faire violence pour nous amender et retrouver un semblant d'humanité ! »

L'intervention du chirurgien de bord eut, alors, pour effet de modérer les ardeurs des hommes et permit au capitaine Labaste de reprendre le cours de son exposé historique brusquement interrompu :

« Ainsi donc, l'afflux de bâtiments dans la baie du Saint-Laurent refoula les cétacés, progressivement, au-delà de la baie d'Hudson et du Labrador. C'est-à-dire, vers les mers boréales, aux confins des glaces du Groenland et du détroit de Davis. C'est de cette époque, au début du XVIIe siècle, que les ports de la côte de France armèrent de nombreux navires pour rejoindre les baleines en mer Arctique, mais les vicissitudes de l'histoire mirent à mal les bases des pêcheurs. Aussi, dès le début du siècle suivant, cette pêche devint, en France, de plus en plus languissante. Il y eut bien de timides essais pour raviver cette industrie que la Révolution et les guerres de l'Empire arrêtèrent aussitôt.

Durant ce temps, les Anglais supplantèrent les Hollandais qui avaient déjà décimé les populations de monstres marins jusque dans le détroit de Davis et la baie de Baffin. Au début de notre siècle, la pêche dans les mers glaciales de l'hémisphère Nord se révélait de moins en moins productive. Ce fut le tournant de l'histoire qui fit passer les États-Unis d'Amérique en première place ; leurs navires parcouraient toutes les eaux du globe et se permettaient de chasser le cachalot.

Les campagnes dans l'Arctique restaient courtes ; guère plus de cinq à six mois, ce qui constituait un avantage pour marins du Nord. Cependant, le dépeuplement progressif des mers boréales, les désastres maritimes, les primes d'assurance élevées, les faibles profits de la pêche au cachalot, l'emploi du gaz d'éclairage et des huiles minérales réduisaient drastiquement l'attrait des armateurs pour ces régions désolées.

Dès son premier voyage, le capitaine Cook avait signalé la présence des grands cétacés dans les mers du Sud. Il ne s'agissait plus de parcourir les eaux de l'Atlantique, la voie du Pacifique s'annonçait prometteuse. Bien évidemment, l'on pouvait se féliciter d'avoir découvert les régions où pouvait se trouver le gibier, mais il y avait encore beaucoup à apprendre sur les habitudes de ces populations nouvelles. En l'espèce, il convenait de connaître les saisons de migration tout autant que les routes suivies ce qui représentait une moindre condition avant que de partir à l'aventure. Dans le cas de l'Atlantique, du nord au sud, les baleiniers n'ignorent pas, quelle qu'en soit la saison, dans quelle partie de l'océan les baleines peuvent se rencontrer.

Par la compilation des livres de bord des baleiniers, il advint qu'il convient de se trouver dans les eaux océaniques durant l'été de chaque hémisphère afin que la chasse aux cétacés puisse se faire avec succès. Se présentent, alors, d'innombrables champs de pêche ; que se soit aux Açores, aux bornes du Brésil, dans les baies de l'Ouest africain, dans les eaux de Tristan de Cunha et de Sainte-Hélène et d'Ascension, tout autant que dans les sondes de la Patagonie ou sur la côte occidentale de l'Amérique du Sud, en Californie, en Nouvelle-Zélande, en mer de Tasman, aux îles Marquises jusqu'en mer du Japon.

C'est ainsi que le déroulement des campagnes s'établit selon un programme précis n'engageant que les indispensables relâches nécessaires à la bonne santé des équipages de même qu'aux réparations des avaries. Il importe de quitter les eaux de l'Atlantique

Nord en avril ou en mai, après quelques semaines de chasse. Alors, il devient possible de croiser dans les mers chiliennes ou de Nouvelle-Zélande, vers septembre ou octobre, à moins que le capitaine ne veuille conduire son équipage en direction du Cap. Pendant trois mois, la saison estivale est, alors, la plus favorable pour la pêche. Quant aux bâtiments croisant dans le Pacifique, dès avril, il leur incombe de rejoindre la côte ouest de l'Amérique du Nord ; les retardataires prennent le risque de devoir faire escale aux îles de la Société sous peine de voir leur route entravée par des courants contraires, mais ils se trouvent en meilleure place pour rejoindre la mer du Japon.

Ce sont ces capitaines, dont l'intention est de chasser, l'été durant, dans la partie occidentale de l'océan Pacifique que l'on retrouve aux Sandwich. En ce qui concerne les baleiniers ayant quitté l'Atlantique par le cap de Bonne-Espérance, on doit les rencontrer dans le vaste océan Indien, soit en direction de la Nouvelle-Hollande, soit voguant vers la péninsule indienne et les détroits de la mer de Chine, des Célèbes, des Moluques, des Philippines ou des Carolines. Enfin, au terme de deux ou trois années de croisière, les voici arrivés dans les parages des Kouriles, en mer de Béring !

L'on comprend aisément comment certaines campagnes peuvent durer près de quatre années.

Seules les exigences de la pêche dictent la route du capitaine du baleinier. Il est rare que nous ayons à nous inquiéter de l'endroit dans lequel nous devons relâcher tant que nous sommes à l'écart des ports, afin de ne pas avoir à nous acquitter de droits par trop onéreux et risquer quelques désertions d'hommes découragés. Nous ne manquons pas de main-d'œuvre énergique pour procéder à tout genre de réparation tout comme pour compléter notre ravitaillement en bois, en eau et même en denrées fraîches. »

Le capitaine Labaste acheva, là, sa large présentation de l'histoire de la pêche baleinière qui avait intéressé les grandes nations de l'Europe jusqu'à la jeune puissance des États-Unis, mais il semblait bien que des officiers du *Winslow*, certains avaient à vouloir compléter l'intervention de leur chef. En cela, Mr. Garrett n'était certes pas le dernier et ses compagnons furent fort aise de l'entendre dans ce qu'il avait encore à dire :

« Il n'est pas rare que les navires se trouvent retardés dans leur croisière, soit que l'équipage complet manque, soit que les vents soient capricieux où que le mauvais temps ne permette pas de pouvoir pêcher rendant la mer trop grosse ou que les brumes persistantes fassent courir le risque aux pirogues de se perdre pendant que les cétacés se dérobent à la vue des marins. Ainsi, en lieu et place de baleine, sont-ce donc les éléphants de mer, les phoques ou les morses qui deviennent les gibiers exclusifs. Tels que vous nous voyez, la chance nous a favorisés et nous pouvons être heureux de nous compter parmi les marins que la bonne fortune guide !
— Une bonne fortune mariée à deux capitaines hors pair ! lança l'un des officiers déchaînant une salve d'applaudissements. »

Le *Winslow* avait quitté le port du Havre le 26 décembre dernier et avait pris le chemin oriental pour rejoindre la Nouvelle-Zélande en doublant le cap de Bonne-Espérance après un bref passage en mer d'Okhotsk et une relâche écourtée à Honolulu. Il avait, dès lors, l'intention de rejoindre l'océan Arctique afin de commencer véritablement sa campagne de pêche. Après six mois de navigation, l'équipage brûlait d'impatience de piquer d'autres cétacés que leurs premières prises au large du Japon. La fatigue de la croisière ne se faisait pas encore sentir ; cela expliquait l'exceptionnelle bonne humeur des marins. Au surplus, la campagne précédente avait commencé le 28 avril 1862 et le capitaine Labaste s'était rendu jusque dans la région de Chesterfield, des possessions de la Nouvelle-Calédonie pour y chasser la jubarte dont la pêche a été négligée jusqu'alors, car le cétacé a la fâcheuse tendance à couler une fois tué. Cependant, dans ces eaux de faibles profondeurs, il est possible de la remonter. Le premier capitaine tint à apporter quelques menues précisions :

« C'est en 1863, dans le lagon de Chesterfield, alors que nous pêchions de conserve avec le *Gustave* que nous avons pu essayer l'invention du docteur Thiercelin consistant en des harpon-fusées contenant du curare. Convaincu que la pêche des cétacés souffrait de la rareté du gibier tout autant que de l'imperfection de l'armement, M. Thiercelin pensait même que la baleine était devenue méfiante à l'égard des navires, ce dont j'inclinerais à penser de la même façon.

Au cours de cette campagne, il fut expérimenté une bombe chargée d'un mélange de curare et de strychnine qui révéla l'efficacité du procédé. Jugez-en, en quelques minutes, une baleine touchée par le projectile explosif se retrouva sans vie alors que la faible blessure infligée par l'arme nouvelle semblait ne constituer qu'une éraflure dans la masse de graisse et de chair. Aussi, je vous le dis ; l'efficacité du procédé est incontestable et de surcroît, le poison ne se retrouve nullement dans les huiles récoltées.

Nous avions été tout-à-fait favorisés dans cette campagne incomparablement courte ; aussi, nos matelots souhaitent-ils réitérer cet exploit ! »

Sur cette dernière remarque, les convives s'aperçurent de l'heure avancée ; il était temps, à chacun, de prendre congé et de goûter un juste repos.

La dernière campagne du Winslow.

CHAPITRE XIX

Tempête – Chasse à la baleine
Victoria de Vancouver ou San Francisco
Le combustible de l'avenir

La tempête s'établit assurément au cours de la nuit et, sous l'action des vents du sud, il devint impossible d'empêcher le navire de dériver vers le nord. Le *Winslow* ainsi que ses deux capitaines n'en étaient pas à leur premier coup de vent. Aussi, Harry Clifton ne s'alarma pas du changement de cap.

Cependant, la bourrasque ne faiblissait pas. Au contraire, à mesure que le baleinier gagnait des latitudes plus hautes, la puissance des vents redoublait. Le temps exécrable interdisait les sorties hors du gaillard d'arrière. En guise de consolation, la convalescence de Jack prenait le meilleur chemin qu'il se pût et il se sentait de moins en moins fatigué. Mieux, on le voyait ne garder le lit que quelque temps dans la journée. Le médecin était tout autant ravi des progrès de son malade que sa famille.

« Cela fait déjà cinq jours que la tempête fait rage, constata l'ingénieur. Avez-vous une idée de l'endroit où se trouve votre navire ? demanda-t-il au capitaine.

— Je ne peux vous répondre qu'avec une certaine approximation, répondit-il. Depuis le temps que nous dérivons, nous devrions nous rapprocher des îles Aléoutiennes. Il se pourrait que nous ayons pu atteindre le quarante-cinquième parallèle. Ce qui signifie que nous pourrions être à près de trois cents milles des îles les plus basses de cet archipel.

— Qu'il me tarde que cette tempête se calme ! déclara Élisa Clifton. Je n'apprécie guère de me trouver dans ces mers septentrionales.

— En effet, madame, répondit gravement le capitaine. Plus au nord, la rencontre avec des icebergs rendrait périlleuse notre navigation. Mais, pour l'heure, rassurez-vous, le danger ne nous guette pas. »

Durant ces quelques jours, les officiers furent constamment employés mais l'équipage, aguerri aux conditions de navigation difficiles, conduisait admirablement le navire répondant convenablement. Les baleiniers, en effet, sont des bâtiments particulièrement exposés et sont rapidement fatigués. Il n'est pas rare qu'un tel navire ne fasse pas plus que deux ou trois campagnes. Ce n'était pas le cas du *Winslow* qui se montrait encore bien solide. La saison des ouragans, dans cette partie du Pacifique, s'étale, le plus souvent, entre le début de juin et la fin de novembre et cette tempête présentait une force notable. Cependant, au cours de la journée du 15 juillet, elle perdit de sa puissance, laissant présager la fin de cet épisode. De fait, en quelques heures, le ciel s'était rasséréné et, au vu de l'inclinaison du soleil, il était constant que le baleinier avait, fortement, dérivé vers le nord. Les avaries furent relevées avant que le jour ne fût complètement tombé permettant aux hommes de recouvrer leurs forces. Dans l'impossibilité d'allumer un foyer pendant le coup de vent, le cuisinier put alors, après cinq jours, proposer le premier repas chaud digne de ce nom. Il va sans dire que celui-ci fut apprécié à sa plus juste valeur.

« Demain, nous ferons le point, annonça le capitaine Labaste. Mais je peux, d'ores et déjà vous dire que nous sommes, très-probablement, au-dessus du quarante-cinquième parallèle. Cela aura pour conséquence de prolonger votre traversée, j'en suis bien navré.

— Nous avons fini par nous habituer à la vie à bord, rassura Mrs. Clifton. Ce qui n'est pas tout-à-fait le cas de notre maître Jup.

— Un navire n'est pas la place d'un pauvre singe, répondit, plaisamment, Mr. Garrett. Nous lui rendrons, dès que possible, accès à la terre ferme.

— Notre orang s'était familiarisé à la navigation de cabotage mais l'ouragan a eu raison de sa bravoure, concéda l'Oncle. »

En effet, malgré toute l'attention qu'avait pu lui apporter son ami Flip, le singe, effrayé par les mouvements du navire et par la furie de la mer, avait été pris d'une telle frénésie qu'il avait fallu se résoudre à l'entraver et à le placer dans une partie de l'entrepont durant plusieurs jours. Encore terrorisé, il reprenait, peu à peu, ses sens au contact de la famille Clifton qui lui manifestait toute son affection. Grande était la crainte qu'il ne gardât de cette épreuve une terreur incurable.

Le lendemain, l'équipage reprit ses activités communes et les vigies scrutaient l'horizon. Vers midi, le ciel était parfaitement dégagé pour permettre au second de faire le point d'observation. Le résultat de la mesure donna pour coordonnées 51° 12' de latitude nord et 164° 42' de longitude ouest au méridien de Greenwich.

« Nous voici juste sous les îles Aléoutiennes et à l'entrée du golfe d'Alaska, commenta Mr. Garrett. L'île Vancouver est à 123° de longitude ouest soit un peu plus de deux mille cinq cents milles marins de notre position. »

Harry Clifton s'adressa, à part, à Flip.

« Je pense que notre retour en Amérique souffrira quelques retards.
— Cela est bien possible, mais je crois avoir entendu qu'une avarie sur le mât de misaine réclamait une intervention qui ne pourrait s'effectuer que dans un port, répondit l'Oncle Robinson. L'île de Vancouver pourrait bien se prêter à cette réparation, d'autant plus que son port n'est pas le plus à craindre pour le capitaine en ce qui concerne la question des déserteurs. »

La rude vie rencontrée sur les bateaux de pêche, et notamment sur les baleiniers, provoque fréquemment des désertions chez les jeunes matelots en raison de la faible part sur la vente de la pêche qui leur est attribuée. Ceux-ci recherchent, ailleurs, de meilleures conditions mais ce ne semblait pas être le cas sur le *Winslow*. Malgré ces quelques réparations, il se pouvait que le voyage n'eût à n'être que faiblement allongé du fait de la tempête.

Au cours de l'après-midi, la vigie lança des cris d'alerte.

« *Blôô ! Blôô !* »

Aussitôt un officier monta dans la mâture tandis que les hommes se dirigèrent vers les pirogues. Mr. Garrett, expliqua, brièvement, que ces cris, corruption, par les Français, du verbe anglais *to blow*, traduisible par le verbe souffler, indiquaient que le souffle d'une baleine avait été aperçu. La pêche ne souffrirait aucun délai. De fait, les équipes désignées pour embarquer dans les pirogues préparèrent leurs armes de pêche alors que leurs compagnons engageaient les embarcations dans les palans. Le second fit lofer le navire qui, réduisant sa vitesse, permit aux canotiers de descendre les baleinières. Il ne fallut pas dix minutes pour que le chef de chaque pirogue ne la débordât à l'aide de son aviron de queue, faisant office de gouvernail. La vigie leur indiquait à l'aide de signaux la direction à prendre.

Du bateau, les manœuvres furent commentées par l'un des officiers restés à bord. Les cinq pirogues parties en mer emmenaient trente hommes. Ceux restant au navire avaient fort à faire. Cependant, la partie n'était pas gagnée. C'était une baleine grise et si sa vélocité était moindre que celle d'un rorqual, la capture restait encore aléatoire.

« Il faut approcher l'animal sans faire de bruit pour ne pas l'effaroucher, dit l'officier en français à Flip qui se chargeait de reprendre les explications pour ses amis. L'animal risque de sonder à tout moment, ajouta-t-il. Mais monsieur Garrett est, de loin, notre meilleur chef de pirogue. »

Sa pirogue était la plus avancée sur la baleine. Cette chasse semblait bien engagée mais paraissait incroyablement longue au regard des anciens colons de Flip-Island qui observaient cette pratique pour la première fois à l'exception de l'Ami Tom explicitant nombre de manœuvres tout-à-fait déconcertantes.

Il devait s'être écoulé près de deux heures lorsque Thomas Walsh appela ses amis sur le pont.

« La baleine fatigue et je pense, qu'avant peu, la bête sera *piquée* ! »

L'Ami Tom avait détaillé de quelle façon, au moment où la baleinière aurait gagné l'animal en vitesse, le chef de pirogue aurait donné l'ordre : « Debout ! », au harponneur assis à l'avant de la pirogue qui attendrait le deuxième ordre : « Pique ! » pour ne lancer son redoutable fer qu'à dix ou vingt pieds de distance de l'animal, puis, aussitôt, un deuxième harpon, si cela était possible.

« La meilleure place pour piquer se situe à deux ou trois pieds de la nageoire et sur l'arrière, dit Tom. Atteint à l'un de ces endroits, l'animal est grièvement blessé. »

Cela ne manqua pas d'arriver. Sitôt piquée, la baleine donna de violents coups de queue et de nageoire avant de sonder. La pirogue, remorquée par la bête blessée fut entraînée à une vitesse stupéfiante, bondissant, soulevée des lames.

« Le chef de pirogue va prendre la place du harponneur, reprit Tom. Il faut infliger, au plus vite, à l'animal, une blessure mortelle afin d'abréger cette course pouvant faire perdre la baleine si elle venait à s'extirper de la ligne. Il cherchera à trancher les tendons de la queue. C'est la partie la plus délicate de la chasse. »

Durant ce temps, les autres embarcations s'étaient rapprochées de celle conduite par Mr. Garrett et étaient parvenues à se mettre à la remorque afin de fatiguer la bête dans sa course. La journée était déjà bien avancée et la poursuite s'éternisait. La scène devint proprement dramatique lorsque les jets des évents de la baleine se teintèrent de sang.

« La bête *fleurit* ! lança un matelot. »

Il fallut encore remorquer la baleine ce qui prit deux heures alors que le *Winslow* s'était porté au-devant des chaloupes.

La nuit était déjà tombée et la famille Clifton, quelque peu écœurée de cette pêche s'en retourna dans le gaillard d'arrière. Les marins avaient encore de nombreux travaux à accomplir.

« Cette baleine est une proie tout désignée pour les dauphins gladiateurs qui pourraient croiser dans les parages, expliqua Tom. »

Les bruyantes manœuvres d'arrimage le long du bord résonnèrent toute la nuit et, au matin, la famille Clifton put constater l'avancement du travail de dépeçage largement commenté par le capitaine Labaste, tenant à faire montre de la plus grande urbanité envers ses hôtes lui répondant avec la même bienséance, en dépit d'un évident dégoût des opérations, renforcé par l'odeur de graisse fade imprégnant durablement le bâtiment.

À tribord, queue tournée vers la proue, la carcasse tournant sur elle-même de façon à pouvoir peler la bête, les deux lippes et la gorge étaient déjà sur le pont. Sur le chafaud, appareillage en tous points semblable à un échafaudage, les matelots s'activeraient, plus tard à détacher la langue et la tête d'une valeur considérable. À mesure qu'étaient découpées les couches de graisse de la baleine, celle-ci tournait, permettant de la dépouiller en spirale. Chaque lambeau était envoyé en cale. La besogne semblait éprouvante mais les hommes se félicitaient d'avoir pu capturer cet animal là où ils ne pensaient pas en rencontrer. Leur chance devait se reproduire, car la vigie lança, à nouveau, des cris d'alerte. Derechef, trois pirogues furent mises à la mer et, pendant qu'une équipe continuait le travail du dépeçage qui, d'ordinaire, prend, pour un équipage exercé, une dizaine d'heures, la chasse reprenait de plus belle.

« Nous voici emportés dans une nouvelle aventure, dit Mrs. Clifton à son mari. Qui sait seulement quand nous rejoindrons la terre ? »

Harry Clifton partageait la lassitude de son épouse et lui-même, quelque peu désillusionné par la situation, prenait son mal en patience. Après tout, faut-il que tout un chacun puisse vivre de sa pratique.

Le temps maniable qui perdurait ne pouvait être perdu et les passagers, puisqu'il convenait de dénommer ainsi les naufragés recueillis sur le baleinier, en furent réduits à attendre que cette chasse inopinée prît fin. Bien souvent, ils partagèrent leur repas avec des officiers si fourbus que les discussions en étaient abrégées aux plus élémentaires éléments de politesse. Les jours suivants permirent de capturer cinq baleines ce qui tenait de la plus grande chance, voire du miracle.

La fonte du lard avait commencé et les fourneaux furent, en permanence, alimentés du gras de qualité inférieure récolté sur l'os de la mâchoire et sur les ailerons. Le pont, recouvert de sable, restait glissant et il fut recommandé aux hôtes de ne pas s'y rendre sans précaution. Les morceaux de lard, coupés sur deux pieds de long et cinq à six pouces de large étaient taillés de manière à ne jamais faire plus de huit à dix pieds d'épaisseur et émincés en de nombreuses petites lames, aussi fines que possible, au moyen d'un couteau spécialement conçu pour réaliser cette opération. Ce lard, fondant dans les chaudières remplies jusqu'au bord, rendait son huile. Les cretons flottaient, puis étaient récupérés dans le but d'alimenter le foyer. Ainsi, c'était la baleine elle-même qui fournissait le combustible nécessaire à l'extraction de l'huile de sa carcasse.

« Ces opérations sont d'un grand danger, car le feu peut prendre, à tout moment, dans l'huile bouillante, commenta Thomas Walsh. »

L'huile extraite était transvasée dans des fûts solidement bordés et matés à l'arrière du navire durant une journée afin d'avoir le temps de refroidir.

Le travail sale et nauséabond dura près de deux semaines, puis, par l'emploi de la cendre du foyer, le navire fut entièrement nettoyé, débarrassé du sable et du gras et les vêtements des matelots, décrassés.

Le mois de juillet s'achevait. Selon les estimations du capitaine, ces cinq cétacés avaient fourni chacun sept tonnes d'huile et une tonne de fanons.

L'équipage était particulièrement satisfait de cette pêche qui représentait près du cinquième de la capacité du bâtiment déjà chargé de sept cents barils. Ainsi, avec les cales remplies au deux tiers, un retour en France devenait bientôt envisageable à moins que la cargaison n'eût pu être transbordée sur un autre navire lors d'une escale en Nouvelle-Zélande. Surtout, le débarquement des passagers à San Francisco ou à Victoria de Vancouver ne serait plus différé, car l'avarie réclamait une intervention rapide.

Il advint, au cours d'un souper dans le carré des officiers, que Harry Clifton prédit un développement inéluctable du progrès technologique qu'il ne fallait pas craindre.

« Ne saurait-il être ralenti voire arrêté ? demanda Mr. Garrett. Voyez notre métier, les baleines de l'Atlantique se faisant rares, nous voici obligés de les poursuivre dans l'océan Pacifique ou dans l'océan Indien. Les méthodes de chasse actuelles ne nous permettent pas de capturer les rorquals et les essais de lancement mécanique des harpons ou d'emploi d'appâts empoisonnés se sont révélés infructueux ou trop dangereux.

— Nul doute que si un système efficace voit le jour pour piquer une baleine sans risquer de la perdre, de grandes chasses pourraient reprendre sur de nouvelles populations de cétacé, interrompit M. Estancel.

— Et ainsi, le rorqual, trop rapide pour nos chaloupes, pourrait être exploité, ajouta un officier.

— Cette même utilisation de l'huile de baleine peut être largement concurrencée par l'emploi de l'huile de pétrole, reprit l'ingénieur. En 1859, le colonel Edwin Laurentine Drake a pu en extraire d'un puits creusé en Pennsylvanie, rendant l'exploitation rentable. En Perse, l'on ne s'éclaire qu'avec l'huile de pétrole extraite de Kerkouk ! »

Cette remarque de l'ingénieur laissa pantois ses interlocuteurs et le long silence fut rompu par le capitaine Labaste.

« Ce charbon dont on fait un emploi chaque jour plus grand sera, de même, probablement, un jour, entièrement consommé.

— C'est juste ! les gisements d'Europe céderont à la place à ceux d'Amérique et d'Australie et il n'est pas à douter que l'Afrique et l'Asie n'en recèlent des quantités plus considérables encore, répondit

Harry Clifton. De nouvelles machines permettront l'extraction de tout ce charbon ou de ce pétrole dans des contrées qui nous sont inaccessibles pour l'instant.

— Si la Terre était entièrement faite de charbon, railla l'Ami Tom, l'humanité risquerait bien de nous la brûler complètement !

— Vous n'avez peut-être pas tort, mon cher ami, reconnut l'ingénieur amusé. Mais, il nous resterait, pour alimenter les machines qu'exigent les progrès de la vie moderne, un combustible inépuisable, n'ayant pas les mêmes travers que ceux employés actuellement ! »

Encore une fois, Harry Clifton laissa interdit son auditoire et, il fallait bien le concéder, son talent d'orateur lui autorisait cette juste récompense.

« Que brûlera-t-on alors ? demanda M. Estancel dont la curiosité était piquée au vif.

— Il est possible que le charbon et le pétrole fournissent à la consommation de l'industrie pour les trois prochains siècles, rassura l'ingénieur.

— Si cela est rassurant pour nous, cela l'est moins pour nos arrières-petits-cousins ! remarqua Flip.

— Qu'imaginez-vous que l'on brûlera à la place du charbon, monsieur Clifton ? questionna le capitaine.

— L'eau ! répondit-il.

— L'eau ! s'écria le médecin. L'eau pour alimenter nos chaudières ! L'eau pour chauffer l'eau ! »

Le médecin n'était pas le moins dubitatif du groupe. Chacun demanda des explications et se questionnait.

« Il s'agira de l'eau décomposée en ses éléments constitutifs que sont l'hydrogène et l'oxygène. Lorsque l'électricité sera maîtrisée dans sa force, rien n'interdira de produire ce combustible et ce comburant à discrétion, offrant une source de chaleur et de lumière inépuisable, d'une intensité et d'une puissance calorifique inégalable. Je pense que l'eau est le charbon de l'avenir ! »

La salle à manger s'anima et l'ingénieur reçut un triple ban de la part des officiers et un triple hurrah de sa famille et de ses amis.

Ce fut alors le signal indiquant que l'heure du coucher était venue. Le capitaine Labaste informa ses hôtes que, sans avarie ni contretemps, il relâcherait, avant peu, dans le port naturel de Victoria à l'île de Vancouver.

La pirogue, remorquée par la bête blessée.

CHAPITRE XX

L'Amérique russe – Une *game* aux Aléoutiennes
Une brume de mer – Des amis se séparent

Durant ces derniers jours de juillet, le *Winslow* croisait donc dans les parages immédiats des Aléoutiennes dont on voyait se profiler les côtes libérées des glaces. En arrière plan de la ligne de côte, les pics enneigés surplombaient les forêts, établies à la base des contreforts rocheux, bordées de larges prairies de pelouse rase qui ne cédaient leur emprise qu'à une faible distance du rivage, là où la grève de sable et de gravier offrait un reposoir aux éléphants de mer, lions marins et chiens de mer, à ces amphibiens à lard dont la chasse ne demande guère de connaissance et se révèle bien moins hasardeuse, ni aussi dangereuse que celle des cétacés.

Cette partie de l'Amérique du Nord correspond aux possessions de l'empire de Russie qui avaient été reconnues au cours d'expéditions entreprises dès la première moitié du XVIIIe siècle par Vitus Béring depuis le Kamtchatka. Ainsi, sous l'instigation de la Compagnie russe-américaine des fourrures, la nouvelle colonie, à partir de 1796 devait s'étendre depuis la presqu'île d'Alaska vers le sud, longeant les côtes de la Colombie britannique, atteignant la Californie, mais également vers le nord. Fort de leur présence militaire, les Russes purent déclarer que l'Amérique russe s'étendait jusqu'au détroit de la Reine-Charlotte interdisant, de fait, le passage des étrangers. Les influences des Anglais, des Russes et des Américains se heurtèrent, pour trouver un compromis en 1824, fixant les nouvelles frontières des possessions russes.

À ce jour, un peu plus d'une vingtaine de comptoirs de la compagnie des fourrures fournissent les bases des localités d'une certaine importance dont l'économie est tout entière tournée vers le commerce des pelleteries d'otaries.

« La colonie russe souffre de l'ingratitude de ses terres, incapables d'assurer la subsistance de ses habitants, déclara M. Estancel à M. Clifton. Hormis la ville de Novo-Arkangelsk, – établie sur les côtes déchiquetées bordant la partie septentrionale de la Colombie britannique –, et celle de Saint-Paul, – sur l'île Kodiak –, ne cherchez pas d'autres relâches d'importance, vous ne trouveriez que d'insignifiantes stations.

— Peut-être la ligne télégraphique devant relier San Francisco à Moscou pourrait-elle apporter quelques développements à ces territoires, interrompit Mr. Garrett dont une certaine moue de dédain démontrait, sans équivoque, que le projet ne le ravissait aucunement. »

L'ingénieur se montra très-intéressé par ce projet d'envergure. On put, alors, le renseigner précisément.

Depuis 1861, une ligne télégraphique, construite par la *Western Union Telegraph Company*, reliait tous les états et territoires de l'Union. Mais il restait encore à rattacher les États-Unis au reste du monde.

Harry Clifton se souvenait que le premier câble sous-marin avait été posé au fond de l'Atlantique par l'*Atlantic Telegraph Company* en 1858. Hélas, dans l'incapacité de réparer ce câble cassé, le défi restait à relever. Il pouvait l'être d'une autre manière. En effet, l'empire de Russie faisait de sérieux progrès dans l'établissement de la ligne télégraphique de Moscou à la Sibérie. Dès lors, les membres de la *Western Union Telegraph Company* imaginèrent qu'une ligne terrestre serait plus aisée à construire et obtinrent de l'Union, de l'Angleterre et de la Russie, de solides soutiens.

Méthodiquement, quatre équipes devaient réaliser l'ouvrage. De ce dont le capitaine en second se rappelait avoir lu, il pouvait se comprendre que l'équipe cheminant à travers la Colombie britannique ne devait rencontrer que de mineures difficultés. Sûrement en serait-il différemment pour l'équipe opérant autour du fleuve Amour et pour celle travaillant depuis le Yukon. Quant à celle basée à Port-Clarence, elle avait à construire la courte ligne sous-marine traversant le détroit de Béring. Telles étaient les quelques informations les plus récentes dont disposaient les marins.

« Il nous sera, probablement, possible de croiser un des navires qui sont affectés au transport des matériaux, dit le chirurgien de bord. Excusez-moi, monsieur Garret, pouvez-vous nous donner votre avis sur la question ? Je vous trouve quelque peu dubitatif.

— Certainement, monsieur Estancel, répondit l'officier. Voyez-vous, l'empire russe s'étend démesurément sur des contrées placées sommairement sous la domination d'un gouvernement qui ne s'emploie nullement à mettre en valeur ses possessions nouvelles. Je pense volontiers que coloniser une terre, ce n'est pas tant dominer *manu militari* un territoire, mais plutôt le mettre en valeur avec l'aide et l'approbation de ses habitants naturels en échange de notre civilisation industrieuse qui leur apportera progrès et protection. À mon sens, les Russes ne sont pas les plus qualifiés pour tirer parti de ces régions. »

Le second capitaine du *Winslow* s'ouvrit largement sur les travers des influences européennes dans les affaires de l'Union, en particulier, et des Amériques, en général.

« Croyez-vous que les Amériques soient encore ouvertes à la colonisation ? reprit Mr. Garrett. Que l'Europe cesse donc de s'immiscer dans les affaires des États-Unis ! N'a-t-elle pas assez de l'Afrique et de l'Asie pour constituer ses empires coloniaux ?

— Je doute fort que les gouvernements des États-Unis d'Amérique ne s'ingèrent pas moins dans les affaires de la vieille Europe, répartit le médecin. Depuis que le président de l'Union, James Monroe, a condamné, en 1823, les interventions européennes dans les entreprises de l'Union, je ne puis que constater que la Floride a été prise aux Espagnols tandis que les terres au-delà de l'Oregon furent contestées, ce qui mena à l'annexion du Texas, du Nouveau-Mexique, de l'Arizona et de la Californie. Il faut croire que les Américains veuillent faire la paix à leur convenance !

— Pour sûr, il est constant que les peuples dominants ne conçoivent l'unité et la paix du monde que soumises à leurs lois, fit remarquer Élisa Clifton. Ainsi, se font et se défont les empires !

Cependant, est-il possible et souhaitable que l'ensemble des peuples du monde, fédérés entre eux, puissent se réunir sous une seule loi ?

— Là, ma chère amie, lui répondit son époux, est la plus grande difficulté. Un tyran n'en chasserait-il pas un autre ? Plus sûrement, en partageant les fondements d'une civilisation démocratique parviendrait-on à un résultat heureux. N'est-ce pas ce qui est à l'œuvre dans les pays de l'Union. Je ne doute pas que le sacrifice que vient de faire notre patrie ne porte les germes d'une belle idée pacifique. »

Il n'échappait pas, à certains des interlocuteurs les plus éclairés que les discussions à laquelle prenait part, non seulement les officiers présents sur le pont, mais également l'un des quartier-maîtres, abordaient des réflexions chères au philosophe Emmanuel Kant. Ce dernier, – il n'y avait pas plus de quatre-vingts ans de cela –, avait publié un intéressant opuscule sur le sens de l'histoire au cours duquel était débattue la question du cosmopolitisme, dans l'idée que le but final de l'humanité étant la constitution politique la plus parfaite possible, peut-être dans l'établissement d'un gouvernement démocratique et fédéral. Les enfants Clifton n'étaient pas tenus à l'écart de l'entretien et nombre de leurs remarques, pertinentes, donnèrent lieu à des échanges instructifs et éclairés. Véritablement, la famille Clifton n'avait qu'à se féliciter de la compagnie délicieuse de ces hommes bien moins frustres que ne l'aurait laissé supposer leur métier. Peut-être, chez les matelots n'en eût-il pas été pareillement, mais les officiers savaient, avec discernement, faire montre de leur intelligence et de leur raisonnement. En si bonne compagnie, la croisière ne s'en montrait que moins pénible.

Au regard de sa position et des courants, le baleinier devait, par conséquent, suivre l'arc insulaire des Aléoutiennes et rallier l'île Vancouver. Bien que l'île Kodiak se trouve sur le chemin, il n'était pas prévu d'y faire escale même si les Russes y avaient fondé un premier port dans la baie des Trois-Saints Hiérarques, – déplacé quelques années plus tard à Saint-Paul ; fondant le port Pavlovsky, d'une certaine importance.

Il ne devait pas se passer plus d'une poignée de jours que le *Winslow* vînt à la rencontre d'un baleinier américain, le *Charles Waln Morgan* de New Bedford. Une visite entre les deux navires fut décidée. Les capitaines Labaste et Garrett proposèrent à Mr. et Mrs. Clifton de les accompagner à bord du navire. Sûrement, leurs deux grands fils, Marc et Robert, furent contrariés de ne pas être de la partie, mais la garde de Jack et de Belle leur tenait autant à cœur qu'à leur mère ; ainsi, elle pouvait se rendre à bord du baleinier dans une confiance totale. La baleinière emporterait son content de passagers, aussi Flip et Tom se proposèrent, également, de rester sur le *Winslow*, assurés que le capitaine du *Charles W. Morgan* rendrait la politesse en visitant, lui aussi, le baleinier français. Néanmoins, il leur fut possible d'embarquer. Ainsi donc, la *game*, comme les Américains désignent ce type de visite, avait-elle été convenue dans ces conditions.

Le trois-mâts barque de trois cents tonneaux n'avait pas moins fière allure que le *Winslow*. Le capitaine Garrett dissimulait mal son impatience de se retrouver sur le pont du navire et, en réalité, il convient de dire que le capitaine Labaste ne rendait pas une simple visite de politesse à son homologue ; il existait une certaine filiation entre ces deux navires.

« Le *Morgan*, comme il est usuel de le nommer plus simplement, porte le nom de l'armateur qui l'a fait construire à New Bedford en 1841, expliqua le jeune officier américain. Il a déjà changé d'armateur et il m'a été donné de rencontrer son capitaine, Mr. Hamilton, lors d'une précédente campagne, rajouta-t-il, ému.

— Imaginez-vous, madame et monsieur Clifton, que monsieur Winslow père et monsieur Charles Waln Morgan étaient associés dans leur établissement de pêche baleinière de France et d'Amérique ! déclara le capitaine Labaste . »

La baleinière atteignit rapidement le trois-mâts et l'accueil cordial ne manqua pas d'être marqué par la présence singulière d'un passager assez improbable. Pour sûr, Mrs. Clifton craignait bien d'être un hôte peu commun sur un navire baleinier, mais sa surprise ne devait égaler ni celle de son époux, ni celle des officiers français ; une jeune femme se trouvait à bord et se tenait au côté du capitaine américain.

« Bienvenus sur le *Charles Morgan*, adressa-t-il en guise de préambule. Je me présente : capitaine Thomas Landers. »

Il s'ensuivit des présentations usuelles qui débutèrent par celles de la jeune épouse du capitaine que celle-ci avait accompagné suite à une insistance certaine de ce dernier. Un rapprochement très-naturel s'opéra avec Mrs. Clifton. Assurément, l'histoire de la famille abandonnée intéresserait au plus haut point les Américains et il semblait bien que le jour déclinerait longtemps avant que les échanges de nouvelles, les inventaires des produits de la chasse, – dont l'importance se trouvait très-souvent accrue de quelques barils –, les anecdotes des meilleures captures et de tant de sujets de discussion fussent épuisés. Bien évidemment, il n'était pas question d'échapper à la visite du bâtiment ; nul n'avait à s'en plaindre.

Le *Charles W. Morgan* avait quitté le port de New Bedford le 1er décembre 1863 et croisait depuis dans le Pacifique Nord, relâchant tant dans le port de Lahaina que dans celui de Saint-Paul ou de San Francisco où sa cargaison trouvait à se vendre avec facilité. En ce mois de juillet 1865, le retour à son port d'attache n'était pas encore à l'ordre du jour, au grand dam de *mistress* Lydia Landers.

« Voici qui n'est guère une sinécure que de vivre sur un baleinier quand bien même fût-on logé dans le carré, disait-elle à son amie d'un jour. Tout est trempé d'huile, aucune partie de soi-même n'est épargnée, les cheveux, naturellement, les mains, évidemment, mais jusqu'aux pieds fussent-ils proprement protégés ; la graisse semble suinter de chaque pore de la peau. Même les biscuits de nos matelots en sont luisants et il n'est d'aliment qui n'ait ce goût fade du lard fondu. Partout, on se surprend à distinguer les odeurs de la graisse crue ou cuite, froide ou bouillante. Vous ne trouvez nul refuge à ce tourment et il est bien mal-aisé de s'y résoudre. »

Ce n'était pas tant que la jeune femme fût de faible caractère, mais elle concédait volontiers avoir cédé aux instances de son époux en imaginant que les réjouissances des escales l'emporteraient sur les contraintes de la campagne.

« Trop courtes escales pour une interminable expédition de chasse ! se désolait-elle. L'Amérique me manque et je vous envie secrètement votre retour proche. »

Mistress Clifton ne pouvait offrir qu'une faible consolation par sa bienveillance, mais elle sut réconforter cette femme attristée, cependant qu'elle-même cachait sa contrariété de devoir rester sur le *Charles Morgan* alors qu'elle eût préféré être auprès de ses enfants. Pour autant, elle ne céda pas à la douce proposition de la charmante Mrs. Landers de les faire venir à bord. Une certaine houle commandait à Mrs. Clifton de ne pas faire prendre la mer à sa famille restante. Certainement, l'épouse du capitaine souffrait d'une compagnie par trop rustre et voyait, dans cette improbable rencontre, une échappatoire, fût-elle fugace.

Il était évident à voir que l'hôtesse improvisée s'attachait à l'organisation de la réception et qu'elle tenait à garder de cette journée un souvenir inoubliable. De fait, le cuisinier de bord avait accompli un véritable miracle pour honorer les invités du *Winslow*. La soirée devait se poursuivre sous les meilleurs augures. La forte brume qui s'installait ne troublerait même pas les réjouissances, car les convives ne quitteraient le *Charles Morgan* que le lendemain, le jour venu, pour prolonger encore un peu plus la *game* sur le baleinier français.

N'était-il pas quelque peu déraisonnable de faire durer autant cette rencontre ? C'est, assurément, ce que pouvaient penser Mr. et Mrs. Clifton lorsque, au matin, encore fourbus des fatigues de la veille, le brouillard gardait une épaisseur considérable. En outre, le *Winslow* ne répondait guère aux appels de la corne de brume, ni même aux coups du canon d'alerte. Indubitablement, la mer, grosse, avait éloigné les deux bâtiments d'une grande distance qu'il était impossible de juger. L'on imagine sans peine quelle fut l'impatience de chacun de voir se déchirer le voile épais. En effet, en cette saison, la nébulosité, provoquée par la condensation de la vapeur d'eau contenue dans l'air subissant un refroidissement, peut être particulièrement dense et tenace.

« Ce serait folie de prendre la mer avec de simples pirogues alors même que le *Winslow* est hors de notre vue, expliqua, navré, le capitaine Landers à Mrs. Clifton très-contrariée. Dans quelques heures, cette brume levée nous laissera apparaître le baleinier qui ne saurait être si loin ! »

Il fallut plus que des heures pour que cette prévision se réalisât, car la journée du 31 juillet se passa, entièrement, dans les brumes les plus épaisses. À peine semblaient-elles libérer leur emprise en fin de journée. Quant au matin du 1er août, rien ne laisser présager, qu'en quelques heures, le ciel se rassérénerait presque miraculeusement. Cependant, le *Winslow* avait disparu !

Depuis les haubans et les nids-de-pie, les vigies ne voyaient aucune silhouette familière. Il est vrai que l'air n'était guère encore totalement dégagé des vapeurs. Il fallut que le soleil fût à son zénith pour que la transparence des couches de l'atmosphère devînt suffisante et permît à l'un des gabiers d'annoncer que, très à l'ouest, un navire venait vers eux.

Bien évidemment, c'était le navire français qui, plus grand, aux mâts plus hauts, avait aperçu le *Charles Morgan* le premier.

Il est inutile de dépeindre l'allégresse qui s'empara du bord ni les retrouvailles après tant d'inquiétudes. Ainsi, cette première journée du mois d'août se finit par une réception, sur le *Winslow*, largement à la hauteur de celle qui avait eu lieu deux jours plus tôt sur le navire américain. Nonobstant, le capitaine Landers, sagement prudent, décida de regagner son bâtiment avant la tombée du jour. Il restait encore de bonnes heures pour que Mrs. Landers pût faire montre de la plus grande urbanité envers les enfants Clifton et il conviendrait de ne pas omettre que maître Jup reçût de charmantes attentions, lui aussi.

Une amitié promettant d'être durable devait naître entre les deux femmes. Moins de vingt-cinq lieues séparant Boston de New Bedford ; rien n'était plus aisé, aux deux familles, de se retrouver à l'issue de leur périple respectif. Cet engagement prit presque forme de serment et ne souffrirait aucun manquement.

Au matin du 2 août, tandis que le *Charles W. Morgan* rejoignait Saint-Paul, sur l'île Kodiak, le *Winslow* prenait le cap de l'île Vancouver. La séparation des deux navires se fit sous les hurrahs des uns et les acclamations des autres.

Une escale aux Aléoutiennes.

CHAPITRE XXI

À travers le golfe d'Alaska
L'île de Vancouver et la Colombie britannique
Depuis la ruée vers l'or du Fraser – Victoria de Vancouver
À propos de l'Oregon – Arrivée en Californie

Il restait moins d'un millier de milles à parcourir avant que de rejoindre le port de la ville de Victoria, situé sur l'île de Vancouver. Les capitaines du *Winslow* se montraient des plus rassurants concernant l'importance de la route restante ce qui comblait d'aise la famille Clifton. Au demeurant, les avaries, pour sérieuses qu'elles fussent, ne compromettaient nullement la bonne marche du navire. Bien que la ville russe de Novo-Arkangelsk se situe à moins d'un tiers de l'itinéraire, il semblait inconcevable, pour au moins l'un des deux capitaines, et peut-être même pour les deux, que le baleinier y relâchât. Quelle pouvait en être la raison ? Cela devait rester un mystère ! Ce faisant, l'île de Vancouver lui était préférée.

Comme il avait déjà été dit, hormis les deux villes de l'Amérique russe vers lesquelles se dirigeaient les baleiniers américain et français, il en ressortait que ces contrées étaient assez mal connues. Peut-être, les boucaniers européens et les marins ont-ils une idée un peu plus précise du trait de côte et de son orée immédiate, mais, quant à l'intérieur des terres, le territoire n'en reste parcouru que des nombreuses tribus indigènes et des *promichléiks*, ces chasseurs, trappeurs, prospecteurs d'ivoire fossile, intrépides hommes au courage incroyable, endurcis dans les déserts de la Sibérie. Au contact des Yakoutes, des Youkaguires, des Tchouktchis, des Aleoutes, des Kodiaks, en somme, auprès des peuples aborigènes, on leur dut de grandes découvertes géographiques.

L'établissement de l'empire russe sur les terres qu'il s'adjugeait ne s'opéra pas sans heurts ni drames.

« Bien qu'il fût stipulé que les droits de l'humanité seraient toujours respectés entre les indigènes et les Russes, le gouvernement de l'Amérique russe a été soumis, dès l'origine, à un régime particulièrement despotique, bien plus intransigeant que tous ceux en vigueur, expliqua M. Estancel à Harry Clifton qui s'étonnait de la réticence des capitaines de faire réaliser les réparations dans l'un de ces plus proches établissements russes.

— C'est avec une autorité presque totale, pour ainsi dire, souveraine, qu'un gouverneur dirige une colonie si éloignée du gouvernement suprême, reprit Mr. Garrett. Si l'on doit à monsieur Alexandre Baranoff d'avoir organisé cette colonie, il a mis à son ouvrage une sévérité par trop inflexible et une austérité extrême. Sa dureté lui a valu d'être peu apprécié de son vivant et il quitta la ville de Novo-Arkangelsk peu avant que de décéder en ayant réduit la résistance des Kaloches, mais également leurs droits. Sûrement, sont-ils moins à craindre sous les bastions de la colonie que dans leurs profondes forêts ! Depuis plus de quarante ans, cette ville naissante, capitale de l'Amérique russe, sous une administration plus douce et plus intelligente, voit s'accroître sa prospérité.

— Malgré une importance très-relative du principal centre des intérêts russes, l'on trouve sur cette partie de l'île Baranoff, une bibliothèque digne de ce nom, une église luthérienne et une église grecque, une école, un hôpital et, dit-on, un observatoire astronomique et météorologique ainsi qu'un muséum d'histoire naturelle, de même qu'un théâtre, compléta M. Estancel.

— Cependant, l'unique préoccupation des Russes est de développer le commerce des pelleteries sur cette partie de leur territoire, interrompit le capitaine Labaste. Leurs factoreries ne prendront jamais le nom de cité. D'ailleurs les effectifs des morses, des lions marins et des loutres ont considérablement baissé. Il en est de même de ceux des renards noirs, argentés ou rouges, des loups et des ours. »

Ce n'était qu'à leur corps défendant que les deux capitaines reconnaissaient les qualités les plus indéniables des progrès des colons russes, cependant qu'ils éludaient bien vite la question. Oui ! Il tardait aux deux hommes de longer la côte de l'Amérique russe et d'atteindre l'île Vancouver.

Le vent favorable porta promptement le navire à sa nouvelle destination. Ce fut ainsi que, quelques jours plus tard, le *Winslow* accosta dans cette contrée découverte par le capitaine James Cook qui, au cours de son troisième voyage, débarqua une expédition sur la côte occidentale de l'île et la plaça sous la protection de l'Angleterre. Les Espagnols avaient déjà exploré ces parages, auparavant, et les deux nations approchèrent de la guerre. Cependant, en 1792, le capitaine britannique Georges Vancouver prit pacifiquement le contrôle de l'île aux termes de la convention de Nootka.

L'établissement des colons étant encore tout récent, la réparation des espars du baleinier en ce lieu peu attractif rassurait le capitaine Labaste quant au risque de désertion de ses matelots. Une fois les réfections effectuées, il relâcherait, ensuite, le temps du débarquement de ses passagers, dans la rade de San Francisco.

Cette grande île, la plus importante de la côte de l'ouest de l'Amérique, longue de plus de cent lieues pour une largeur de vingt seulement, dont la côte occidentale et tout entière ouverte sur le Pacifique avait été atteinte dans la journée du 6 août à l'issue d'une navigation rapide au cours de laquelle, les côtes du groupe des îles de la Reine-Charlotte furent à peine entrevues, à longue distance. Véritablement, le navire français semblait avoir été guidé pour ne point perdre de temps à mouiller devant la ville de Victoria.

Cette industrieuse ville portuaire appartient à l'une des dernières acquisitions de l'Angleterre ; la Colombie anglaise, colonie constituée de l'empire britannique. Jusque récemment, les puissantes forêts de ces contrées continentales de l'Amérique du Nord, hormis par les tribus autochtones, n'étaient parcourues que par les agents organisant la traite des fourrures de la Compagnie de la baie d'Hudson et de la Compagnie du Nord-ouest. C'est à partir de leurs fortins, répartis de loin en loin sur les immenses solitudes, que purent s'établir quelques petits villages d'Indiens et de colonisateurs, parfois, ou de villes, rarement, où résidaient les pionniers européens des colonies anglaises de l'Amérique du Nord.

Il y a moins de dix années, de l'or avait été découvert dans la vallée fluviale de la rivière Thompson et du fleuve Fraser, sur les rives de la Colombie britannique faisant face à la côte sud-est de l'île de Vancouver. Une nouvelle ruée vers l'or débuta en 1858. C'est ainsi qu'en quelques semaines près de trois dizaines de milliers d'aventuriers, de San Francisco, débarquaient à Victoria pour rallier, ensuite, le continent.

« C'est cet afflux de mineurs suivant leur espérance et leur convoitise qui eut pour effet la création, en date du 2 août 1858, des colonies de Vancouver ayant Victoria pour chef-lieu et de la Colombie britannique ayant New Westminster pour capitale, rappela M. Estancel.
— Aujourd'hui, le port de l'île de Vancouver s'est fortement développé bien que la ruée vers l'or se soit arrêtée dès 1860, compléta Mr. Garrett. Ce n'est que très à l'intérieur des terres que les concessions ont récompensé les plus audacieux et persévérants mineurs au prix de mille sacrifices et souffrances.
— En tout état de cause, ici-même, nos matelots ne seront pas tentés de vouloir gagner une fortune trop incertaine, même si les désertions sont toujours possibles. Nous ne resterons que le temps nécessaire pour les réparations, conclut M. Labaste à ses hôtes. »

Il convient de reconnaître que l'on retrouve dans les origines de la Colombie anglaise, les mêmes causes qui présidèrent à l'établissement de la Californie ou de l'Australie. Tout comme pour ces contrées, encore timidement, les mêmes péripéties de l'économie et les mêmes digressions des sociétés humaines mèneraient à un destin similaire. Cette soif inextinguible de l'or, – *auri sacra fames* –, a, seule, fait venir et rester, des plus lointaines solitudes, des hommes que rien ne prédisposait à quitter leur foyer infiniment plus confortable, – quels qu'ils fussent –, et à endurer mille tourments. La fièvre apaisée, ou proche d'être contenue, la colonie nouvelle pouvait songer, sereinement, à sa mise en valeur, avec ordre et respect de la loi dégageant dans la dangereuse passion de l'or, l'essence de la prospérité pour le territoire.

Les autorités portuaires de Victoria de Vancouver, tout-à-fait pointilleuses, se montrèrent absolument accueillantes à l'égard de l'équipage du *Winslow* et de la famille Clifton. La ville, déjà grossie de quelques milliers d'habitants s'enticha des naufragés et de leur histoire exceptionnelle. Il ne fut pas permis à ces voyageurs particuliers de ne pas honorer, de leur présence, une réception officielle à l'hôtel de ville.

Les notables de la colonie de l'île de Vancouver s'enorgueillissaient d'avoir pu maintenir son indépendance toute relative. Le principe qui prévaut dans la politique coloniale de l'Angleterre postule que les territoires se doivent de garantir les libertés individuelles, mais tâchent de se suffire à eux-mêmes en n'étant rattachées à la couronne britannique que par le souvenir d'une origine commune des colons. Là, est, peut-être, une différence notable avec les aspirations de la jeune république américaine. Or, nulle part ailleurs que dans ces contrées de l'extrême nord de l'Amérique, ces idées novatrices ne répondent mieux aux idéaux des colons et des autochtones. Ne reste plus qu'à laisser au temps et à la bonne intelligence des différents peuples, si disparates fussent-ils, le soin de se confondre et de se mêler si telle chose est possible.

La poignée de jours qui devaient être requis pour la réparation du baleinier permit aux passagers de goûter les joies d'une escale prolongée. Au demeurant, l'île de Vancouver et la proche région de Victoria ne sont plus ces désolations administrées par les institutions séculaires de la Compagnie de la baie d'Hudson traitant les pelleteries.

Des dépôts carbonifères affleurant en divers points de la vaste île, leur stratification renferme d'épaisses couches de houille de la meilleure qualité, comparable aux meilleurs charbons d'Angleterre. Au surplus, la durée de leur exploitation semble indéfinie. Plus sûrement, Harry Clifton n'eût pas été étonné d'apprendre que d'importantes ressources minières, des plus variées, ne tarderaient à être découvertes, puis exploitées. La géologie assez tourmentée de l'île se montre tout-à-fait prometteuse dans ce domaine. D'ailleurs, en ce qui concerne la Colombie anglaise, s'opèrent déjà de telles reconnaisances. Certainement, cette dernière colonie, voisine de l'Oregon est-elle déjà connue pour fournir d'admirables bois de mâture et l'industrie des scieries peut-elle compter sur ces représentants des impénétrables forêts que sont le *douglas-pine*, le *weymouth*, le *calsam-pine* et le *red-cedar* justifiant si bien son nom de *Thuya gigantea*. Ainsi, le long de la berge du Fraser et de ses affluents se rencontrent d'importantes scieries en plus de ces petits *saw-mills* établis pour les besoins des compagnies minières. Pour parachever le tableau, il convient de préciser que les pêcheries relèvent l'économie de la colonie dont la traite des fourrures se révèle d'un rapport décroissant.

Comme il a été dit, il fut fait le meilleur accueil à la famille Clifton de la part des habitants de Victoria. Pourtant, la Colombie britannique et l'Oregon naquirent de la Nouvelle-Calédonie sur un fondement de rivalité entre l'Angleterre et les États-Unis convoitant la possession des territoires administrés par la Compagnie de la baie d'Hudson. Ainsi, depuis qu'en 1846, les États-Unis et le Royaume-Uni se furent entendus pour faire du quarante-neuvième parallèle nord la frontière entre les états de l'Union situés à l'ouest des grands lacs et les colonies britanniques de l'Amérique du Nord, un accord de libre échange devait assurer une relative prospérité à ces deux colonies de l'ouest. Cependant, les riches territoires de l'Oregon se posent encore en rivaux et la vitalité de Victoria et de New Westminster est-elle encore bien entravée. À ce sujet, après que les colonies de la Reine-

Charlotte et le territoire de Stikine eurent fusionnés avec la Colombie britannique en 1863, celle de l'île Vancouver commençait à en suivre l'exemple. Au demeurant, il semblait évident qu'une union des colonies de l'Amérique du Nord devrait se produire avant peu, dans le but de résister à l'attraction considérable des États-Unis d'Amérique. En outre, la population de l'île Vancouver commence à réclamer les mêmes franchises et libertés que celles accordées au Canada-Uni.

« Voyez-vous, monsieur et madame Clifton, s'ouvrit M. Estancel, je me suis laissé dire que les colons de l'Oregon auraient bientôt déjà entièrement investi leur nouveau territoire. Sans doute que l'exagération de mon interlocuteur, un Anglais, – de ce Britannique toujours maître de lui-même –, ne trahissait une crainte extrême que le désir de conquête de leurs voisins ne trouvât point de limite. Entendez cela sans vous en offusquer…

— N'ayez crainte mon ami, ma famille et moi-même savons rester patriotes dans la limite de la raison, rassura l'ingénieur. Nous saurons garder notre esprit critique !

— Je ne saurais dire si cela est une bonne chose que les États-Unis acceptassent au rang de citoyen de l'Union tout individu de race blanche qui consent à leur nationalité débonnaire à l'issue de cinq années de résidence et d'un serment sur l'Évangile. Quant à devenir propriétaire de terres, si la limite de cent soixante acres carrées est fixée pour un homme, voilà qu'elle est doublée s'il est marié. Devant être vendues à vil prix, ces surfaces seraient même offertes. Plus, même sans acte de propriété, prouver un travail de la terre depuis cinq ans suffit à vous accorder le titre convoité.

— Je comprends vos questionnements, monsieur Estancel. Vous parlez, là, des *squatters* qui, s'emparant des terres et, n'en pouvant légitimer la possession comme *primus occupans*, l'obtiennent par le travail et la résidence permanente. À mesure du peuplement d'une contrée, il ne peut résulter que de grands abus dans l'application de cette loi pour laquelle ce n'est souvent que le droit du plus fort qui lui sert de sanction. Il y a fort à craindre que les Indiens aborigènes, pourtant reconnus par l'Union fédérale comme légitimes possesseurs du sol, puissent souffrir de ces dispositions et être dépossédés de leurs droits fondamentaux pour une obole… »

Au 14 août, toutes réparations effectuées, le *Winslow* quittait le port de Victoria. Le capitaine Labaste n'était certes pas mécontent d'avoir pu réaliser ces interventions et s'acquitter des droits portuaires sans qu'il ne lui en coûtât plus qu'il n'en eût souhaité. Au surplus, son équipage embarquait au complet. Dans quelques jours, les passagers pourraient débarquer à San Francisco. Le capitaine français avait tenu à respecter ses engagements auprès de la famille Clifton bien que les relations maritimes entre la Californie et l'île de Vancouver fussent très-fréquentes. Manquer à cette hospitalité eût été tout-à-fait inconvenant. Au demeurant, malgré divers désagréments évidents à rester sur le baleinier, embarquer sur un paquebot imposerait des coûts supplémentaires et des escales superflues. Elles n'étaient pourtant guère nombreuses, ces relâches ouvertes à tous les navires.

Hormis Fort George, en rive droite et Astorial, en rive gauche de l'embouchure du fleuve Colombia où le cap Disappointment marque la redoutable barre de bancs de sable, très-dangereux du fait de leur mobilité suivant les grandes crues, l'on ne trouverait que le récent Port Orford, situé sur le plus important promontoire de l'Oregon, presque à la frontière de la Californie.

À la sortie du détroit de Juan de Fuca, le *Winslow* reprenait contact avec l'océan Pacifique et la vigueur de sa houle. Cette dernière se trouva bientôt renforcée par une brise un peu forte qui devait se transformer en coup de vent imposant au navire de prendre quelques distances d'avec la terre afin qu'il ne fût pas jeté à la côte.

La tempête ne dura guère et la ville de San Francisco dessina, enfin, sa silhouette. Ce grand port fut atteint le 18 août 1865. Le baleinier n'avait pas à y relâcher.

Les adieux avec l'équipage furent des plus chaleureux. Le capitaine Labaste remit à Flip et Tom la somme d'argent qu'il avait reçue en guise de dédommagement pour le sauvetage de leurs amis.

« Je ne saurais vous faire payer votre voyage qui nous a permis de réaliser une excellente chasse. Cet argent vous sera bien utile pour organiser votre retour à Boston ! »

Ce geste reçut l'approbation tant des officiers que des matelots, trop heureux de pouvoir retourner en France les cales pleines. N'avaient-ils pas été justement récompensés pour l'aide qu'ils avaient apportée aux colons de l'île Crespo ?

Ce grand port fut atteint le 18 août 1865.

CHAPITRE XXII

Le port de San Francisco – La Nouvelle-Californie
Une proposition opportune – De fâcheux incidents
En partance ! – Escale à Acapulco

Débarqués dans la ville de San Francisco, la famille Clifton, Thomas Walsh et Jean-Pierre Fanthome, – Flip –, s'occupèrent de se faire connaître aux autorités portuaires, lesquelles s'empressèrent de s'engager à faciliter le retour des anciens naufragés lorsque fut connue leur histoire, leur voyage extraordinaire.

Tout d'abord, il convenait de s'assurer des dispositions du voyage de retour. Celui-ci s'effectuerait, naturellement par voie navale afin de réduire le délai de rapatriement. La ligne maritime régulière était l'affaire de la puissante *Pacific Mail Steamship Company* dont les bateaux, dotés d'un réel confort, quittaient le port de San Francisco chaque 1er et 16 du mois.

La ville ne manquant pas d'hôtels, il incombait aux exilés de trouver un logis convenable pour les quelques jours qu'il leur faudrait attendre celui de l'embarquement. Cette tâche qui aurait pu se révéler assez aisée démontra ce que la vie quotidienne dans cette ville en pleine expansion a de difficile pour ses habitants et, *a fortiori*, pour les nouveaux venus. De plus, c'est avec les plus grandes craintes que *mistress* Clifton considérait cette contrée dont il avait été colporté tant de récits, plus ou moins véridiques, laissant à penser que l'on vivait dans ce pays-là pis que des sauvages, que le plus fort y régnait à sa gouverne ! Il eût été mensonger de dénier que, dans les premiers temps de l'enfance de ce pays, lors des premières découvertes de gisements aurifères, ces allégations n'eussent pas eu quelques fondements.

C'est que cette province, arrachée par les États-Unis à la domination trop faible du Mexique, souffrait de près de deux siècles de délaissement de la part des Espagnols. La Haute-Californie venait-elle de passer sous la tutelle de la fédération américaine, sous l'effet de l'annexion, que sa valeur réelle, – sur le plan minier s'entend –, fut alors connue.

« Les *claims* se sont largement répandus sur les terres de Mr. John Sutter qui a vu son projet agricole prospère de *Nueva Helvetia*, – de Nouvelle-Suisse –, ruiné par les prospecteurs, causes de toutes les déprédations, expliquait Harry Clifton à ses deux amis et à sa famille. Connue, dès 1848, officiellement annoncée, la découverte d'or dans la vallée de l'American river devait durablement transformer la Nouvelle-Californie. Imaginez plus de cent mille hommes investir depuis l'insignifiante ville de San Francisco, à peine plus importante qu'un campement de pionniers, les champs aurifères du Gold Country.

— L'on pourrait raisonnablement penser que l'on pût, néanmoins, se féliciter que la république américaine ne se fût pas montrée exclusive dans le partage de cette ressource, au contraire de ce que furent les premiers conquérants du continent américain, rétorqua Thomas Walsh. De toutes les parties du monde il fut possible à chacun de prendre sa part de richesse. Certes, la ruée vers l'or a conduit la Californie vers un fulgurant développement à l'origine monstrueuse. Voyons que pour sa population amalgamée dans laquelle personne ne se connaissait, associant langues, mœurs et croyances différentes, les anciennes lois étaient troquées contre de nouvelles qui demandaient seulement le temps nécessaire pour s'implanter et faire triompher les principes d'une noble fraternité, seule, gage de la liberté des citoyens !

— Vous avez raison, mon cher ami, reconnut l'ingénieur. Ajoutons, par ailleurs que dans la constitution des États-Unis, dont la devise est : *E pluribus unum,* – De plusieurs, un seul –, la justice tient lieu de faîte à l'édifice. Aujourd'hui, dans cet état déjà âgé de quinze ans, cette justice régulière y a trouvé toute l'impartialité qu'elle a durement gagnée. Il n'est plus requis d'en appeler à la *loi de Lynch.*

— Cependant, mes bons amis, interrompit Mrs. Clifton, si l'essor de cette ville portuaire est réel, elle en paie encore le prix fort et il reste encore bien de l'ouvrage. San Francisco est encore bien jeune ; elle semble avoir été construite depuis la veille !

— La ville a été, à plusieurs reprises, la proie des flammes, rappela l'Oncle Tom, mais la pugnacité de ces habitants a toujours surmonté ces épreuves. Nonobstant, les maisons de briques et de pierres, rares ici, ne résistent pas mieux aux tremblements de terre. Alors, entre l'un et l'autre péril, le choix s'est naturellement porté sur les ouvrages les moins coûteux. Peut-être trouverait-on plus de sûreté dans les bâtiments les plus importants, comme le sont les banques, construites comme de véritables casemates d'acier.

— Ce que vous nous décrivez tend à nous prédire que nous serons contraints à être horriblement logés ! s'alarma Élisa Clifton. Cependant, une simple pièce proprement tenue nous tiendra aussi bien lieu de logis que le fut notre grotte. »

Si le voyageur solitaire peine encore à trouver un hôtel convenable, du moins à la hauteur de sa bourse, l'affaire ne peut être que d'une tout autre ampleur dès lors qu'il s'agit d'héberger une famille. Qu'y avait-il à penser lorsque cette dernière était accompagnée d'un chien et d'un orang. En l'occurrence, les huit passagers débarqués du *Winslow* n'étaient pas loin de désespérer de repérer un gîte quelconque au moment où un compatriote de la famille Clifton instruit, par le hasard, de leurs déboires vint à eux.

Était-il animé de la plus louable compassion ? Cela n'était pas certain tant il est véridique, hélas, qu'un égoïsme épouvantable s'empare de nombre de bonnes gens. Il semblait qu'ici, à San Francisco, l'on ne pensait plus guère en nationalité, mais plus sûrement entre ceux qui possèdent plus que soi-même et ceux qui disposent de moins. Était-il entrepreneur ? Assurément ! Manquait-il d'ouvriers ? Le fait était certain ! Quels étaient les termes de sa proposition ? Durant les deux semaines d'attente du navire devant suivre la ligne régulière de San Francisco à Panama, un logement, austère mais propre, leur serait loué en déduction de leur salaire. Quant à la présence de maître Jup et de Fido, ni l'une, ni l'autre ne l'embarrassait.

« Ici, les maçons, charpentiers ou briquetiers gagnent dix dollars et plus par jour, tout comme les cuisiniers tandis que les domestiques sont rétribués de la moitié, déclarait l'homme originaire de la Nouvelle Angleterre. Remarquez que je ne vous propose pas le détestable métier de laveur de vaisselle, le plus dur, le plus avilissant de tous ! En deux semaines, vous trois et vos deux gaillards de garçons gagnerez plus que votre pitance ainsi qu'un toit sans gager votre passage sur le navire. Ici, on ne prête que sur gage et sur nantissement ! »

La bonne fortune souriait aux anciens naufragés et l'accord dûment accepté, ces derniers se rendirent dans une partie de la ville qui avait subi un incendie quelques mois auparavant. Fidèles à leurs habitudes, ces Californiens rebâtissent les bâtiments calcinés sitôt les cendres refroidies. L'homme de la Nouvelle Angleterre se voyait bien pressé de pouvoir louer son immeuble. Cette fois-ci, dans la construction, résolument garantie contre les incendies, les charpentiers et les maçons avaient déjà réservé la part du feu à venir, – intelligent peuple que ces Américains sacrifiant le luxe au profit de ce qui est indispensable au risque de l'exiguïté –, mais les ouvriers avaient quitté le chantier à l'appel de nouvelles découvertes de veines aurifères. Le fait est encore commun, quoique plus circonscrit. L'on n'en était plus aux premiers temps de la ruée vers l'or où les navires restaient au port faute de matelots, tous partis tenter leur chance. D'ailleurs, abandonnés, finalement, ces bateaux avaient été démantelés pour fournir le bois des bâtiments de la ville.

C'était dans l'une des annexes du nouvel immeuble en construction que la famille Clifton et leurs deux amis déposèrent leurs peu d'effets. À l'orang échut un appentis exigu qui lui convenait fort bien. Ainsi, la première nuit devait se passer sous les meilleurs auspices.

Dès le lendemain, Flip put faire valoir ses capacités de charpentier qui ravirent l'entrepreneur très-satisfait de sa trouvaille et ne ménageant guère son contentement. Quant à Harry Clifton et ses deux grands fils, ils furent associés aux équipes relictuelles, trop heureuses de trouver des bras vaillants. L'Ami Tom accepta, sans trop se plaindre, des tâches de peu de qualification, mais de cet emploi de manœuvre, consistant à disposer l'outillage et les matériaux là où ils étaient requis, il décida de s'en accommoder. En peu de jours, chacun de ces nouveaux venus savait exactement son rôle, tandis que Mrs. Clifton, secondée de Jack et Belle, officiait à la cuisine, dirigée par une femme de la meilleure volonté, mais dont l'âge, quelque peu avancé, lui faisait grandement apprécier cette aide providentielle pour elle, depuis que le commis avait décidé d'accompagner ses acolytes vers la vallée de la Sacramento river.

Durant la nuitée du 20 août, un incident ne manqua pas d'alerter les réfugiés de l'île Crespo. Devait-il être deux heures de la nuit que le tocsin retentit. À quelques distances, un spectacle des plus inquiétants devait encore marquer la ville. Dans l'obscurité la plus noire, sans lune, les lueurs des flammes éclairaient les volutes de sombres fumées. En se dirigeant vers le lieu du sinistre, il fut possible de voir que plusieurs bâtisses, appartenant à un quartier contenu entre quatre larges rues, étaient déjà tombées. Bien sûr, tout cet espace de deux cent quarante pieds carrés serait entièrement ravagé si le corps des hommes préposés à l'extinction des incendies n'œuvrait pas avec suffisamment de célérité.

Au milieu de ce qui semblait être une confusion, avec ordre, les pompes déversaient déjà leur liquide salvateur tandis que les haches ouvraient des passages, abattaient des pans de murs et accordaient sa part au feu. Se trouvait-il encore des malheureux dans l'incapacité de fuir, les échelles arrivaient en nombre. Enfin, l'on s'était rendu maître du feu.

Les Américains ont su déployer des trésors d'ingéniosité pour résoudre, avec la plus grande efficacité, ce péril par trop fréquent. Rien qu'à San Francisco, le Fire Department compte plus d'une cinquantaine de citernes à eau de grande capacité et les seize compagnies, toutes équipées de pompes, regroupent plus d'un millier de volontaires. En outre, depuis le centre-ville, il a été prescrit que les constructions n'emploieraient principalement plus que des matériaux incombustibles tel que le fer, la brique et la pierre. Ne reste plus qu'à réduire à l'inaction les incendiaires, agissant en mercenaires et véritables causes des drames de la ville, car voilà bien un fléau pouvant frapper à tout moment.

Avec de telles péripéties, il tardait aux huit exilés que le jour de l'embarquement arrivât. Ce ne devait pas se produire sans la survenue d'un nouvel incident d'une tout autre nature. Deux jours plus tard, un tumulte indescriptible s'empara de cette partie de la ville. Au comble de l'inquiétude, les réfugiés purent être rassurés par Thomas Walsh revenant précipitamment de l'une de ses courses.

« Un important regroupement est responsable de ce désordre, mais il n'y a pas lieu de s'alarmer !

— Tiens donc ! répondit dubitativement Mrs. Clifton. En êtes-vous certain ?

— Absolument, il s'agit de l'organisation d'un *meeting* entre deux prétendants à un poste de juge de paix.

— Cependant, je suppose que le whisky n'a pas manqué d'échauffer des esprits déjà par trop brûlants, se navra l'Oncle Robinson.

— Il en est de ces incendies qui ne s'éteignent pas ! rajouta Harry Clifton dont la voix fut couverte du bruit de tirs d'armes à feu. Ne sortons pas et fermons les portes ! lança-t-il. Je doute que ces hommes se battent pour d'autres raisons que politiques, mais leurs revolvers sont bien trop souvent sortis de leurs poches ! »

Tout comme Mr. et Mrs. Clifton, les deux oncles rassurèrent les enfants, encore dans l'ignorance de ce qu'est une élection dans les états de l'Union et comment elles sont accompagnées de ces scènes bien peu recommandables. Et quelles sont donc les raisons pour lesquelles des rixes se produisent, où les coups de poings cèdent parfois la place aux échanges de coups de feu responsables de drames sanglants ? La cause en est à ces meneurs distribuant l'eau-de-vie afin de provoquer plus facilement ces querelles. Cependant, à San Francisco, ces démonstrations de démocraties semblaient prendre une forme vraiment plus violente et généralisée.

La fin du mois approchant c'est avec fébrilité que, quotidiennement, renseignements étaient pris auprès de la compagnie maritime au sujet de l'arrivée des navires.

Ainsi, le *SS Golden City*, selon la régularité remarquable de son capitaine devait retrouver, sous peu, son quai attitré ; notable singularité de ce port où se rencontrent tous les pavillons du monde. Il n'y avait plus qu'à prendre son mal en patience, et ce fut dans ces conditions que, le 25 août, le *steamer* attendu entra par la Golden Gate, étroit goulet faisant communiquer la baie avec la mer.

Attendre le jour de la partance, assurer une escale à Acapulco pour atteindre la destination de Panama, puis de Aspinwall en compagnie de plus de trois cents passagers sur un bateau de deux mille cinq cents tonneaux très-élégant et bien tenu, capable de transporter jusqu'à quinze et dix-huit cents voyageurs, fut de tout repos. Les Américains voyageant beaucoup, ils apprécient de le faire vite. Nombre d'entre eux font le trajet des états atlantiques à la Californie une fois par an. Pour le faire promptement, ont été ouverts trois passages interocéaniques dont celui de l'isthme de Panama.

Le temps, des plus cléments, permit au paquebot de ne souffrir aucun retard. Les huit compagnons ne purent que se satisfaire de leurs conditions de voyage. Maître Jup fut, certes, quelque peu remarqué, mais sans exagération tant les Américains ne sont étonnés de rien.

De l'escale à Acapulco, pour recharger en charbon, quelques heures étaient laissées à la discrétion des passagers pour se délasser à terre et renouveler leurs menues provisions de fruits vendus à vil prix.

L'approche du port de relâche avait été annoncée, en quelque sorte, par l'apparition d'un massif volcanique couronnné par son cône de douze cents pieds de hauteur.

« Au pied de ce volcan se trouve la ville de Colima qui a été ravagée par un tremblement de terre, il y a cinquante ans, avait expliqué l'ingénieur. Ces manifestations de la vie de notre globe ne sont pas rares en cette extrémité de la cordillère des Andes. »

La pittoresque baie fermée d'Acapulco, bordée d'une luxuriante verdure fut enfin délaissée. La côte de cette partie du Mexique tranche fortement avec celle, rigoureusement inhabitée, de la Basse-Californie, langue de terre formant le rivage occidental du golfe de Californie ; la mer Vermeille.

« Dans quelques jours, nous atteindrons la ville de Panama, lança l'Oncle Robinson. J'ai déjà le regret que notre délicieuse croisière prenne fin !
— Êtes-vous sérieux, mon bon ami ? lui demanda, alors, Mrs. Clifton. Vous qui êtes si disposé à l'aventure !

— Il faut croire que j'ai vieilli… murmura-t-il, provoquant l'hilarité générale. »

Le chemin de fer de Panama.

CHAPITRE XXIII

De Panama à Aspinwall City – Le chemin de fer de Panama
En mer des Caraïbes – De retour aux États-Unis

Peu avant onze heures de la matinée du 11 septembre, la ville de Panama était accostée ; le paquebot déversait son flot de passager tandis que les hommes de bord vidaient les entrailles du navire et que, déjà, de nouveaux colis de marchandises étaient convoyés, depuis les entrepôts, par un petit *steamer*, seul capable d'approcher du quai. Bientôt la malle, des plus conséquentes, rejoindrait la cale du *Golden City*. Il importait, en outre, de laisser le temps de tout recharger dans les wagons. Les passagers étaient partis en quête d'hôtels, mais de ceux-ci, dignes de ce nom, il n'y en avait point. Au mieux, était-il possible de trouver un baraquement au toit étanche, mais aux murs par trop perméables à la brise un peu forte quand il ne s'agissait pas de cloisons insuffisamment épaisses pour étouffer les murmures nocturnes des voyageurs.

L'Oncle Robinson, débrouillard comme à son habitude, était parvenu à se procurer une large toile qui assurerait, par quelque ingénieux procédé dont il avait le secret, une protection efficace contre les intempéries. Il eût été présomptueux de désigner cet assemblage de fortune sous le nom de tente, cependant, il était certain que cet abri qui pouvait, sans peine, suivre ses propriétaires dans leurs pérégrinations, serait, à juste raison, envié.

Cette ville de Panama, fondée au XVIIe siècle par les Espagnols, faisait suite au déplacement d'une première cité royale établie pour le transport, à destination de l'Espagne, de l'or et de l'argent, – évident objet de convoitise des pirates. Mieux protégé sur une petite péninsule, le Casco Viejo se présente comme une véritable bastide entourée d'épaisses murailles autour desquelles les demeures les plus modestes s'étalent sans ordre. Résolument, la cité pèche par sa médiocrité. Il est à noter qu'en ce mitan du siècle, l'ancienne Nouvelle-Grenade avait été secouée par les artisans de son indépendance, devenue la République de Nouvelle-Grenade, puis encore la Confédération grenadine étant ce qu'en avait connu la famille Clifton avant leur séjour sur l'île Crespo.

« Nous ne pouvons que remarquer que la région a grandement souffert de la guerre civile qui l'a traversée, remarqua Harry Clifton. Voyez ce qui s'appelait, hier, États-Unis de Nouvelle-Grenade, se présente, aujourd'hui, comme les États-Unis de Colombie. Qu'en sera-t-il demain ?
— Déjà des rumeurs de guérilla nous parviennent ici-même, rapporta Flip à ses compagnons. Il est avéré que le gouvernement de l'État de Panama, représenté par le général Santa Colonna, est hostile

aux étrangers qu'ils soient Espagnols, Anglais, Français ou Américains.

— Cependant, la *Panama Rail Road Company* a reçu l'exclusivité des droits de la part de la République de Nouvelle-Grenade, interrompit l'Oncle Tom. Il paraît peu envisageable que la concession de la ligne de chemin de fer soit remise en question.

— Qui peut seulement dire de quelle manière se déroulerait ou s'achèverait une révolte s'ouvrant sur une guerre civile ou sur une révolution ? désavoua Flip. Je ne me sentirai en sécurité qu'une fois sur un solide navire américain ! »

Harry Clifton tenta, avec peine, de rassurer ses amis par trop alarmistes selon lui, expliquant que, selon les traités passés entre l'Union et la République de Nouvelle-Grenade, les droits de passage avaient toujours pu être garantis malgré des soulèvements de grande importance, parfois, il est vrai, sous la menace militaire. Peut-être, Élisa Clifton trouva-t-elle des mots plus réconfortants :

« Nous n'avons aucune richesse et ne saurions constituer une convoitise. Pourrions-nous même dire que nous sommes de ces oiseaux migrateurs qui passent seulement leur chemin ; dès demain, nous aurons rejoint le rivage de la mer des Antilles ! »

Les wagons de marchandises, peints en rose, avaient été tous chargés des colis et des bagages des voyageurs. Ainsi, au début du jour suivant, la locomotive emporterait son train de voitures vers le nord, en direction de son terminus ; la ville nouvelle dénommée Aspinwall, selon les émigrés américains, ou Colón selon leurs habitants naturels.

Quant à la question politique soulevée par le brave Flip, convient-il de le dire ? Ce chemin de fer sert des intérêts diplomatiques qui se heurtent à tous points de vue et dont les Colombiens ne récoltent qu'infortunes et différends.

« Sûrement, la voie du Nicaragua verra-t-elle le jour, elle aussi, assura l'ingénieur. Ne doutons pas que le chemin de fer qui y est prévu, en remplacement de la piste, sera la charnière indispensable à la construction d'un canal interocéanique. Néanmoins, la concurrence y est certaine avec un projet similaire qui semble poindre dans l'État de Panama. »

Harry Clifton avait tout lieu d'être confiant dans cet avenir où les sciences techniques apporteraient leur lot de bienfaits. En effet, en Égypte, le percement du canal du Suez se poursuivait-il sous les meilleurs auspices.

La traversée de l'isthme par le chemin de fer de Panama, comme le dit cette expression tout américaine, fut jugée assez onéreuse, les passagers déboursant vingt-cinq dollars par adultes, les enfants de moins de douze ans bénéficiant d'un tarif réduit de moitié. Quant à Fido et à maître Jup, la question épineuse devait être tranchée selon une autorité tout administrative ne souffrant aucune contestation.

« Les droits à vous acquitter pour votre chien et votre singe seront les mêmes que pour des enfants, mais vous pourrez les garder auprès de vous durant le voyage ! avait décidé l'agent préposé à l'embarquement. »

Ce trajet de quarante-neuf miles, – soixante-seize kilomètres –, fut agréable. Malgré l'exiguïté des wagons accueillant jusqu'à soixante voyageurs se partageant des bancs de bois, il était possible de distinguer quelques éléments du paysage. Au demeurant, ce train sans confort remplissait pleinement son service.

Combien le sillon tracé dans la forêt tropicale pouvait-il être scruté ? Était-ce pour la beauté du panorama véritablement pittoresque ou pour ces passages si étroits et proprement effrayants qu'empruntait ce ruban d'acier enjambant des ponts de bois dont certains nécessitaient d'être remplacés par des ouvrages d'art plus solides ? La lenteur du voyage laissait le temps à l'esprit de passer de l'état d'admiration à celui de terreur ! À n'en pas douter, quelques pionniers, instruits des techniques de construction, relevaient, çà et là, la valeur de l'ouvrage des ingénieurs américains.

« Cette contrée ne pourra prétendre qu'à un moindre développement du fait de l'insalubrité de son climat, se désola l'ingénieur. Pendant la saison des pluies, de mai à décembre, grand est le risque de contracter des fièvres intermittentes, puis pernicieuses, aux effets absolument foudroyants et mortifères. Elles contribuent, de cette manière, à rendre si peu hospitalière, cette terre. »

En effet, sous l'effet des ardeurs du soleil, les eaux des marais et des terrains, détrempés des dernières pluies, se voyaient surchauffées au point de libérer, dans l'air, des effluves pestilentielles.

« Ajoutez, monsieur Clifton, à ce fléau, le *mal de Siam*, répondit Thomas Walsh. La fièvre amarile est bien connue dans les Antilles et même sur les rivages de nos états du Sud. N'est-ce pas le principal obstacle à la colonisation des terres de l'Amérique centrale et du Sud ?
— Si fait ! acquiesça l'ingénieur. Mais, que l'on laisse le soin aux habitants de ces contrées de mettre en valeur leur pays dont ils défendent déjà si ardemment la liberté. L'Union est, à mon sens, déjà

bien assez vaste pour se satisfaire de ses voisins si remuants soient-ils. »

Enfin, Aspinwall apparut au détour d'une ultime colline !

Cette bourgade, n'appartient que nominalement aux États-Unis de Colombie et doit plus se considérer comme une création de l'audace de l'Union dans leur conquête des territoires de l'Ouest. Hormis la gare en pierre de taille et la modeste demeure du surintendant du chemin de fer, en plus des maisons concédées par la compagnie, il ne s'y trouve que bien peu d'hôtels, encore que ceux-ci sont d'un confort des plus rigoureux. Il peut se dire, à juste raison que la *Panama Rail Road Company* se trouve, ici, chez elle, agissant en maître absolu et despotique. Cela se ressent indubitablement dans le domaine du change ; les services publics, devant s'appuyer sur une uniformité monétaire, sont, face à cette carence, dans l'obligation de se plier à la loi du dollar.

Quittant, à Panama, le bâtiment commandé par le capitaine William Frederick Lapidge, le retour, par mer, se poursuivit avec le *SS Ocean Queen*, déjà amarré au *wharf* des *steamers* américains de la Navy-Bay. Ce dernier navire avait été racheté par la compagnie californienne à l'armateur Cornelius Vanderbilt. Ainsi, le service à bord était-il de la même qualité durant tout le trajet de San Francisco jusqu'à New-York.

Ce fut le 13 septembre que la diane signifia aux passagers que les manœuvres des matelots faisaient sortir le paquebot de la rade.

À pleine vapeur, le *steamer* devait atteindre le port de Kingston en deux journées d'une navigation presque monotone, à peine distraite par la vision de lointaines voiles ou de vols d'oiseaux aventuriers.

« Originellement annexée par l'Espagne, l'île de la Jamaïque fut prise par les Anglais qui en firent une colonie en 1670 et où les familles de planteurs de canne à sucre tiraient parti de la main-d'œuvre servile, expliquait l'Oncle Tom qui avait quelques connaissances sur l'histoire de cette partie des Antilles. Depuis trente ans, les affranchis tentent leur chance auprès des villes et délaissent les plantations, mais l'économie de la Jamaïque reste toujours aux mains des planteurs européens. »

Dans les régions proches de Kingston, ces derniers temps, certains de ces affranchis en révolte étaient en butte avec le pouvoir colonial. Ces faits récents avaient animé les discussions sur le *Ocean Queen*. Cependant, quoiqu'en fussent leurs craintes, la sûreté des passagers n'aurait pas à en souffrir.

L'arrivée dans la baie de l'un des plus grands ports naturels au monde ne manqua pas d'impressionner vivement les voyageurs. Le panorama est dominé par les montagnes Bleues, cette chaîne de monts qui couvre le tiers oriental de l'île. À peine le *steamer* fut-il amarré qu'il se trouva entouré d'une escadrille de bateaux légers prêts à assurer le débarquement des passagers curieux.

Les voyageurs les plus musards, ne comptant pas leur menue monnaie, lançaient à la mer, dans l'eau limpide de moindre profondeur qui borde le rivage, *bit* sur *bit*, tandis que des enfants, en véritables poissons, plongeaient pour les récupérer. Ces ombres sombres, déformées par l'ondulation de l'élément liquide, se contorsionnaient en tous sens et l'étrange ballet, qui prenait des airs de joute, s'arrêtait lorsque le plus agile d'entre ces enfants, ressortait la tête de l'eau, la pièce de cinquante *cents* entre les dents. Derechef, il fallait céder à leurs injonctions de jeter d'autres pièces.

Ce spectacle badin devait être suivi d'un autre plus grave. Des hommes et des femmes, vêtus de haillons, mendiaient parfois, mais, le plus souvent, oisifs, semblaient se résigner à un sort peu enviable. En réalité, la misère ne s'était pas seulement emparée de ces êtres ; elle se retrouvait dans toute la ville.

« Comment expliquer un tel dénuement ? se désola Mrs. Clifton, très-affectée par la souffrance de ces malheureux hères. C'est à croire que les planteurs anglais font regretter à leurs esclaves d'hier leur condition nouvelle et les voudraient voir, par cet abandon, réclamer leur ancien servage ! Ils réclament leur pleine liberté ! Qu'on la leur donne totalement ! L'empire britannique n'est-il pas assez vaste pour qu'il n'accepte le sacrifice d'une île aussi petite dont il ne semble guère se préoccuper ?

— Il est juste de constater que notre fédération américaine s'interdit la possession de colonie, admit Harry Clifton. Aussi nous est-il mal-aisé de saisir de quelle manière les grands empires de ce monde mettent en valeur leurs territoires dont la tutelle coûte plus qu'elle ne leur rapporte. »

L'escale ne dura que le reste de la journée, puis le paquebot poursuivit sa route jusqu'à la Nouvelle-Orléans.

Depuis cet autre port qui avait assuré un rôle majeur dans la traite des esclaves, il est possible de rallier Boston, en empruntant des bateaux remontant le Mississippi, puis en continuant à l'aide du chemin de fer. Les compagnons avaient déjà choisi la voie maritime, certes plus onéreuse, mais plus rapide, plus sûre et plus confortable.

La cité de la Nouvelle-Orléans venait de retrouver son statut de capitale de la Louisiane qu'elle avait cédée depuis une quinzaine d'année au profit de Bâton-Rouge. La guerre civile n'avait laissé que peu de traces, sans conteste fut-ce parce que la ville s'était rendue sans résistance aux forces de l'Union dès les premiers temps de ce long conflit. Nonobstant, il n'y avait pas encore six mois que les troupes des Confédérés de l'Alabama, du Mississippi et de la Louisiane avaient rendu les armes à l'Union.

En ville, les discussions les plus vives prenaient leur origine dans une élection prochaine pour le poste de gouverneur. Les esprits, l'on s'en doute, étaient échauffés par des considérations contradictoires entre les républicains et les démocrates au sujet des droits à accorder ou à refuser aux nouveaux affranchis. Passait-il encore de renommer les *Negroes* en *Darkies*, les démocrates les plus virulents s'insurgeaient véritablement lorsqu'il s'agissait d'abroger les *Blacks codes*, ce qui avait permis aux anciens esclaves d'obtenir le droit du suffrage.

« Dans quel état allons-nous retrouver notre patrie ? s'inquiétait Thomas Walsh. »

Le jeune officier s'était précipité d'expédier un télégramme à sa mère qu'il espérait en parfaite santé à Boston. Ne pouvant attendre de réponse, il s'était, alors, empressé de revenir sur le navire.

Bien que le *steamer* forçât sa marche vers sa destination finale, l'impatience du jeune homme et de ses amis allait grandissante.

Le 22 septembre 1865, le port de New-York était en vue et, quelques jours plus tard, au terme d'une interminable attente, la mère de Thomas Walsh offrait l'hospitalité aux amis de son fils dans la maison familiale bostonienne ; il avait encore fallu, aux exilés, emprunter l'un des trois chemins de fer reliant New-York à Boston. Comme ce dernier suit les côtes arides séparant les deux villes, une vingtaine de ponts enjambant autant de rivières dont les vallées ne sont qu'entre-aperçues permettent de traverser cette contrée assez monotone, sans autres arrêts que trois estuaires franchis au moyen de *ferries-boats*. Mais, le trajet avait été couvert à la vitesse d'une flèche à la plus grande satisfaction de l'Oncle Tom.

Mrs. Clifton et Mrs. Walsh.

CHAPITRE XXIV

Établissement des naufragés à Boston
Le secret de Thomas Walsh
Le 22 juin 1876 – L'expédition pour le Pacifique nord
Ce qu'il en est de Flip-Island

Personne ne peut contester, à la Nouvelle-Angleterre, ce nom pleinement justifié. Plus que nulle part ailleurs dans l'Union, la ville de Boston n'est si différente du type américain dont il est possible de se faire une idée. Ainsi en était-il de la patrie retrouvée. Ses habitants, certes affairés comme le sont les Américains, maintiennent une apparence sérieuse, voire austère. Énergiques, on les voit mépriser l'ostentation, attachant à la décence une inclination souveraine et exclusive.

« Boston n'a rien de commun avec ces grands villages qui ont fait fortune ! répétait Thomas Walsh, sans doute un peu trop partial lorsqu'il s'agissait de défendre sa ville natale. »

Il en était de même des Clifton, suivis, en cela, par le brave Flip retrouvant dans la ville un peu de cette Europe dont le bon souvenir ne l'avait jamais véritablement quitté. Pourtant, de ces rues, serpentant de toutes parts et dans toutes les directions, qui charmaient ces émigrés du Pacifique, il n'en est plus guère question dans les nouveaux quartiers qui viennent de sacrifier au plan hippodamien. Faut-il en convenir ? Seuls les forts moellons de granit gris formant les massives assises des anciennes maisons, de quelques étages à peine, étaient bien les seules pierres trouvant grâce aux yeux des amis.

De la même manière, rien ne leur avait plus d'attrait que le grand parc de Boston Common, aux beaux arbres engageant à la déambulation, aux abords de la State-House, majestueux siège du gouvernement élevant, sur son éminence, terrasses, coupole et escaliers ornés de statues. Toute la ville se pare de promenades aussi improbables que possible, tant dans les quartiers des commerçants que ceux les plus populaires. Tout comme les marchés, les hangars semblent de longues galeries fermées attirant de très-nombreux chalands en baguenaude lors des froides journées d'hiver. Ces promenoirs de circonstance offrent une abondance d'aménagements singuliers. Quant aux bâtiments et monuments publics, ils font, à raison, la fierté des Bostoniens qu'il s'agisse du Farneuil Hall ou du Quincy Market, du Massachussetts General Hospital, de la nouvelle station de l'Eastern and Fichtburg Railroads, d'hôtels, d'églises, de temples, de jardins publics plus ou moins modeste, de la riche Boston Public Library préservant plus de deux cent mille ouvrages ainsi qu'une autre bibliothèque et galerie d'art, – le Boston Athenæum –, de la Society of Natural History et de l'Institute of Technology, de l'Union Boat-Club, des théâtres et de tant d'autres dont la liste exhaustive serait démesurément longue.

« Après deux siècles d'existence, notre Nouvelle-Angleterre est résolument en passe de surpasser son aînée ! Si ce n'est déjà fait ! répétait souvent Thomas Walsh à ses amis. »

La question de l'éducation s'y trouve portée à un rare degré d'excellence : la ville de Boston propose une instruction gracieuse à tous ses enfants, jusqu'au trois degrés de l'école et a décrété que les bibliothèques, également, seraient ouvertes à tous. Ainsi n'est-il pas présomptueux de déclarer qu'ici même, la classe d'hommes ignorants et sans avenir est des plus restreintes. Un comité élu par les citoyens y pourvoit activement. C'est le mérite de chacun et leur réussite aux examens qui permet aux élèves de progresser d'un degré à l'autre. Les filles ne sont certes pas exclues de ce système tout-à-fait démocratique. De ce fait, les jeunes filles des familles laborieuses qui fréquentent la High and Normal School, à n'en pas douter, sont souvent plus savantes que des jeunes femmes des riches familles d'Europe. De même, ne faut-il pas se surprendre qu'en Nouvelle-Angleterre, l'enseignement et les travaux de cabinet sont l'affaire de la gent féminine. Par ailleurs, l'esprit général des Américains permet à chaque localité de décréter toute l'organisation de l'éducation pourvu que l'instruction publique et populaire inculque les principes de la démocratie aux citoyens.

Depuis leur retour du Pacifique nord, la situation des naufragés était des plus enviables. Certes, Harry Clifton avait déjà réalisé sa fortune à son départ des côtes de la Chine, cependant, la municipalité de Boston avait eu la bonne intelligence de proposer à l'ingénieur de diriger quelques projets d'envergure que cette ville portuaire ne manquait pas d'avoir. La ligne transcontinentale, *Ocean to ocean*, comme aiment à le dire les Américains, de même que les réparations liées à la guerre civile, avaient mobilisé tant d'ingénieurs que Mr. Clifton crut bon d'accepter l'offre, lui qui n'aspirait qu'au repos, disait-il plaisamment. Il ne fut pas payé d'ingratitude puisque son fils Marc, bientôt lui-même ingénieur, secondait et poursuivait l'ouvrage de son père.

La population de la ville de Boston, ainsi que des villes immédiatement avoisinantes, au sud : Roxbury et Dochester, à l'ouest : Brookline, Brigton et Cambridge, et au nord : Sommerville et Charlestown ne faisaient que croître, créant les conditions les plus favorables à la progression du mouvement de civilisation si cher à Harry Clifton. Cependant, l'arrivée d'un important contingent d'anciens esclaves provenant des états du sud, expulsés comme indésirables ou fuyant la misère, provoquait, ici, dans les cités du nord, un déséquilibre peu favorable à la pleine acceptation de cette nouvelle immigration.

« Nul doute que la nation américaine trouvera l'intelligence pour remédier à cette situation désastreuse, disait l'ingénieur. »

Le jour où le *Stars and Strips* flotta de nouveau sur le capitole de Richmond, il restait encore bien du chemin pour résoudre absolument les dissensions qui avaient opposé les états du Nord à ceux du Sud. En premier lieu, il convenait d'imposer l'abolition de l'esclavage aux vaincus. De plus, il ne s'agissait pas seulement de relever les ruines, mais surtout les institutions des anciens états confédérés. Après la guerre, la politique avait à se mettre à l'ouvrage dans une tâche non moins glorieuse, à affronter des épreuves autrement dangereuses pour recouvrer une honnête et respectable paix.

À ce propos, à Boston, comme dans bien d'autres villes de l'Union, les conférences succédaient aux *meetings*. La grave question de l'apaisement du peuple déchiré y était débattue le plus vivement du monde. Pour un peu, les factions en lice auraient bien trouvé quelques motifs pour une guerre nouvelle.

« Je suis inquiet d'entendre que d'aucuns jugent que les états sécessionnistes ont rompu le lien qui les associait à l'Union et qu'en ce cas, il convient de les considérer comme des pays ennemis vaincus ayant perdu leurs anciens droits, remarquait l'Oncle Robinson avec son regard encore un peu étranger à l'Amérique.

— Les affiliés au parti des radicaux prétendent qu'il faut les réorganiser comme des territoires soumis à la tutelle du Congrès, précisa l'Ami Tom. Ce ne serait, ainsi, qu'au terme d'un délai suffisamment long qu'ils seraient, à nouveau, admis dans l'Union.

— Je penserais bien ainsi ! répartit l'ingénieur. Les raisons de la rébellion ne sont qu'abattues et ne demande qu'à renaître. Laisser le parti esclavagiste se revigorer serait prendre le risque assuré de voir se renouveler les mêmes contestations, n'abolissant l'esclavage que par les mots, cherchant une autre voie pour parvenir à ses fins.

— Voici une résolution qui porte en elle le germe d'une autre guerre civile ! s'exclama Marc.

— Exactement ! répondit son père. C'est pourquoi les membres du parti d'opposition proposent que les ordonnances de sécession se révélaient nulles et non avenues et, qu'en somme, les états du Sud n'étaient, légalement, jamais sortis de l'Union !

— Cela revient à dire que les États confédérés n'avaient pas d'existence réelle, raisonna Robert. Cela est-il envisageable d'abroger tous les actes jugés illégaux que ce gouvernement confédéré a décrétés durant la guerre civile ?

— Plus ! les fonctionnaires et les représentants élus se verraient remplacés par voie de conséquence, enchérit Flip.

— Du moins ceux élus depuis le commencement de la guerre ! précisa Marc. Ce serait déjà beaucoup !

— L'idée est séduisante ! raisonna *mistress* Clifton. En ne traitant pas ces états comme des territoires ou des pays conquis, c'est également ne pas reconnaître de nature légale à la sécession !

— J'aime assez cette façon de main tendue aux rebelles d'hier prêts à se repentir sincèrement, commenta la mère de l'Ami Tom ; *mistress* Walsh.

— Cette proposition permettrait à l'Union de s'accorder l'économie d'un gouvernement de domination et plus sûrement parviendrait à imposer, par la raison, les lois du Congrès et, en particulier, celle de l'abolition de l'esclavage de même que celle accordant tous les droits du citoyen aux affranchis !

— Le Nord et le Sud resteront encore, durant de nombreuses années, des frères jaloux et rivaux, pondéra *mistress* Walsh.

— Du moins vivront-ils dans la même maison, tempéra encore Élisa Clifton. »

Avec l'acuité dont les politiques américains savent faire preuve, ce devait être, entre ces deux voies, qu'une restauration des gouvernements reconnus par l'autorité fédérale aurait à tenter de réparer les désastres de la guerre civile

Au retour des robinsons, Thomas Walsh dévoila un secret, seulement partagé avec Robert Clifton ; dans les malles ramenées de Flip-Island, se trouvait une importante somme d'argent provenant du *Swift*. La lettre, si scrupuleusement gardée par le fils cadet, contenait l'emplacement de ce butin caché durant les quelques heures précédant la rencontre entre le jeune officier de la *Maria-Stella* et les captifs de Bob Hervay. Par un excès de prudence, en aucune façon reproché à l'Ami Tom, seul Robert fut dépositaire du document ne devant être ouvert qu'en cas de départ de l'île. Robert n'en apprit le contenu que la veille du départ de Flip-Island. Ainsi s'expliquaient certaines bizarreries de Tom et notamment, cette infructueuse chasse la fameuse veille de la partance. Ce dernier se proposait de partager cet argent équitablement entre chacun des naufragés ainsi qu'une part pour les œuvres charitables à l'endroit des familles des marins perdus en mer. Mrs. Clifton proposa plutôt qu'il ne le fût qu'entre l'Oncle Robinson, l'Ami Tom et les institutions concernées. La proposition fut unanimement acceptée.

En bonne intelligence, les deux marins s'entendirent à faire fructifier cet argent dans l'affrètement d'un navire à destination de la France dans une opération d'importation de produits recherchés par la bourgeoisie américaine. La réussite devait favoriser les voyages successifs. Ce fut dans l'achat d'un autre navire que continua ce commerce entre les ports de Boston et de Bordeaux, grand pourvoyeur de vins. Robert accompagnait l'Oncle Robinson et l'Ami Tom à chaque traversée.

Tant la famille de Thomas Walsh que celle de Robert Clifton bénéficia des profits de ce négoce.

L'Oncle Robinson eût été un parti à saisir s'il n'avait préféré sa liberté à tout autre lien. Le seul qu'il avait pu accepter n'était que son mariage avec la mer et peut-être aussi la présence de maître Jup.

« Jup est de la meilleure compagnie, disait-il si souvent. Il sait bien me rendre l'affection que je lui témoigne sans rien me demander d'autre en échange. »

Mrs. Clifton et Mrs. Walsh s'attachèrent promptement l'une à l'autre, devenant, toutes deux, d'indéfectibles amies.

Les années passèrent sans bruit, entraînant leur lot de joies, le plus souvent, et, parfois, de peurs, notamment lors du grand incendie qui ravagea le quartier d'affaire de Boston durant la nuit du 9 au 10 novembre 1872.

Alors que les flammes couraient de toutes parts, les spectateurs encombraient les rues déjà envahies d'une foule où se mêlaient, confusément, pillards, commerçants sauvant leurs biens et pompiers.

Près d'un millier de bâtiments et d'habitation devaient souffrir du sinistre malgré l'efficacité des services de lutte contre les incendies. La municipalité de Boston devait retenir les leçons d'un tel drame. La commission d'enquête détermina quelles furent les causes qui contribuèrent à rendre l'incendie du sous-sol d'un immeuble d'affaire aussi dévastateur. Le nouveau quartier fut rapidement reconstruit conformément à un règlement visant à réduire l'importance de ce genre de calamité.

Des plaies encore visibles, il en restait surtout la Old South Meeting House dont l'acharnement des sauveteurs avait pu restreindre les dommages autant que possible. Hélas, gravement détériorée, les autorités ne cessaient de balancer entre une difficile restauration et une destruction qui aurait privé les habitants d'un lieu de mémoire ; de ce site s'était organisée la *Boston Tea Party*.

Aucune des deux familles n'avait été touchée par les conséquences de la catastrophe mais, à l'instar d'autres familles bostoniennes, elles aidèrent les victimes du sinistre.

Bien sûr, il y avait eu, en juin 1872, quelques mois avant le Grand Incendie, le mémorable *World's Peace Jubilee and International Music Festival* qui suivait le *National Peace Jubilee* de juin 1869. Le premier en date commémorait la fin de la guerre civile et le second, la fin de la guerre franco-prussienne. Pour quelle raison la ville de Boston s'était-elle engagée dans l'organisation de ces deux jubilés ? Pour démontrer la puissance de l'art musical dans la volonté d'union des peuples et de traduire l'espoir universel de paix ? Peut-être ! Pour affirmer l'établissement d'une puissance nouvelle avec laquelle il faudrait désormais compter ? Certainement aussi ! En l'espèce, la construction d'un colisée capable d'accueillir cinquante mille spectateurs n'était pas étrangère à cette montre de grandeur.

Dans un autre registre, au sein du Massachusetts, les exilés de l'île Crespo vivaient le plus paisiblement du monde et les deux sœurs de Thomas Walsh, jeunes femmes cultivées, ainsi que Marc, se marièrent, chacun, à de bons partis. À n'en pas douter, d'autres mariages seraient à venir, se félicitaient les deux mères.

Il advint que l'apparente monotonie du quotidien des deux familles fut profondément ébranlé par un évènement d'importance. Ce dernier voyait idéalement sa résolution aux prémices de l'été. En ce jour du 22 juin 1876, la grande maison des Clifton devait recevoir tous les membres des deux familles amies. Trois d'entre eux avaient envoyé un câble de San Francisco, une semaine auparavant, indiquant qu'ils arriveraient à Boston ce jour dit. Aucun retard n'était annoncé sur la ligne transcontinentale. Ces trois personnes étaient Robert Clifton, jeune capitaine de trente ans, Thomas Walsh, alors âgé de trente-huit ans, capitaine lui aussi et Jean-Pierre Fanthome très-justement reconnut officier, portant admirablement ses cinquante-trois ans. Maître Jup, indissociable compagnon de route du marin, quoique vieillissant, les avait accompagnés dans un voyage tout particulier.

Auprès des autorités américaines, ces hommes s'étaient attachés à faire valoir l'importance d'établir une colonie sur cette île du Pacifique nord où ils avaient, eux et leurs amis, passé plus de quatre années. La proposition n'ayant reçu aucune faveur de la part du Congrès, les trois marins résolurent de monter une expédition par leurs propres moyens. Ce fut ainsi qu'ils affrétèrent un yacht à San Francisco.

Les voyageurs débarquèrent donc, ce vingt-deuxième jour de juin, à la gare de Providence, en fin de matinée et retrouvèrent, à Apleton Street, leurs parents et amis.

Les retrouvailles furent des plus chaleureuses et les marins pressés de questions concernant leur expédition vers Flip-Island au sujet de laquelle, il ne restait, à son emplacement, qu'un roc isolé de trente pieds de long pour quinze de large et n'émergeant que de dix pieds au-dessus des flots tumultueux. Ainsi donc, le volcan avait-il fini par exploser. L'océan avait englouti ce qui avait été une île foisonnante de vie. Cet écueil fut relevé sur les cartes du Pacifique comme un haut fond impropre à tout atterrissage, remplaçant l'île Crespo déjà inscrite.

Cette nouvelle laissa les anciens naufragés dans un état de réflexion particulier. Ne venaient-ils pas de perdre une partie de leur histoire commune. Cette île qui les avait portés et apporté ce dont ils avaient besoin n'était plus. Cette île où ils avaient vécu durant mille cinq cent quatre-vingt-onze jours, pendant quatre ans, trois mois et treize jours.

« C'est comme si nous avions perdu une chère amie, dit mélancoliquement Flip pourtant guère homme à se laisser emporter par ses émotions.

— Flip-Island restera en nos mémoires, puis disparaîtra, définitivement, avec nous, répondit stoïquement Élisa Clifton. »

Récemment, était paru un ouvrage sous le titre : *Vingt Mille Lieues sous les mers*, contenant l'histoire d'un voyage de quelques mois rapporté par un Français, prisonnier avec deux amis, d'un homme se faisant nommer Nemo, à bord d'un navire sous-marin dont il était le capitaine. Qu'elle n'avait été la stupéfaction des anciens colons d'apprendre que l'île Crespo, Flip-Island, était régulièrement visitée par cet homme énigmatique. Ainsi, dès les premiers mois, les bouillonnements étranges, observés par Harry Clifton, pouvaient trouver leur origine dans la présence d'un homme, équipé d'un scaphandre, peut-être ce Nemo lui-même, attendant au fond du lac que l'ingénieur se fût éloigné. Ces lumières aperçues dans la mer, à bonne distance de la vallée des Laves, auraient bien pu être le *Nautilus*, nom donné à ce bâtiment précurseur en bien des domaines par ce capitaine Nemo. Plus encore, ce ne pouvait être que ce personnage hors du commun qui s'était aventuré jusqu'à Élise-House, en pleine nuit et dont, au matin, il ne restait plus que les traces de ses pas dans le sable de la baie faisant face à l'océan vide. Cette baleine gigantesque, repérée par la vigie du *Winslow*, n'était-ce le *Nautilus* lui-même ayant expulsé ses deux jets d'eau ? Hélas, cet homme était parti avec une partie de ses secrets comme l'avait rapporté un autre ouvrage paru l'année dernière sous le titre : *L'Île mystérieuse*. Cette île du Pacifique sud, l'île Lincoln, avait été engloutie, elle aussi, dans des conditions similaires et demeurait la tombe de celui qui fut le capitaine Nemo. Le plus grand trouble imposait un respectueux silence. Le voyage extraordinaire de la famille Clifton et de ses deux amis ne se devait-il pas d'être publié ?

Les amis se trouvèrent plus que jamais unis dans le présent comme ils l'avaient été dans le passé, mais jamais ils ne devaient oublier cette île, sur laquelle ils étaient arrivés, pauvres et nus, cette île qui, pendant quatre ans avait suffi à leurs besoins, et dont il ne restait plus qu'un morceau de granite battu par les lames du Pacifique.

… oOo …

Les voyageurs débarquèrent.

FIN DE LA TROISIÈME
ET DERNIÈRE PARTIE

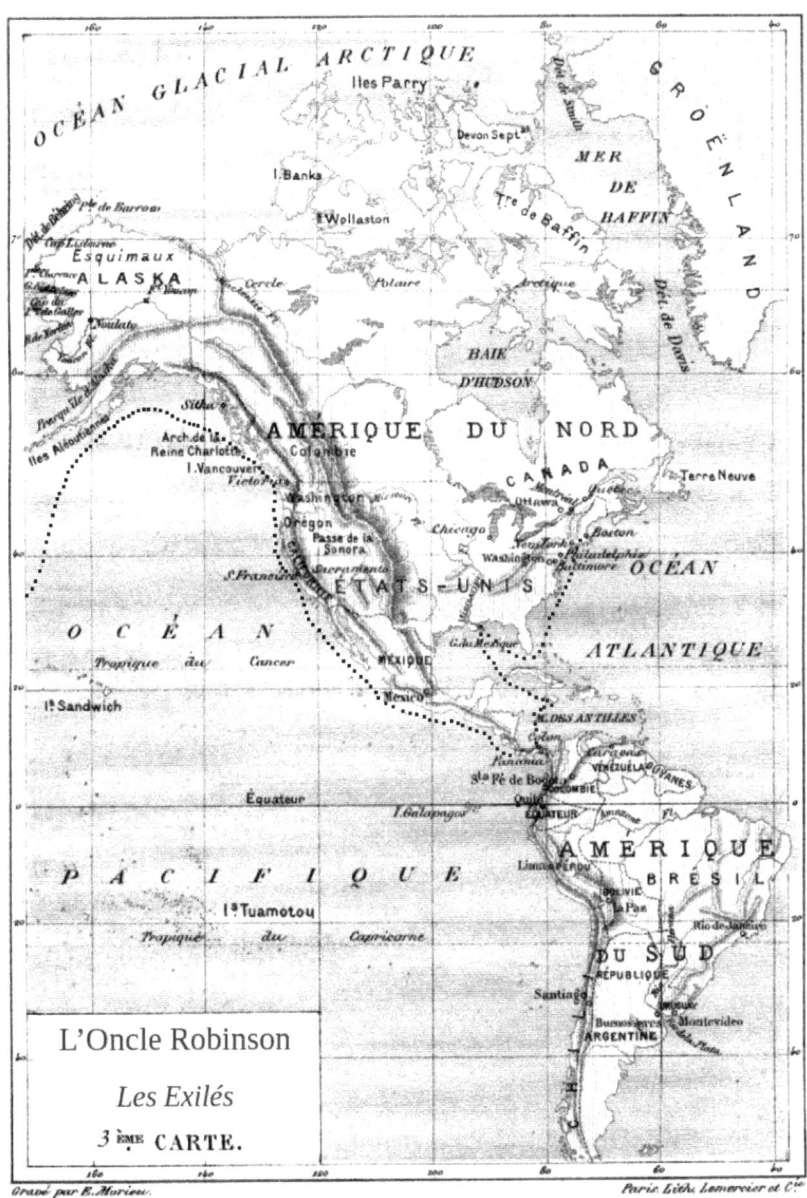

L'Oncle Robinson

Les Exilés

3ᵉᴹᴱ CARTE.

TABLE DES CHAPITRES

CHAPITRE I
La famille Clifton – Une éclipse solaire – Aménagement sur le lac Ontario – Les chacals – Jup blessé
9

CHAPITRE II
Des traces de pas – Expédition au nord-ouest – Investigations au sud-ouest
23

CHAPITRE III
Exploration au sud-est – Gisement de pyrite – Comment l'on obtient de l'acide sulfurique – Au sujet de la nitro-glycérine et du pyroxyle Depuis la crique de l'Ami Tom
36

CHAPITRE IV
Reconnaissance au nord-est – Une muraille végétale – La grotte aux ours – Une île mystérieuse
48

CHAPITRE V
Un été sans Flip ni Tom – Un cauchemar – Dans la crainte d'une nouvelle attaque – Les aménagements de la colonie
62

CHAPITRE VI

Le réveil du Clifton-Mount – Nouvelle expédition sur le volcan Situation inquiétante – Préparation des chaloupes

73

CHAPITRE VII

La saison des tempêtes – Un hiver rude – À la merci des fauves L'année 1865 – Un insaisissable visiteur – La terre tremble

85

CHAPITRE VIII

La colère du volcan – De l'autre côté de l'île – Nouvelles décisions au sujet de l'établissement de la colonie

97

CHAPITRE IX

Nouveau chantier naval – Les plans de la *Providence* – Considérations sur la navigabilité de l'océan Pacifique – Le plus grand paquebot du monde – Au sujet de la théorie des marées

110

CHAPITRE X

L'éruption du Clifton-Mount – L'incendie du Bois-Robert – Les signaux – Ce qui subsiste de Flip-Island

122

CHAPITRE XI

La maladie de Jack – La pharmacie du *Swift* – La question de l'ipecacuanha – Le combat contre la maladie – Coup de canon

134

CHAPITRE XII

Un navire – Flip et Tom – Les vertus de l'écorce de simarouba

146

CHAPITRE XIII

Le voyage de Flip et Tom – Escale à Laysan-Island – En route vers l'est – Bird-Island – Kaouaï – Honolulu

157

CHAPITRE XIV

La guerre civile américaine – Une interminable série de campagnes militaires – Pour une conclusion de la guerre – L'indignation de *mistress* Clifton – La lettre de l'Ami Tom

173

CHAPITRE XV

Une guérison incertaine – Les préparatifs au départ – L'absence de Tom et Robert – L'archipel havaïen – Le royaume d'Havaï

183

CHAPITRE XVI

Un séjour prolongé – Voyage dans l'archipel des îles Sandwich – Le port de Lahaina – Le *Winslow* – Appareillage pour Flip-Island

198

CHAPITRE XVII

Retour vers la patrie – La convalescence de Jack – De la vie à bord d'un baleinier – Le CSS *Shenandoah*

213

CHAPITRE XVIII

De la question de la pêche baleinière – Au sujet des baleines Quelques nations de pêcheurs – Les routes migratoires – Campagne du *Winslow* dans les mers du sud – Une invention prometteuse

225

CHAPITRE XIX

Tempête – Chasse à la baleine – Victoria de Vancouver ou San Francisco – Le combustible de l'avenir

236

CHAPITRE XX

L'Amérique russe – Une *game* aux Aléoutiennes – Une brume de mer – Des amis se séparent

249

CHAPITRE XXI

À travers le golfe d'Alaska – L'île de Vancouver et la Colombie britannique – Depuis la ruée vers l'or du Fraser – Victoria de Vancouver – À propos de l'Oregon – Arrivée en Californie

261

CHAPITRE XXII

Le port de San Francisco – La Nouvelle-Californie – Une proposition opportune – De fâcheux incidents – En partance ! – Escale à Acapulco

272

CHAPITRE XXIII

De Panama à Aspinwall City – Le chemin de fer de Panama – En mer des Caraïbes – De retour aux États-Unis

283

CHAPITRE XXIV

Établissement des naufragés à Boston – Le secret de Thomas Walsh Le 22 juin 1876 – L'expédition pour le Pacifique nord – Ce qu'il en est de Flip-Island

294

... oOo ...

# TABLE DES ILLUSTRATIONS

À l'aide d'un miroir.
                                                              22
Certaines empreintes de pas.
                                                              35
Serait-ce de l'or ?
                                                              47
Une cavité fut aperçue.
                                                              61
Deux misérables en furent extirpés.
                                                              72
Un léger abri à l'arrière de chaque chaloupe.
                                                              84
Ce n'était plus des fumerolles.
                                                              96
Sont-ce là les bouillonnements qu'il fallait surveiller ?
                                                              109
Déjà, des arbres furent abattus.
                                                              121
L'île était en proie à un gigantesque incendie.
                                                              133
Les voiles d'un navire apparaissaient.
                                                              145

Le *Winslow*, trois-mâts baleinier.	156
Une île verdoyante, presque aussi belle que la nôtre.	172
Tom tenait entre ses doigts une lettre.	182
M. Estancel s'était levé pendant son discours.	197
Une baleine de très-grande taille.	212
J'ai brièvement consigné dans cette notice.	224
La dernière campagne du *Winslow*	235
La pirogue, remorquée par la bête blessée.	248
Une escale aux Aléoutiennes	260
Ce grand port fut atteint le 18 août 1865.	271
Le chemin de fer de Panama.	282
Mrs. Clifton et Mrs. Walsh.	293
Les voyageurs débarquèrent.	306
Troisième carte	309

… oOo …